用文字照亮每个人的精神夜空

领读文化传媒
LINGDU Culture & Media

微信 | 微博 | 豆瓣　领读文化

漫说文化丛书·续编

城乡变奏

陈平原　季剑青 编

湖南人民出版社·长沙·

裂变之枝

声音演绎文字之美·声音构筑文学世界·声音记录文化传承

● **如何收听《城乡变奏》全本有声书？**

① 微信扫描左边的二维码关注"领读文化"公众号。
② 后台回复【城乡变奏】，即可获取兑换券。
③ 扫描兑换券二维码，免费兑换全本有声书。

● **去哪里查看已购买的有声书？**

方法 ①
兑换成功后，收藏已购有声书专栏，
即可在微信收藏列表中找到已购有声书。

方法 ②
在"领读文化"公众号菜单栏点击"我的课程"，
即可找到已购有声书。

用文字照亮每个人的精神夜空

总序

陈平原

三十年前钱理群、黄子平和我合编的"漫说文化"丛书前五种由人民文学出版社推出；两年后，后五种刊行时，我撰写了《漫说"漫说文化"》，提及作为分专题编散文集的先行者，我们最初只是希望有一套文章好读、装帧好看的小书，可以送朋友，也可搁在书架上。没想到书出版后反应很好，真可谓"无心插柳柳成荫"。十三年后，复旦大学出版社（2005）予以重印。又过了十三年，北京时代华文书局（2018）重新制作发行。

一套小书，能一而再再而三地刊行，可见其生命力的旺盛。多年后回想，这生命力固然主要得益于那四百多篇精彩选文，也与吹响集结号的八十年代文化热、寻根文学思潮以及"二十世纪中国文学"的视野密切相关。时过境迁，这种小里有大、软中带硬、兼及思考与休闲的阅读趣味，依旧有某种特殊魅力。有感于此，出版社希望我续编"漫说文化"丛书。考虑到钱、黄二位的实际情况，我改变工作方式，带领十二位在京工作的老学生组成读书会，用两年半的时间，编选并导读改革开放以来四十多年的散文随笔。

当初发给合作者的编选原则很简单：第一，文化底蕴（不收纯抒情文字）；第二，阅读感受（文章好读最重要）；第三，篇幅短小（原则上不收六千字以上的长文）；第四，作者声誉（在文坛或学界）。依旧不是梁山泊英雄排座次的文学史，而是以文学为经、以文化为纬的专题散文集。也就是《漫说"漫说文化"》说的："选择一批有文化意味而又妙趣横生的散文分专题汇编成册，一方面是让读者体会到'文化'不仅凝聚在高文典册上，而且渗透在日常生活中，落实为你所熟悉的一种情感，一种心态，一种习俗，一种生活方式；另一方面则是希望借此改变世人对散文的偏见。让读者自己品味这些很少'写景'也不怎么'抒情'的'闲话'，远比给出一个我们自认为准确的'散文'定义更有价值。"

考虑到初编从1900年选起，一直选到20世纪80年代中期，续编从改革开放起，一直选到2020年，中间几年重叠略为规避即可。两个甲子的风起云涌，鸟语花香，借助千篇左右的短文得以呈现，说起来也是颇有气势与韵味的。参与其事的都是专业研究者，圈定范围后，选哪些作者，用什么本子，如何排列组合等，此类技术问题好解决，难处在入口处——哪些是你想要凸显的"文化"？根据以往的阅读经验，先大致确定话题、视野及方向，再根据选出来的文章，不断调整与琢磨，最终成了现在这个样子。

初编十册分别题为《男男女女》《父父子子》《读书读书》《闲情乐事》《世故人情》《乡风市声》《说东道西》《生生死死》《佛佛道道》《神神鬼鬼》，而续编十二册则是《城乡变奏》《国学浮沉》《域外杂记》《边地寻踪》《家庭内外》《学堂往事》《世间滋味》《俗世俗民》《爱书者说》《君子博物》《旧戏新文》《闻乐观风》，略为比勘不难发现二者的联系与差异。

既然是续编，自然必须与初编对话。明显看得出承继关系的，有《城乡变奏》之于《乡风市声》，《爱书者说》之于《读书读书》，不过前者第二辑"城市之美"从不同层面呈现了当代中国城市的多彩风姿，以及后者第三辑"书叶之美"谈封面、装帧、插图、毛边书、藏书票等，与初编的文风与趣味还是拉开了距离。《家庭内外》的第一、第三辑类似《父父子子》，而第二、第四辑则接近《男男女女》。《域外杂记》与《国学浮沉》隐约可见《说东道西》的影子，但又都属于说开去了。至于《世间滋味》仅从饮食入手，不再像《闲情乐事》那样衣食住行并举，也算别有幽怀。所有这些调整，不管是拓展还是收缩，都源于我们对四十年来中国文化思潮及文章趣味的体验与品味。不再延续《世故人情》《生生死死》《佛佛道道》《神神鬼鬼》的思路，并非缺乏此类好文章，而是觉得难以于法度之中出新意。

另起炉灶的六册包括《边地寻踪》《学堂往事》《俗世俗民》

《君子博物》《旧戏新文》《闻乐观风》，其实更能体现续编的立场与趣味。没有依傍初编，不必考虑增减，自我作古的好处是，操作起来更为自由，也更为酣畅。《边地寻踪》和《俗世俗民》两册，有些话题不太好把握与论述，最后腾挪趋避，处理得不错。最为别出心裁的，当数《旧戏新文》与《君子博物》——实际上，这两册的确定方向与编选过程最为曲折，编者下的功夫也最多。最终审稿时我居然有惊艳的感觉。

比较前后两编，最大的感叹是：前编多小品，后编多长文；前编多随意挥洒，后编多刻意经营；前编多单纯议论，后编多夹叙夹议；前编多社会人生，后编多学术文化；前编多悲愤忧伤，后编多平和恬淡——当然，所有这一切，与社会生活及文坛风气的变迁有直接关系。至于不选动辄万言的"大散文"，以及遗落异彩纷呈的台港澳文章，既是为了跟前编体例统一，也有版权等不得已的因素。

十二册小书，范围有宽有窄，题目有难有易，好在各位编者精诚合作，选文时互通有无，最后皆大欢喜——做不到出奇制胜的，也都能不负众望。作为一个集体项目，能走到这一步，已经很不容易了。

身为主编，除了丛书的整体设计，也参与了各册题目及选文的讨论。至于每册前面的"导读"文字，则全靠十二位合作者。选家大都喜欢标榜公平与公正，可只要认真阅读各册的"导读"，你就会明白，所有选本其实都带个人性情与偏见。十二篇随笔性质的"导读",或醇厚,或幽深,或俏皮,或淡定,风格迥异,并非学位论文,不妨信马由缰,能引起阅读兴趣,就算完成任务——毕竟,珠玉在后。

2021年2月19日于京西圆明园花园

导读：风雅流变说城乡

季剑青

　　城市与乡村的变迁是中国现代化的一条主线，也是二十世纪中国文学的重要主题。中国从古老的农业国家向现代工业化国家的转变，最直观的表现就是城市的崛起和乡村的相对边缘化。改革开放以来的四十多年，这一过程更是以令人震惊的速度高歌猛进。据相关统计数据，2011年中国大陆的城市化率第一次超过了百分之五十，这意味着有史以来在中国的土地上，城市居民的数量第一次超过了农村人口，那个以农民为主体的乡土中国已经一去不复返了。城市化进程不仅关系到中国的经济发展和社会转型，更给人们的生活方式、文化心理和情感结构带来巨大的冲击，我们从最贴近人们日常生活经验的文类——散文中，可以捕捉到这种冲击的痕迹。

一

如果说在城乡书写上,现代作家的主流态度是对乡土充满同情,对都市不无疑虑和抵拒,那么新时期特别是二十世纪九十年代以来的当代作家,不仅已经安然接受城市带来的种种便利,更从城市生活中发掘出独特的美来。"城市之美"一辑中的散文,从不同层面呈现出当代中国城市的多彩风姿。赵丽宏将城市比作艺术品:"城市是一件由彩色几何体构成的巨型艺术品,无数人共同创造了它,建筑师、工人、园艺师、艺术家……无数人的智慧和血汗凝在这件巨大的雕塑中。"(《城市之美》)他着眼的是建筑之美,其他作家则更看重市民生活中的人情之美。贾平凹礼赞西安市民的古风,悠久的文化仿佛已经浸润渗透到这座古城的礼俗民情之中(《西安这座城》),而在邓云乡笔下,北京胡同中的风景,"是温暖的、充满生活气息的,使你也融化在北京胡同的历史文化中了"(《北京胡同》)。历史名城的丰厚固然令人沉醉,新潮的时尚气息也让人流连忘返。翟永明惊讶于成都的玉林西路上酒吧一条街的迅速生长,为这座低调沉静的城市平添浪漫的文艺味道(《玉林西路的左岸生活》)。传统的留存也好,新鲜的潮流也好,最终都沉淀为朴素而坚实的日常生活。这正是于坚眼中昆明的魅力所在,那看似无意义的、日复一日的日常生活,恰恰是一切色彩得以附着其上的素底,让人不由得感叹孔夫子"绘事后素"一语实则包含着颠扑不破的真理。

然而,城市化的进程所带来的改变,也会给日常生活带来难以挽回的伤害。韩少功发现,不断涌现的高楼大厦正在消灭城市的个性,"以其水泥和玻璃,正在统一着每一个城市的面容和表情,正在不分南北地制定出彼此相似的生活图景"(《阳台上的遗憾》)。中国的城市化是在全球化力量的推动下发展的,效率优先的资本主义逻辑,正在把同样的商品和同质化的景观推广到每个城市。早在二十世纪八十年代初期,萧乾就对北京兴建高尔夫球场和迪士尼式的乐园表示不以为然,他直言,"老实说,论市容,现代化的大都会往往给我以'差不多'的印象"(《北京城杂忆》),希望北京不必重蹈覆辙。苏童对南京的烤鸭和盐水鸭的细细描摹,也是为了提醒自己和读者,当全球化浪潮让各地的日常生活趋于雷同时,不要忘记"一个城市有一个城市的缅怀和梦想"(《一个城市的灵魂》)。

城市化对城市空间的改造,对承载着历史记忆的旧城区构成了直接的威胁,这让有识之士忧心忡忡。冯骥才带着一种"诀别的情感"寻访天津古城,他呼吁保护蕴含了"五百九十余年无比丰富的历史内容"的旧城,但他同时也意识到,为了改善居民的生活环境,对残破和拥挤不堪的旧城区进行改造势在必行(《甲戌天津老城踏访记——一次文化行为的记录》)。叶兆言惋惜于南京城里老房子的消失,然而如他在文中所言,"当我们缅怀老房子的时候,谁又不是渴望着住进新房子呢"(《失去的老房子》)。相比之下,王安忆的态度倒是冷静现实得多,她看到上海洋房的没落与新工房的兴起,洋房固然带着老上海的光环,"住新工房虽然损失了名誉,那生活倒是可靠的"(《上海的洋房》),到底是上海人。

收入"城市记忆"一辑中的文章,提示出城市化过程中如何处理历史遗产和现实需要之间关系的问题。但需要指出的是,依托城市空间的记忆,既有集体性的历史记忆,也有个人性的私密记忆。对史铁生来说,二十世纪六十至七十年代北京城里那些废弃或被改建的寺庙,寄托着他那些幽远的遐思,而当它们在二十世纪八十年代被当作游览地而修葺一新重新开放的时候,反倒显得陌生起来(《有关庙的回忆》)。类似的情感也出现在蒋韵对平遥的记忆中,当平遥古城变成无人不知的符号化的景观时,"我找不到我朋友当年的那城墙的踪影,我找不到属于我朋友的古城和荒芜的岁月,我站在城头,寻找那扇窗户,曾经,有酒有歌的窗户,古城夜晚的歌哭,它在哪里呢?我一片茫然"(《一个人的平遥》)。相对于附着在历史文化街区上的集体记忆而言,这些个人记忆似乎无足轻重,也无从保护,然而它们——经由文字——却昭示了人与城市之间更加内在的关联,也让我们更加痛切地感受到了城市化的情感代价。这也是文学的力量。

除了建筑空间的变迁这一直观的表征,城市化还有更隐微的层面。陆文夫写到二十世纪八十年代初苏州小巷中的平民生活，一片安详宁静。夏天的夜晚人们纷纷出门纳凉，交流着婚丧嫁娶柴米油盐等日常话题，邻里之间相互扶持照应，营造出温暖的共同体氛围。然而电视的出现改变了这一切，人们不再愿意出门，"在那些灯光暗淡的房间里老少咸集，一个个寂然无声，两眼直瞪，摇头风扇吹得呼呼地响。又风凉，又看戏，谁也不愿再到外面去"（《梦中的天地》）。技术带来了生活方式和人际关系的改变，这个极有前瞻性的论题被敏锐的作者捕捉到了。这些微妙的不易觉察的变化，也许比城市空间的转变有着更深刻的意义。

二

故乡是永恒的文学母题。至少在汉语语境中，故乡更多地指向乡村，指向广袤而丰厚的乡土世界。现代作家大多出身乡村或小城镇，对于生长于兹的故乡，他们熟稔而又怀着深厚的感情。然而置身于中国走向现代化的大时代，经受了现代启蒙理念洗礼的这些作家，更侧重于表现乡民的挣扎与痛苦，乡村的停滞与荒凉，这是中国现代乡土文学的基调。

进入新时期以来，以乡土为题材的散文呈现出了新的特色。在"寻根文学"的潮流中，许多作家开始调整居高临下的启蒙视角，转而从乡村世界中发掘那长期被忽视的民族文化传统，作为自己创作灵感的源泉。这种现象在小说中表现得最为明显，在散文中也清晰可见,读"我的家乡"一辑中的若干散文,不难体会到这一点。莫言构造了粗犷而又绮丽的高密东北乡的文学世界,即便在散文中,那种浸透着作家的想象力的生命气息也扑面而来,似乎一草一木都有前世今生,有无数的故事要向读者诉说,就像那面"会唱歌的墙"在大自然的吹拂下奏响万物和鸣的天籁一般(《会唱歌的墙》)。迟子建更是坦承,冰天雪地的东北家乡是她的梦开始的地方,那里一切都充满灵性,"铺天盖地的大雪、轰轰烈烈的晚霞、波光荡漾的河水、开满了花朵的土豆地、被麻雀包围的旧窑厂、秋日雨后出现的像繁星一样多的蘑菇、在雪地上飞驰的雪橇、千年不遇的日全食,等等。我对它们是怀有热爱之情的,它们进入我的小说,会使我在写作时洋溢着一股充沛的激情"(《寒冷的高纬度——我的梦开始的地方》),所有这一切都滋养了她的创作。同样,在汪曾祺那里,故乡高邮的水亦随处流淌在他的作品中。他笔下的水乡风物着实令人流连忘返(《我的家乡》)。而余华对故乡海盐乡野土地的描写,则透出令人不安的死亡和神秘的气息,让人不禁想到他小说中的暴力美学(《土地》)。

在这些作家的笔下,我们感觉故乡多少是一种被文学化的风景,而另一些作家则将乡村当作抵挡日趋空洞贫乏的城市生活的救赎之地。鲍尔吉·原野承认下乡插队的知青经历是一种磨难,但如今他却感念乡村的淳朴与宽厚,怀念乡村的气息"蛰居城市多年,我始终没有闻到乡村早晨、中午、晚上和夜里的气味,闻不到乌米、烤马铃薯、井水的味道"(《乡村》)。韩少功在城市生活了三十年后,感到城市越来越陌生,越来越拥挤和压迫,于是他毅然决定回到过去插队的山村,融入一种在他看来最自由和最清洁的生活之中(《山居心情》)。

不能不承认,这些乡村书写多少都投射了作家的主观心境。2000年以后,伴随着城市化的急剧发展,乡村的破败和空心化正成为无法回避的现实。一面是农民为了谋求更好的生计背井离乡,大量涌入城市,将乡村的土地抛在身后;一面是城市的四处扩张,无情地吞噬着乡村的土地。由此造成的乡村的困境,受到越来越多的作家的关注,读"乡愁何处"一辑中的篇什,可以窥见散文界的这一动向。王开岭惊呼"每个故乡都在消逝",发出了"每个人都应赶紧回故乡看看,赶在它整容、毁容或下葬之前"的盛世危言(《每个故乡都在消逝》)。吴佳骏写出了回乡的疼痛,亲人的离去使得故乡"至多只是一个地理名词或文学符号而已"(《遗失的故乡》)。南帆则从"泥土的消失"这一生活中的细节出发,引出对中国农业文明所面临的巨大危机的深沉忧思:"泥土无声无息地消失,古老的农耕文明如同一个遭受遗弃的废墟深深地埋葬在水泥路面之下。"(《泥土哪去了》)乡村的衰败让我们不得不回过头来审视和反思城市化的破坏性力量。

在新世纪的乡村书写中,我们看到一种难得的直面现实的勇气。特别是2010年以来,一种被命名为"返乡书写"的体裁悄然兴起，书写者往往是受过高等教育的、在城市里工作和定居的"农二代"，他们利用假期等契机返回自己的家乡，以"非虚构"的形式对乡村的现状进行观察、记录和思考（参见潘家恩《城乡困境的症候与反思——以近年来的"返乡书写"为例》，《文艺理论与批评》2017年第1期）。"返乡书写"体的散文带有纪实的风格，同时又充满了作者真切而细腻的情感，梁鸿和黄灯即是这一类写作的代表人物。梁鸿记录她回到故乡梁庄的所见所感，记忆中的故乡已变得千疮百孔，物质空间上的变迁固然令人惊愕，作为精神寄托的故乡的丧失更让人感到沉痛（《"迷失"在故乡》）。黄灯笔下故乡亲人流转奔波的命运同样触目惊心，"这些普普通通的亲人，在故乡那片土地上，如尘埃一样生活，也如尘埃一样挣扎、离去"（《村庄里的亲人》），用文字赋予他们以尊严，正是写作者的责任。

四十多年来中国城市与乡村所经历的变革，也许超过历史上任何国家的任何时代，本书选录的四十三篇散文，不过是这个大时代的一个小小缩影，但已足以窥见这一历程所包含的历史内容之丰富与复杂。更重要的是，这些文字写出了时代洪流之中人的情感与命运。归根结底，城市与乡村都是为人而存在的，而文学亦不止于文字之美。

2019年7月31日于京北风雅园

2020年6月21日改于哈佛旅次

目 录

总序 | 陈平原 · I

导读：风雅流变说城乡 | 季剑青 · I

辑一　城市记忆

杭州杂记 | 黄 裳 · 002

梦中的天地 | 陆文夫 · 010

北京城杂忆 | 萧 乾 · 020

上海的洋房 | 王安忆 · 034

京西小巷槐树街 | 宗 璞 · 037

甲戌天津老城踏访记——一次文化行为的记录 | 冯骥才 · 040

失去的老房子 | 叶兆言　　　　　　　　　· 046

有关庙的回忆 | 史铁生　　　　　　　　· 052

一个城市的灵魂 | 苏　童　　　　　　　· 066

苏州河——上海故事从这里开始 | 程乃珊　· 072

一个人的平遥 | 蒋　韵　　　　　　　　· 078

前门看水 | 肖复兴　　　　　　　　　　· 082

辑二　城市之美

西安这座城 | 贾平凹　　　　　　　　　· 090

阳台上的遗憾 | 韩少功　　　　　　　　· 096

北京胡同 | 邓云乡　　　　　　　　　　· 100

上海与北京 | 王安忆　　　　　　　　　· 107

何谓日常生活——以昆明为例 | 于　坚　· 112

弄堂里的春光 | 陈丹燕　　　　　　　　· 121

城市之美（节选）| 赵丽宏　　　　　　· 126

玉林西路的左岸生活 | 翟永明　　　　　· 132

北京滋味——涮庐主人闲话 | 陈建功　　· 136

辑三　我的家乡

渡船｜林斤澜　　　　　　　　　　　　　　・142

龙驹寨｜贾平凹　　　　　　　　　　　　　・148

老家｜孙　犁　　　　　　　　　　　　　　・156

小巷人家｜陈从周　　　　　　　　　　　　・159

我的家乡｜汪曾祺　　　　　　　　　　　　・162

土地｜余　华　　　　　　　　　　　　　　・171

会唱歌的墙（节选）｜莫　言　　　　　　　・177

乡土（之一）｜赵　园　　　　　　　　　　・183

乡村｜鲍尔吉·原野　　　　　　　　　　　・188

寒冷的高纬度——我的梦开始的地方｜迟子建　・191

山居心情（节选）｜韩少功　　　　　　　　・198

乡村舞会｜李　娟　　　　　　　　　　　　・202

辑四　乡愁何处

一个人的村庄（节选）｜刘亮程　　　　　　・214

每个故乡都在消逝｜王开岭　　　　　　　　・217

"迷失"在故乡 | 梁 鸿 · 227

一个古老村庄消失的前夜 | 李汉荣 · 234

遗失的故乡 | 吴佳骏 · 241

泥土哪去了 | 南 帆 · 248

村庄里的亲人 | 黄 灯 · 262

日暮乡关何处是 | 徐 可 · 274

何处是乡愁 | 梁 衡 · 288

故乡即异邦（节选）| 刘大先 · 295

编辑凡例 · 303

辑一　城市记忆

杭州杂记

黄 裳

　　回想第一次游杭州,是在1946年的夏天。当时我刚从重庆回到上海,马上又要到南京去工作。行前抽空游了一次杭州。来去匆匆,单枪匹马,倚仗着年轻人的脚力,和新闻记者的兴致,在湖上胡乱跑了两天。留下的印象并不怎样佳妙。只是对它那"销金锅子"的雅号,有了进一步的"理解"。西湖确不愧是一只火罐儿,没有这样的气温,金子又怎能销熔得了呢?许多有名的地方大致也都去过,还在"楼外楼"吃了一次饭。那可不像今天的气派,只不过是一座破破烂烂的酒楼。楼上壁间挂着马叙伦先生的一张诗幅,字写得非常好,悬想大约是在这里吃酒吃得半酣后下笔的。读了马夷老的诗,竟也引起了"诗兴",凑了下面的七言八句:

　　　　湖山梦想十年间,此日来游一解颜。

树影浸疏离乱后，溪山无恙水犹潺。

能无风雨高楼感，愿得清时鼓乐还。

薄醉倚栏一张望，借他樽酒慰时艰。

这诗后来给一位诗人看过，他说写得不好。我想他的意见是不错的。诗里的意思虽然不能说完全虚假，但到底不免有些念"脱空经"的气味（典出《齐东野语》，我是从钱锺书先生的文章中看来的）。自然算不得好诗，甚至不能算是诗。

五十年代初又多次来过杭州。我随带了《梁祝》和《西厢》慰问部队的总政文工团来到这里，是在1952年的冬天。有一天散了戏，大约已将近午夜了，我们几个人去敲开了知味观的大门。整个酒楼只有我们几个主顾，楼上的一个单间里的一只大火炉，也早已熄灭了。窗外正下着大雪。我们都穿着簇新的又肥又厚的棉军服，还觉得冷。吃完夜宵，又沿着湖滨，缓缓踏着厚厚的雪走回住地去。虽然是暗夜，西湖的轮廓却被晶莹的积雪勾勒得眉目分明。这经验是很难得的。

过了两天天气放晴，我起了一个早，乘车来到四眼井，沿着满是陇的山路向上爬去。待得爬到烟霞洞，已经是满头大汗了。就来到也是一座破破烂烂的阁子里痛饮了几碗清茶，还吃了洒了一层木樨的甜甜的藕粉。面对满山黄叶，解开了棉军装的前襟，在艳丽的朝阳中坐了许久。这经验也是愉快而深刻的，甚至记不起是否曾去看过洞里有名的罗汉石雕。

以上,是我对杭州的夏天和冬天的一点零碎记忆,当然,更可爱的还是春天和秋天。

五十年代初,我写过几首"湖上杂诗"。那是一个春天的下午,在杭州的一家旧书店里偶然买到一册罗两峰的《香叶草堂诗存》,带到西湖的小划子上闲看,那里面有一组写西湖的绝句,很有趣,就试用原韵也写了几首。现在抄两首在这里。

菇蒲清浅水平沙,着个瓜皮艇子斜。
榜尾斜阳成一顾,为渠烘上脸边霞。

娟娟初月媚黄昏,眼底青螺远黛痕。
数桨声迟人语寂,不知身在涌金门。

这说的是在西湖上划船,时间是春天的傍晚。这种小划子,最多只能坐四个人;最好是两个人。没有目的慢慢地荡,荡到不想再荡,或到了吃饭的时候就上岸。我以为这是湖上最有意思的一种活动。

我在杭州也曾度过一个美好的秋天。那是1953年,为了给盖叫天先生编舞台纪录片的脚本,我在杭州前后住了两个月光景。就住在里西湖新新旅馆楼上的一间客房里,一推窗就看见了湖,正好对着放鹤亭。每天早上到金沙港盖老家里去工作。主人是十分好客的。下午常常约我一起出去游山或到处闲走,晚上经常就在城里吃晚饭，听评弹。散场以后坐三轮车回家，盖老夫妇顺路把我送回旅馆。静寂的秋夜，已经散尽了游人的环湖马路，朗朗的秋月，森然成行的古树，对岸杭州市上疏落的灯火。还有就是从这一片静寂中清冷地划过的三轮车的铃声。

住在里西湖，想进城时可以讨一只游艇，所以这一段湖面我不知道曾经穿行过多少次。城里最常去的地方是书店。新书店和旧书店是多的，往往一个下午还看不完。旧书店里有很多杭州诗人的集子，从乾隆前后直到近代，这里不知道出了多少诗人，对他们的故乡山水说了数不尽的好话，在旅寓灯下翻翻这些诗集，是很有趣的。等我收拾行李回沪时，竟自有了大大的一包。记得有一位诗人给他的诗集取名为《一半勾留集》，这当然是出典于"一半勾留为此湖"的，也许正因此说明他是一位流寓的诗人。奇怪的是，翻过了许多本诗集，却不曾发现能使我记忆不忘的诗篇。

在一个下着潇潇秋雨的日子，傍晚，讨一只划子到白堤上的楼外楼去吃饭。古旧的楼屋，昏黄的灯火，那意境就和这里出售的陈年黄酒的味道相近。不知怎的，我觉得这一切比起现在灯火辉煌的新楼还要更好一些。

以上，都是二十多年前的旧事了。那以后，我有许多年没有到过湖上，也很少想起。想想我其实不过是一个平平常常的游人、过客，说不上与西湖有怎样深厚的情分。我有一张陈老莲所写的诗轴，淡墨行草写在已经变成浅灰颜色的纸上。

  半年不到西湖住，梦想西湖亦半年。
  今到湖边住几日，两山山气已秋天。

  像陈老莲那样梦寐不忘的对西湖的依恋之情，惭愧得很，我并没有。

  1976年以后，我居然又已先后四次到过杭州，不能说不是一种非凡的好兴致。最近的一次是给画家黄永玉做伴路过这里。风驰电掣地一一看过照例应该欣赏的风景，吃了不少理应在杭州吃到的好东西……在车上永玉对我说，游杭州最好的办法可能是《儒林外史》上写过的马二先生的方式。我懂得他的意思。他婉转地表明了对我们此次采用的游览方式既满足又不满足的心情。永玉仅有的游杭经验是四十年前的一次"浪游"，和我的旧经验差不多，也许还要更原始、更浪漫。大体说来，这都是属于马二先生一类的。

  马二先生是一位已经有了一把胡子的书坊编辑。他编的是八股文章，其实算不得雅人，也不会作诗。他出门时袋里带了几个钱，只够吃一碗面和买几文"处片"嚼嚼；他没有车马，游山全靠两条腿。他有兴趣的是城隍山那样挤不进"八景"或"十景"的地方，我们这次就没有去。提出马二先生作为游山的榜样似乎有些荒谬，不过我觉得他的宗旨是不错的。在马二先生眼中，红男绿女和肥透的羊肉，滚热的蹄子的分量远逾于"清雅""幽深"的"真山真水"，这一点是极可佩服的。在马二先生面前，一切风雅的诗人墨客都变得像是用各色花纸糊起来的了。我买到的许多歌颂杭州风景的诗集，就是这些纸扎的草人所唱的歌，没有生气是必然的。

写出了马二先生的吴敬梓是值得佩服的。

同样值得佩服，并真正理解西湖的还有一位张宗子（岱）。他说过，"西湖七月半，一无可看。止可看'看七月半之人'。"也是同样的意思。张宗子比马二先生要高明得多。我想他可以称得起是一位"绝代的散文家"。他与明末的那一群专写山水小品的作者不同，他是诗人，他有诗人应有的一切素质；但同时又是一位"市井诗人"，这是他高出于同时侪辈的重要特色。

应该打破一种迷信。在我们的历史书和文学史上似乎有那么一批高雅绝俗的纯粹的诗人，只靠餐风饮露过活的人物。这当然只不过是一种幻景。无论是谁都不可能离开社会而存在。只是有的人有意避开不看、不说，或想说而不许说，不能说。因而造成了一种假象，仿佛真有那么一批仙人似的人物了。在这种气氛下面，有谁敢于表现出对普通人民的生活与趣味的注意、同情，那就是了不起的，是在一群木偶、纸人中难得出现的真正的人。不论他们是张岱或马二先生，都是使我们感到亲近的人物。

张岱说，"看七月半之人，以五类看之。"他是有意识地想进行一些分析、归纳的。当然，他做得不够理想。这是难怪的。不过他首先提出的第一类，"楼船箫鼓，峨冠盛筵，灯火优俍，声光相乱，名为看月，而实不见月"的一群，倒是任何时代都可以在湖上看到的人物。我想，不妨姑且名之曰"贾似道式"。自从《李慧娘》在舞台上重新出现之后，观众广泛热烈地加以欢迎。连据说对古老的京戏已经失去了兴趣的青年观众也不例外。我想人们的兴趣怕也不全在于欣赏美丽的"女鬼"。贾似道的游湖法是"封闭式"的，不许人看，也不许看人。大好湖山只能由平章一人享受。不识相的太学生裴君，偏要实行"民主的权利"，说什么"想这西湖乃人人之西湖"，结果是被捉进府去，关在红梅阁内了。后来拾得性命一条，还要算是非凡的运气；更意外的是李慧娘，她只不过向岸上瞄了一眼，说了一句"美哉少年"，就立即变成了"女鬼"。……这真是难以想象的神话。不过，难道这真是天才剧作家的凭空创造么。

前面说起的罗两峰的《西湖杂诗二十二首》中有一首就是：

平泉金谷等沧桑，过眼豪华迹渺茫。

葛岭草深人不到，秋风秋雨半闲堂。

罗两峰说的就是贾似道，他说的是高于现实的历史的真实。

葛岭上确是布满了荒秽芜杂的草木,这次我们也不曾去。但前年我是去过的。半闲堂当然没有看见,其实在罗两峰生活的时代就早已没有了,诗人在这里不过是写诗而已。

1981年1月22日

(录自《过去的足迹》,人民文学出版社,1984年版)

梦中的天地

陆文夫

我也曾到过许多地方，可是梦中的天地却往往是苏州的小巷。我在这些小巷中走过千百遍，度过了漫长的时光。青春似乎是从这些小巷中流走的，它在脑子里冲刷出一条深深的沟，留下了极其难忘的印象。

三十八年前，我穿着蓝布长衫，乘着一条木帆船闯进了苏州城外的一条小巷。这小巷铺着长长的石板，石板下还有流水淙淙作响。它的名称也叫街，但是两部黄包车相遇便无法交会过来；它的两边都是低矮的平房，晾衣裳的竹竿从这边的屋檐上搁到对面的屋檐上。那屋檐上都砌着方形带洞的砖墩，看上去就像古城上的箭垛一样。

转了一个弯，巷子便变了样，两边都是楼房，黑瓦、朱栏、白墙。临巷处是一条通长的木板走廊，廊檐上镶着花板，雕刻都不一样，有的是松鼠葡萄，有的是八仙过海，大多是些"富贵不断头",马虎而平常。也许是红颜易老吧,那些朱栏和花板都已经变黑、发黄。那些晾衣裳的竹竿却在雕花的檐板中躲藏,竹帘低垂,掩蔽着长窗。我好像在什么画卷和小说里见到过此种式样,好像潘金莲在这种楼上晒过衣裳。那楼下挑着糖粥担子的人,也像是那卖炊饼的武大郎。

这种巷子里也有店铺,楼上是住宅,楼下是店堂。最多的是烟纸店、酱菜店和那带卖开水的茶馆店。茶馆店里最闹猛,许多人左手搁在方桌上,右脚翘在长凳上,端起那乌油油的紫砂茶杯,一个劲儿地把那些深褐色的水灌进肚皮里。这种现象苏州人叫作皮包水,晚上进澡堂便叫水包皮。喝茶的人当然要高谈阔论,一片嗡嗡声,弄不清都是谈的些什么事情。只有那叫卖的声音最清脆,那是提篮的女子在兜售瓜子、糖果、香烟。还有那戴着墨镜的瞎子在拉二胡,哑沙着嗓子唱什么,说是唱,但也和哭差不了许多。这小巷在我面前展开了一幅市井生活的画图。

就在这图卷的末尾,我爬上了一座小楼,这小楼实际上是两座,分前楼与后楼,两侧用厢房连在一起,形成了一个口字。天井小得像一口深井,只放了两只接天水的坛子。伏在前楼的窗口往下看,只见人来人往,市井繁忙;伏在后楼的窗口往下看,却是一条大河从窗下流过。河上橹声咿呀,天光水波,风日悠悠。河两岸都是人家,每家都有临河的长窗和石码头。那码头建造得十分奇妙,简单而又灵巧,是用许多长长的条石排列而成的。那条石一头腾空，一头嵌在石驳岸上，一级一级地扦进河床，像一条条石制的云梯挂在家家户户的后门口。洗菜淘米的女人便在云梯上凌空上下，在波光与云影中时隐时现。那些单桨的小船，慢悠悠地放舟中流，让流水随便地把它们带走，那船上装着鱼虾、蔬菜、瓜果，只要临河的窗内有人叫买，那小船便箭也似的射到窗下，交易谈成，楼上便垂下一只篮筐，钱放在篮筐中吊下来，货放在篮筐中吊上去。然后楼窗便吱呀关上，小船又慢慢地随波漂去。

在我后楼的对面，有一条岔河，河上有一顶高高的石拱桥，那桥栏是一道弧形的石壁，人从桥上走过，只有一个头露在外面。可那桥洞却十分宽大，洞内的岸边有一座古庙，我站在石码头上向里看，还可以看见黄墙上的"南无……"二字。有月亮的晚上可以看见桥洞里流水湍急，银片闪烁，月影揉碎，古庙里的磬声随着波光向外流溢。那些悬挂在波光和月色中的石码头上，捣衣声咚咚地响成一片，"长安一片月，万户捣衣声"，小巷的后面也颇有点诗意。翻身再上前楼，又见巷子里一片灯光，黄包车辚辚而过，卖馄饨的敲着竹梆子，卖五香茶叶蛋的提着带小炉子的大篮子。茶馆店夜间成了书场，琵琶叮咚，吴语软侬，苏州评弹尖脆悠扬，卖茶叶蛋的叫喊怆然悲凉。我没有想到，一条曲折的小巷竟然变化无穷，表里不同，栉比鳞次的房屋分隔着陆与水，静与动。一面是人间的苦乐与喧嚷，一面是波影与月光，还有那低沉回荡的夜磬声，似乎要把人间的一切都遗忘。

我也曾住过另一种小巷，两边都是高高的围墙，这围墙高得要仰面张望，任何红杏都无法出墙，只有那常春藤可以爬出墙来，像流苏似的挂在墙头上。这是一种张生无法越过的粉墙，而且那沉重的大门终日紧闭，透不出一点个中的消息，还有两块下马石像怪兽似的伏在门边，虎视眈眈，阴冷威严，注视着大门对面的一道影壁。那影壁有砖雕镶边，当中却是空白一片。这种巷子里行人稀少，偶尔有卖花人拖着长声叫喊："阿要白兰花？"其余的便是麻雀在门楼上吱吱唧唧，喜鹊在风火墙上跳上跳下。你仿佛还可以看见王孙公子骑着高头大马走进了小巷，吊着铜环的黑漆大门咯咯作响，四个当差的从大门堂内的长凳上慌忙站起来，扶着主子踏着门边的下马石翻身落马，那马便有人牵着系到影壁的旁边。你仿佛可以听到喇叭声响，炮竹连天，大门上张灯结彩，一顶花桥抬进巷来。若干年后，在那花轿走过的地方却竖起了一座贞节坊或节孝坊。在那发了黄的志书里，也许还能查出那烈女、节妇的姓氏，可那牌坊已经倾圮，只剩下两根方形的大石柱立在那里。

我擦着那方形的石柱走进了小巷，停在一座石库门前。这里的大门上钉着竹片，终日不闭，有一个老裁缝兼作守门人，在大门堂里营业，守门工便抵作了房租费。也有的不是裁缝，是一个老眼昏花的妇人，她戴着眼镜伏在绷架上，在绣着龙凤彩蝶。这是那种失去了青春的绣女，一生都在为他人做嫁衣裳，老眼虽然昏花,戴上眼镜仍然能把如丝的彩线劈成八片。这种大门堂里通常都有六扇屏门,有的是乳白色,有的在深蓝色上飞起金片,金片都发了黑,成了许多不规则的斑点。六扇屏门只开靠边的一扇,使你对内中的情景无法一目了然。我侧着身子走进去,不是豁然开朗,而是进入了一个黑黝黝的天地,一条窄长的陪弄深不见底。陪弄的两边虽然有许多洞门和小门,但门门紧闭,那微弱的光线是从间隔得很远的漏窗中透出来的。踮起脚来从漏窗中窥视,左面是一道道的厅堂,阴森森的;右面是一个个院落,湖石修竹,朱栏小楼,绿荫遍地。这是那种钟鸣鼎食之家,妻妾儿女各有天地,还有个花园自成体系。

我曾经在某个东花园中借住过半年,这园子仅占两亩多地,可以说是一个庭院,也可以说是个花园,因为在这小小的地方却具备了园林的一切特点,这里有湖石堆成的假山,山上有鹅卵石铺成的小路,小路盘旋曲折,忽高忽低,一会儿钻进洞中,一会儿又从小桥上越过山涧;山涧像个缺口,那桥也小得像模型似的。如果你循着小路上下,居然也得走好大一气,如果你行不由径,三五步便能爬上山顶。山顶笼罩在参天的古木之中,阳光洒下的都是金线,处处摇曳着黑白相间的斑点。荷花池便在山脚边,有一顶石板曲桥横过水面。曲桥通向游廊,游廊通向水榭、亭台,然后又回转着进入居住的小楼。下雨天你可以沿着游廊信步,看着那雨珠在层层的枝叶上跌得粉碎、雨色空蒙,楼台都沉浸在烟雾之中。你坐在亭子里小憩,可以看那池塘里慢慢地涨水,涨得把石板曲桥都没在水里。

这园子里荒草丛生,地上都是白色的鸟粪,山洞里还出没着狐狸。除掉鸟鸣之外,就算那荷塘最有生气,那里水草茂盛,把睡莲都挤到了石驳岸,初夏时石缝里的清水中游动着惹人喜爱的蝌蚪。尖尖的荷叶好像犀利无比,它可以从厚实的水草中戳出来,一夜间就能钻出水面。也有些钻不出来,因为鲤鱼很喜欢鲜嫩的荷叶。一到夜间更加热闹,蛙声真像打鼓似的,一阵喧闹,一阵沉寂,沉寂时可以听见鱼儿唧喋。呼啦啦一声巨响,一条大鱼跃出水面,那响声可以惊醒树上的宿鸟,吱吱不安,直到蛙声再起时才会平息。住在这种深院高墙中是很寂寞的,唯有书籍可以作为伴侣,我常常坐在假山上看书,看得入神时身上便爬来许多蚂蚁,这种蚂蚁捏不得,它身上有股怪味,似乎是一种冲脑门儿的松节油的气味,我怀疑它是吃那白皮松的树脂长大了的。

比较起来我还是欢喜另一种小巷,它有浓厚的生活气息,在形式上也是把各种小巷的特点都汇集在一起。既有深院高墙,也有低矮的平房;有烟纸店、大饼店,还有老虎灶。那石库门里住着几十户人家,那小门堂里只有几十个平方。巷子头上有公用的水井,巷子里面也有只剩下石柱的牌坊。这种巷子也是一面临河,却和城外的巷子大不一样,两岸的房子拼命地挤,把个河道挤成一条狭窄的水巷。"古宫闲地少,水巷小桥多",唐代的诗人就已经见到过此种景象。

夏日的清晨，你走进这种小巷，小巷里升腾着烟雾，巷子头上的水井边有几个妇女在那里汲水，慢条斯理地拉着吊柄绳，似乎还带着夜来的睡意，还穿着那肥大的、直条纹的睡衣。其实整个的巷子早就苏醒了。退休的老头已经进了园林里的茶座，或者是什么茶馆店，在那里打拳、喝茶、聊天。也有的老头足不出户，在庭院里侍弄盆景，或者是呆呆地坐在藤椅子上，把一杯杯的浓茶灌下去。家庭主妇已经收拾了好大一气，提篮走进那个喧嚷嘈杂的小菜场里。她们熙熙攘攘地进入小巷，一路上议论着菜肴的有无、好丑和贵贱。直等到垃圾车的铃声响过，垃圾车渐渐地远去，上菜场的人才纷纷回来，结束清晨买菜这一场战斗。

买菜的队伍消散了，隔不多久，巷子里的活动就进入了高潮。上班的人几乎是在同一个时间内拥出来的，有的出巷往东走，有的人巷往西去，背书包的蹦蹦跳跳，抱孩子的叫孩子和好婆说声再见，只看见那自行车银光闪闪，只听见那铃铛儿响成一片。小巷子成了自行车的竞技场、展览会，技术不佳的女同志只好把车子推出巷口再骑。不过这种高潮像一阵海浪，半个小时后便会平息。

上班、上学的都走了，那些喝茶、打拳的便陆陆续续地回来。这些人走进巷子里来时，大多不慌不忙，神色泰然，眼帘半垂，好像是这条巷子里再也没有任何东西可以使他们感到新奇。欢乐莫如结婚，悲伤莫如死人，张皇莫如失火，可怕莫如炮声，他们都经历过的，无啥稀奇。如果你对他们不感兴趣的东西感到兴趣的话，每个人的经历倒很值得收集。他们有的是一代名伶，有的身怀绝技；有的是八级技工，曾经在汉阳兵工厂造过枪炮的；有的人历史并不光彩，可那情节却也十分曲折离奇。研究这些人的生平，你可以追溯一个世纪。但是需要使用一种电影手法——化出，否则的话，你怎么也想不到那个白发如银、佝偻干瘪的老太太是演过《天女散花》的。

夏天是个敞开的季节。入夜以后，小巷的上空星光低垂，风从巷子口上灌进来，扫过家家户户的门口。这风具有很大的吸引力，把深藏在小庭深院中的生活都吸到了外面。巷子的两边摆着许多小凳和藤椅，人们坐着、躺着来接受那凉风的恩惠。特别是那房子缩进去的地方，那里有几十个平方的砖头地，是一个纳凉、休息小憩的场所。砖头地上洒上了凉水，附近的几家便来聚会。连那些终年卧床不起的老人也被儿孙搀到藤椅子上，接受邻居的问候。于是，这巷子里的春花秋月，油盐柴米，婚丧嫁娶统统成了人们的话题，生活底层的秘密情报可以在这里猎取。只是青年人的流动性比较大，一会儿来了个小友，几个人便结伴而去；一会儿来了个穿连衫裙的，远远地站在电灯柱下招手，藤椅子咯喳一响，小伙子便被吸引而去。他们不愿意对生活做太多的回顾，而是欢喜向未来做更多的索取；索取得最多的人却又不在外面，他们面对着课本、提纲、图纸，在房间里挥汗不止，在蚊烟的缭绕中奋斗。

奇怪的是今年夏天在巷子里乘凉的人不多，夏夜敞开的生活又有隐蔽起来的趋势。这都是那些倒霉的电视机引起的，那玩意儿以一种飞跃的速度日益普及。在那些灯光暗淡的房间里老少咸集，一个个寂然无声，两眼直瞪，摇头风扇吹得呼呼地响。又风凉，又看戏，谁也不愿再到外面去。有趣的是那些电视机的业余爱好者，那些头发蓬乱、衣冠不整的小青年，他们把刚刚装好还没有配上外壳的电视机捧出来，放在那砖头地上做技术表演，免费招待那些暂时买不起或者暂时不愿买电视机的人。静坐围观的人也不少，好像农村里看露天电影。

小巷子里一天的生活也是由青年人来收尾，更深人静，情侣归来，空巷沉寂，男女二人的脚步都很合拍、和谐、整齐。这时节，路灯灼亮，粉墙反光，使得那挂在巷子头上的月亮也变得红殷殷的。脚步停住，钥匙声响，女的推门而入，男的迟疑而去，步步回头；那门关了又开，女的探出上半身来，频频挥手，这一对厚情深意，那一对不知道出了什么问题，男的手足无措，站在一边，女的依在那牌坊的方形石柱上，赌气、别扭，双方僵持着，好像要等待月儿沉西。归去吧姑娘，夜露浸凉，不宜久留，何况那方形的石柱也依不得，那是块死硬而沉重的东西……

面对着大路你想驰骋，面对着高山你想攀登，面对着大海你想远航。面对着这些深邃的小巷呢？你慢慢地向前走啊，沿着高高的围墙往前走，踏着细碎的石子往前走，扶着牌坊的石柱往前走，去寻找艺术的世界，去踏勘生活的矿藏，去倾听历史的回响……也许已经找到了一点什么了吧，暂且让它在这本书中留下，看起来找到的还不多，别着急啊，让我慢慢地向前走。

1983年10月于苏州

（录自《小巷人物志》，中国文艺联合出版公司，1984年版）

北京城杂忆

萧 乾

· 行当

每逢走过东四大街或北新桥,我总喜欢追忆一下五十年前那儿是个什么样子。就说店铺吧,由于社会的变迁,不少行当根本消灭了,有的还在,可也改了方式和作用。

拿建筑行当里专搭脚手架的架子工来说,这在北京可是出名的行当。五十年代我在火车上遇过一位年近七旬的劳模,他就是修颐和园时搭佛香阁的脚手架立的功。现在盖那么多大楼,这个工种准得吃香。可五六十年前北京哪儿有大楼盖呀。那时候干这一行的叫"搭棚的"。办红白事要搭,一到夏天,阔人家院里就都搭起凉棚来了。

那可真是套本事!拉来几车杉篙、几车绳子和席,把式们上去用不了半天工夫,四合院就覆盖上了。下边你爱娶媳妇办丧事，随便。等办完事，那几位哥儿们又来了。噌噌噌爬上房，用不了一个时辰又全拆光；杉篙、席和绳子，全分门别类，有条不紊地放回大车上拉走了。

整个被消灭的行业，大都同迷信有关系。比如香烛冥纸这一行。从北新桥到四牌楼，就有好几家。那时候一年到头，香没完没了地烧，平常在家里烧，初一、十五上庙里烧。腊月二十三祭灶烧，八月十五供兔儿爷烧。一到清明，家家更得买点子冥纸。一张白纸凿上几个窟窿，就成制钱啦。金纸银纸糊成元宝形，死人拿到更阔气了。还有钞票，上面印着：酆都银行，多少圆的都有。拿到坟上去烧，一边儿烧，一边儿哭天号地。等腊月祭灶，就更热闹了。为了贿赂灶王爷，让他"上天言好事，下地保平安"，就替他烧个纸梯子，好像他根本没有上天的本事，并且要烧点子干豌豆，说是为了喂他的马。小时候祭完灶，我就赶快去灰烬里扒那烧煳了的豆子吃，味道美滋滋的。不过吃完了嘴巴两边甚至半个脸就全成炭人儿啦。

现在糊灯笼和糊风筝的高手是工艺美术家了。那时候，还有糊楼库的。这种铺子也到处都是。办丧事的，怕死人到阴间在住房和交通工具上发生困难，就糊点子纸房子纸车纸马，有时还糊几名纸仆人。到七月盂兰节，就糊起法船来了，好让死人在阴间超度苦海，早早到达西天。这些都先得用秫秸秆儿搭成架子，然后糊上各种颜色的纸。工一个比一个细。糊人糊马讲究糊得惟妙惟肖。可到时候都一把火烧掉。有时候还专在马路当中去烧!

这就说起那时候办红白事来了。

先说结婚吧,那当然全由家里一手包办喽,新婚夫妇到了洞房才照面儿。订婚时,男方先往女方家里送鹅笼酒海。一排排的。那鹅一路上还从笼里伸出脖子来一声声地吼。作闺女的没出阁,就先得听几天鹅叫,越叫越心慌。女方呢,事先就一挑挑地往男家送嫁妆:从茶壶脸盆,铺盖衣服,掸瓶梳妆台到硬木家具。

那时候的交通警可不好当。娶亲的花轿,出殡的棺材,都专走马路当中。棺材上面还罩个大盖子,起码也得八个"扛"——就是八个穿了蓝短褂的壮汉来抬,最多的到六十四人杠。前面的执事还得占上半里地。娶亲的,花轿一般也是八个人抬。走在前边的执事可热闹啦!有刀枪剑戟,斧钺钩叉。到女家,女方还先把门关严,故意不开。外头敲锣打鼓,里头故意刁难,要乐师吹这个奏那个。再说,明明是白天,执事干吗举着木灯?后来学人类学才懂得,那明明是俘虏婚姻制的遗留。

三十年代,我在燕京大学念书的时候,教务长梅贻宝先生结婚就特意用过花轿,新娘还是一位女教授。当时是活跃了校园的一桩趣事。

丧事呢,也涉及不少行业。我那时最怕走过寿衣铺。那是专卖为装殓死人用的服装店。枕头两头绣着荷花,帽子上还嵌着颗珠子。

有段快板是说棺材铺的:"打竹板的迈大步,一迈迈到棺材铺。棺材铺掌柜的本事好,做出棺材来一头大,一头小。装上人,跑不了。"

那时候还有个行当,大都是些无业游民干的:专靠替人哭鼻子来谋生,叫号丧的。马路上一过出殡的,棺材前头常有这么一帮子,一个个缩着脖,揣着手,一声声地哀号着,也算是事主的一种排场。

这些,比我再小上一二十岁的人必然也都看见过。现在回顾一下这些可笑可悲的往事,可以看出现在社会的进步,就表现在人不那么愚昧了,因而浪费减少了。

可不知道二十一世纪的人们再回过头来看今天的我们,又还有哪些愚昧和浪费呢!

· 方便

现在讲服务质量,说白了就是个把方便让给柜台里的,还是让给柜台外的问题(当然最好是里外兼顾)。这是个每天都碰到的问题。比方说,以前牛奶送到家门口,现在每天早晨要排队去领。去年是卖奶票,今天忙了,或者下大雨,来不及去取,奶票还可以留着用。现在改写本本了,而且"过期作废",这下发奶的人省事了,取奶的人可就麻烦啦。

"文革"后期上干校之前,我跑过几趟废品站,把劫后剩余的一些够格儿的破烂，用自行车老远驮去。收购的人大概也猜出那时候上门去卖东西的，必然都是些被打倒了的黑帮，所以就百般挑剔，这个不收，那个不要。气得我想扔到他门口，又觉得太缺德，只好又驮回去。

以前收购废品的方式灵活多了，并不都是现钱交易。比方说，"换洋取灯儿的"就是用火柴来换废纸。"换盆儿的"沿街敲着挑子上的新盆吆喊。主妇们可以用旧换新。有时候是两三个换一个，有时候再贴上点钱。如今倒好，家里存了不少啤酒瓶子，就是没地方收！

说起在北京吃馆子难，我就想起当年（包括二十世纪五十年代）"挑盒子菜的"。谁家来了客人，到饭馆子言语一声，到时候就把点的菜装到两个笼屉里，由伙计给挑家来了。也可以把饭馆里的厨师请到家里来掌勺。那时候有钱就好办事。现在有时候苦恼的是：有钱照样也干着急。

我小时门口过的修理行业简直数不清。现在碟碗砸了，一扔了事。以前可不是。门口老过"锔盆儿锔碗儿的"，挑子两头各有一只小铜锣，旁边拴着小锤儿，走起来就奏出细小的叮当响声。这种人本事可大啦。随你把盆碗摔得多么碎，他都能一块块地给对上，并且用黏料粘好，然后拉着弓子就把它锔上啦。每逢看到考古人员拼补出土文物时，我就想，这正是"锔盆儿锔碗儿的"拿手本领。

有一回我跟一位同学和他母亲去东四牌楼东升祥买布，同去的还有他的小弟，才三岁。掌柜的把我们迎进布铺之后，伙计就把那小弟弟抱上楼去玩了。买完布，我们上楼一看，店里有个小徒弟正陪着那小弟弟玩火车哪。原来楼上有各种玩具，都是为小顾客准备的。掌柜的想得多周到！这么一来，大人就可以安心去挑选布料啦。

去年我在德国参观一家市立图书馆。走进一间大屋，里面全是三五岁的娃娃，一个个捧着本画儿书在乱翻。一问，原来主妇们带娃娃来看书，可以把孩子暂时撂在那里同旁的娃娃玩，有专人照看。这样，还早早地就培养起孩子们对书的爱好。想得有多妙！当时我就想起了东升祥来。

现在搬个家可难啦。有机关的还可以借辆卡车，来几位战友儿帮忙。没机关的可就苦啦。以前有专门包搬家的。包，就是事先估好了一共需要多少钱；另外，包也就是保你样样安全运到。家主只在新居里指指点点。这张桌子摆这儿，床摆那儿。搬完了，连个花盆也砸不了。

那时候要是不怕费事，走远点儿可以按批发价钱买点儿便宜货。我就常蹬车去果子市买水果，比铺子里按零售价便宜多了。1983年在美国，有一天我们郊游走过一农家蜜瓜农场。文洁若花一美元买了三个大瓜。回来我们一合计，在超级市场一元钱也买不到半个瓜。我就想，在水果蔬菜旺季，要是北京也鼓励人到产地去买，不是可以减少些运输的压力，对买主也更实惠吗！

每逢在国外看到跳蚤市场，我就想北京德胜门晓市。那是个专卖旧货的地方。据说有些东西是偷来的黑货。晓市天不亮就开张，所以容易销赃。我可在那儿上过几回当。一次买了双皮鞋，没花几个钱，还擦得倍儿亮。可买回穿上没走两步，就裂口啦。原来裂缝儿是用糨糊或泥巴填平，然后擦上鞋油的！

我最怀念的，当然是旧书摊了。隆福寺、琉璃厂——特别是年下的厂甸。我卖过书、买过书，也站着看过不少书。那是知识分子互通有无的场所。五十年代，巴金一到北京，我常陪他逛东安市场旧书店。他家那七十几架书（可能大都进了北图）有很大一部分是那么买的呢。

我希望有一天北京又有了旧书摊，就是那种不用介绍信，不必拿户口本就进得去的地方。

· 痕迹

世界上像北京设计得这么方方正正、匀匀称称的城市，还没见过。因为住惯了这样布局齐整得几乎像棋盘似的地方，一去外省，老是迷路转向。瞧，这儿以紫禁城（故宫）为中心，九门对称，前有天安，后有地安，东西便门就相当于足球场上踢角球的位置。北城有钟鼓二楼，四面是天地日月四坛。街道则东单西单、南北池子。全城街道就没几条斜的，所以少数几条全叫出名来了：樱桃斜街，李铁拐斜街，鼓楼旁边儿有个烟袋斜街。胡同呢,有些也挨着个儿编号:头条二条一直到十二条。可又不像纽约那样,一排排个几十条。北京编到十二条,觉得差不离儿,就不往下编了。改叫起名字来。什么香饵胡同呀,石雀胡同呀,都起得十分别致。

当然,外省也有好听的地名。像上海二马路那个卖烧饼油条的"耳朵眼儿",伦敦古城至今还有条挺窄又不长的"针线胡同"。可这样有趣儿的街名都只是一个半个的。北京城到处都是这样形象化的地名儿,特别是按地形取的,什么九道湾呀,竹竿巷呀,月牙、扁担呀。比方说,东单有条胡同,头儿上稍微弯了点儿,就叫羊尾巴胡同。多么生动,富于想象啊!可后来偏偏给改成了"洋溢胡同"!

我顺小儿喜欢琢磨北京胡同的名儿,越琢磨越觉得当初这座城市的设计者真了不起。不但全局布置得匀称,关系到居民生活的城内设计也十分周密,井井有条。瞧,东四有个猪市,西四就来个羊市。南城有花市、蒜市,北城就有灯市和鸽子市。看来那时候北京城的商业网点很有点儿像个大百货公司,各有分工。紧挨着羊市大街就是羊肉胡同。是一条生产线呀,这边儿宰了那边儿卖,多合理!我上中学时候,猪市大街夜里还真的宰猪。我被侦缉队抓去在报房胡同蹲拘留所的时候,就通宵通宵地听过猪嗞嗞儿叫。

因为是京城,不少胡同当时都是衙门所在地,文的像太仆寺,武的像火药局、兵马司。还有管举人的贡院、练兵的校场,还有掌管谷粮的海运仓和禄米仓,我眼下住的地方就离从前的"刑部街"不远。多少仁人志士大概就在那儿给判去流放或者判处死刑的。

有些胡同以寺庙为名,像白衣庵、老君堂、观音寺、舍饭寺。其中,有些庙至今仍在,像白塔寺和柏林寺。

有些胡同名儿还表现着当时社会各阶层的身份:像霞公府、恭王府,大概就住过皇亲国戚,王大人、马大人必然是些大宫儿,然后才轮到一些大户人家,像史家呀魏家呀。

那时候,北京城里必然有不少作坊,手艺人相当集中。工人不像现在,家住三里河,上班可能在通州!那时候都住在附近,像方砖厂、盔甲厂、铁匠营。作坊之外,还有规模更大、工艺更高的厂子:琉璃厂必然曾制造过大量的各色琉璃瓦,鼓楼旁边的"铸钟厂"一定是那时候的"首钢",外加工艺美术。

有些很平常的地名儿,来历并不平常。拿府右街的达子营来说吧。据说乾隆把香妃从新疆接回来之后,她成天愁眉不展,什么荣华富贵也解不了她的乡思。那时候皇帝办事可真便当!他居然就在皇城外头搭了这么个地方,带有浓厚的维族色彩。香妃一想家,就请她站在皇城墙上眺望。也不知道那个"人工故乡",可曾解了她的乡愁!

民国初年袁世凯就是在北京城这里搞起的假共和,所以北京不少街名带有民国史的痕迹,特别是今天新华社总社所在的国会街。野心家袁世凯就是在那里宣布的临时约法,曹锟也是在那儿闹的贿选。五十年代初期我在口字楼工作过几年，总想知道当时的参众两院设在哪块儿，找找那时议员们以武代文、甩手杖丢墨盒儿的遗迹。

· 花灯

节日往往最能集中地表现一个民族的习俗和欢乐。西方的圣诞、复活、感恩等节日，大多带有宗教色彩，有的也留着历史的遗迹。节日在每个人的童年回忆中，必然都占有极为特殊的位置。多么穷的家里，圣诞节也得有挂满五色小灯泡的小树。孩子们一夜醒来，袜子里总会有慈祥的北极老人送的什么礼物。圣诞凌晨，孩子们还可以到人家门前去唱歌，讨点零花。

我小时候，每年就一个节一个节地盼。五月吃上樱桃和粽子了，前额还给用雄黄画个"王"字，说是为了避五毒。纽扣上戴一串花花绿绿的玩意儿，有桑葚，有老虎什么的，都是用碎布缝的。当时还不知道那个节日同古代诗人屈原的关系。多么雅的一个节日呀！七月节就该放莲花灯了。八月节怎么穷也得吃上块月饼，兴许还弄个泥捏挂彩的兔儿爷供供。九月登高吃花糕。这个节日对漂流在外的游子最是伤感，也说明中国人的一个突出的民族特点：不忘老根儿。但最盼的，还是年下，就是现在的春节。

哪国的节日也没有咱们的春节热闹。我小时候，大商家讲究"上板"（停业）一个月。平时不放假，交通没现在方便，放了店员也回不去家。那一个月里，家在外省的累了一年，大多回去探亲了，剩下掌柜的和伙计们就关起门来使劲地敲锣打鼓。

新正欢乐的高峰，无疑是上元佳节——也叫灯节。从初十就热闹起，一直到十五。花灯可是真正的艺术品。有圆的、方的、八角的，有谁都买得起的各色纸灯笼，也有绢的、纱的和玻璃的。有富丽堂皇的宫灯，也有仿各种动物的羊灯、狮子灯，羊灯通身糊着细白穗子，脑袋还会摇撼。另外有一种官府使用的大型纸灯，名字取得别致，叫"气死风"。这种灯通身涂了桐油，糊得又特别严实，风怎么也吹不灭，所以能把风气死。

纽约第五街的霓虹灯倒也是五颜六色，有各种电子机关，变幻无穷；然而那只有商业上的宣传，没什么文化内容，北京的花灯上，就像颐和园长廊的雕梁画栋，有成套的《三国》《水浒》或《红楼》。有些戏人还会耍刀耍枪。我小时最喜欢看的是走马灯。蜡烛一点，秫秸插的中轴就能转起来。守在灯旁的一个洞口往里望，它就像座旋转舞台：一下子是孙猴，转眼又出来八戒，沙和尚也跟在后边。至今我还记得一盏走马灯里出现的一个怕老婆的男人：他跪在地上，头顶蜡钎，旁边站着个梳了抓髻的小脚女人，手举木棒，一下一下地朝他头上打去。

灯，是店铺最有吸引力的广告。所以一到灯节，哪里铺子多，哪里的花灯就更热闹。

六十年代初的一次春节，厂甸又开市了。而且正月十五，北海还举行了花灯晚会。当时我一边儿逛灯一边儿就想：是呀，过去那些乌七八糟的要去掉，可像这样季节性的游乐恢复起来，岂不大可丰富一下市民的生活。

- 游乐街

说起北京的魅力来，我总觉得"吸引"这个词儿不大够。它能迷上人。著名英国作家哈罗德·艾克敦三十年代在北大教过书，编译过《现代中国诗选》，还翻译过《醒世恒言》。1940年他在伦敦告诉我，离开北京后，他一直在交着北京寓所的房租。他不死心呀，总巴望着有回去的一天。其实，这位现年已过八旬的作家，在北京只住了短短几年，可是在他那部自传《一个审美者的回忆录》中，北京却占了很大一部分篇幅，而且是全书写得最动感情的部分。

使他迷恋的，不是某地其景，而是这座古城的整个气氛。

回想我漂流在外的那些年月，北京最使我怀念的是什么？想喝豆汁儿，吃扒糕；还有驴打滚儿，从大鼓肚铜壶冲出的茶汤和烟熏火燎的炸灌肠。这些，都是坐在露天摊子上吃的，不是在隆福寺就是在东岳庙。一想到那些风味小吃，耳边仿佛就听到哗啦啦的风车声，听见拉洋片儿的吆喊；"脱昂昂、脱昂昂"地打着铜锣的是耍猴儿的或变戏法的。这边儿棚子里是摔跤的宝三儿，那边云里飞在说相声。再走上几步，该是大戏蹦蹦儿戏了。这家茶馆里唱着京韵大鼓，那边儿评书棚子里正说着《聊斋》。卖花儿的旁边有个鸟市。地上还有几只笼子，里边关着兔子和松鼠。动物园，植物园，全齐啦。在我的童年，庙会是我的乐园，也是我的学堂。

近来听说有些地方修起高尔夫球场来了，比那更费钱更占地的美国迪士尼式的乐园也建了起来。我想：这是洋人家门口就可以玩到的呀，何必老远坐飞机到咱们这儿来玩？比如我爱吃炸酱面，可怎么我也犯不着去纽约、华盛顿吃炸酱面呀，不管他们做得怎么地道——还能地道过家里的？到纽约，我要吃的是他们的汉堡包。最能招徕外国旅客的，总是最具有民族特色的东西，而不是硬移植过来的。

听说北京要盖食品街了。这当然也是为旅游着想的。然而满足口福并不是旅游者最大的更不是唯一的愿望，他们更想体验一下我们这里的游乐——不是跟他们那里大同小异的电影院和剧院，而特别是民间艺人的表演。比起烤鸭来，那将在他们心目中留下更为持久的印象。

去年，我去了趟法兰克福。老实说，论市容，现代化的大都会往往给我以"差不多"的印象。三天的勾留，使我至今仍难以忘怀的却是在美因河畔偶然碰上的一个带有狂欢节色彩的集市。魔术团在铜鼓声中表演，长凳坐下来就有西洋景可看。儿童们举着彩色气球蹦蹦跳跳，大人也戴起纸糊的尖尖丑角小帽。我们临河找了个摊子坐下来，各要了瓶啤酒，吃了顿刚出锅的法兰克福名产：香肠。到处是五光十色，到处是欢快的喧器。我望着曼因河心里在想：高度工业化的联邦德国（原西德），居然还保留着这种中古式的市集。同时又想，即使光为了吸引旅游者，北京也应有一条以曲艺和杂技为主体的游乐街呢！

1985年

（录自《北京城杂忆》，《人民日报》出版社，1987年版）

上海的洋房

王安忆

今天,上海洋房里的生涯已经变得十分可疑。浴缸和洗脸池上的热水器龙头由于年久不用生了锈,洗澡须用水壶提了热水倒进浴盆,偌大个浴盆内倒进一壶热水仅够铺底。并且这样的房子,厨房往往是在底层,提一壶热水走上楼梯总有点冒险的味道。房间里的壁炉成了装饰,且还妨碍面积的利用。映着壁炉的火光沉思冥想的美丽图画,隐退到极远的历史中去了。

这样的房子,原是供一户大人家享用的,如今却由许多家分享。一扇后门几乎被信箱、牛奶箱、电铃分割完毕,分别写着赵家、李家、王家、张家、孙家,或者还有顾家和刘家。像新式里弄那样的房子,往往将厨房设在一楼,洗澡间设在二楼,阳台设在三楼,再有一个晒台在顶楼。各得其所。如今这房子里却也许一楼住一家,二楼住一家,三楼住一家,亭子间里再住一家。于是厨房里便安置了三至四个灶头,每个灶头上各有一盏电灯，甚至水池上也并有几个龙头，水管与电线纵横交错。洗澡间是几家共有，到了夏季，那里就十分繁忙，洗澡洗衣的人络绎不绝、川流不息，直至深夜。后天井里，水落管子里哗哗的流水声，是这种房子的静夜里的音乐。还有一种品级更高的公寓房子，一旦局促起来是更为尴尬的。共同居住在新式里弄房子里，尚由楼层加以分割，即使是亭子间也与上下两层保持了一段高度的距离。而公寓房子则全是一个平面上了。而且，这里的生活本该是更为精致的生活，布置合理得当，西洋式的厨房天生为了装置煤气，用地经济，因而便也狭小了。公寓房子没有前后弄堂和天井，可供人们从住房中膨胀开去，它没有一点通融的余地。这种着力保护独立性的房子是最不得与人分享的，不像新式里弄房子，还可有苟且的余地。再有就是真正的洋房了，如今也是真正的"七十二家房客"的舞台。汽车间里住了人家，大厅分割成了住房，甚至加了层。由于人家众多，并不是每一户都可在厨房里得到一个位置，于是，走廊，阳台也都另辟成了厨房。傍晚，各家下班回来，大人们烧饭洗菜，孩子们嬉耍玩闹，充满了一种公社化生活的气氛。这所有的房屋，又都因为失修，流露出破败的景象，外部的墙面石灰剥落，露出砖缝，内部的地板几乎一律松动，夹层间栖宿着老鼠，天花板上几乎都有着漏水的痕迹，电线暴露。昔日的洋房只留下一个名誉了，内中的生活是不堪推敲的。

求实惠的人们甘心住新工房，说起来不如住老房子那么响亮,似乎总有一种家世微贱的心情,会使人们以为,那是住棚户的出身。以"新工房"来称谓水泥预制件制造的单元房,是上海独有的。大约来源于早期专为工人建造的简陋住房。五十年代和六十年代,为身居滚地龙的工人盖起了大片的工房,是显著的政绩之一,著名的有蕃瓜弄、曹阳新村,少先队员经常在工地上度过队日。然而,在虚荣的上海市民心里,新工房便是和滚地龙联系于一起的,那是没有根基的外来户,不是上海人的正传。不过,如今窘迫的上海人也已不得不现实起来。一旦住进了新工房,便觉样样方便,往昔的拥挤景况,是再怎么不愿重返的。住新工房虽然损失了名誉,那生活倒是可靠的。

(原载1991年第9期《上海采风》)

京西小巷槐树街

宗 璞

这是一条长不足百米的胡同。两侧皆植槐树,掩映着一个个小宅院。名为槐树街,可谓名副其实。这一带街道,再没有种槐树的,若寻槐树街,认准槐树便是。

可能因为短小,人们说到它时,加之以——槐树街儿,似乎很亲热。树荫后面人家,经过许多变迁了,门前高台阶大都破旧不堪,双扇院门上的对联字迹模糊,很难辨认。有些双扇门已改为房门一样单扇门了,开在胡同里,有点不伦不类。但那门前歪斜的台阶,门上剥落的字迹,以及两行槐树,仍然像北京的数千条胡同一样,给人一种遥远的、宁静的气氛。

这个居民点总称成府,位于北大和清华之间。以前的燕京和清华,现在的北大和清华,都有教职工住在这里。

一个黄昏,我站在槐树街口,目的是看一看槐树街十号。找到十号。门洞窄小,房子没有格局,直觉地觉得不对。一个人出来说，原来的十号改为九号了，请到隔壁。

隔壁有几层台阶，门扇依然完好，若油漆一下，还是很像样的。经过仔细辨认，认清了门上的字，"中心育物，和气生春"。

我不记得这副对联。

进门向右，穿过一个小夹道，眼前豁然开朗。这是一个真正的四合院，正门朝北，垂花门开在西侧，正房对面建有南房。四面房屋都很整齐，木格窗，正房还有雕花。

院中几个人在闲坐，拿着蒲扇。旁边一棵石榴，正开着火红的花朵。正房前搭葡萄架，翠绿的叶子垂下来。多少年不见这样的院子了！

"这是我的出生地，就在这北房里。"寒暄后说明来意。

他们大概是东厢房的住户，很殷勤，却没有邀我进房去参观。只问："走了多少年了？出国了吧？"

其实我出生后两个月，随父母迁到清华，转了几十年，并没有转出北大清华这一带，很觉惭愧，只好含糊应了一句。

"我们是北大的职工，这房子属北大，新十号属清华。"他们介绍，"现在这院子住了八家。"

四面房屋前都搭了小棚屋，还停着一辆平板车，上有玻璃罩，写着"米酒"。

"是第二职业了？"我笑问。他们说是邻居的，当然是业余的。

告辞时主人说欢迎常来。我知道我不会常来。

出了门，见斜对过有彩灯一闪一闪，原来是开了一家冷饮小店。记得邻近的蒋家胡同有一间长三酒馆，当年是燕京清华的学生们谈心的好地方。专营海淀莲花白，那酒有的粉红，有的青绿。后来酒馆改为门市部，专营全世界到处买得到的东西。走过时张望了一下，心中诧异，怎么没有听说长三酒馆要重新开张。

走过新建的砖房，简直说不出是什么式样。两墙之间有一条极窄小的胡同，仅容一人行走。通过去不知是哪里。墙上挂着崭新的牌子"新胡同"。也是名副其实。

一阵清脆的笑声，从新胡同跑出几个女孩子。她们是要跳房子还是跳皮筋？我站住等着。她们不跳什么，笑着跑远了，把笑声留在胡同里。

1993年6月5日

（录自《野葫芦须——宗璞散文全编（1951—2001）》，北京出版社，2003年版）

甲戌天津老城踏访记
——一次文化行为的记录

冯骥才

甲戌岁阑，大年迫近，由媒体中得知天津老城将被彻底改造，老房老屋，拆除净尽，心中忽然升起一种紧迫感。那是一种诀别的情感，这诀别并非面对一个人，而是面对此地所独有的、浓厚的、永不复返的文化。

天津老城自明代永乐二年建成，于今五百九十余年矣！世上万事，皆有兴衰枯荣，津城亦然，有它初建时的纯朴新鲜，一如春天般充满生机；有它乾隆盛世的繁茂昌华，仿佛夏天般的绚烂辉煌；有道咸之后屡遭挫伤，宛如秋天般的日益凋敝；更有它如今的空守寂寞，酷似冬天般的宁静与茫然……而城中十余万天津人世世代代繁衍生息于此，渐渐形成其独特的生活方式和文化形态，并留下大量的历史遗存保留至今。这遗存是天津人独自的创造，是他们个性、气息、才智及勤劳凝结而成的历史见证，是他们尊严的象征，也是天津人赖以自信的潜在而坚实的精神支柱。而津城将拆，风物将灭，此间景物，谁予惜之？于是，本地一些文化、博物、民俗、建筑、摄影学界有识之士，情投意合，结伴入城，踏访故旧。一边寻访历史遗迹，一边将所见所闻，所察所获，或笔录于纸，或摄入镜头。此间正值乙亥春节，城内年意浓郁，市井百态无不平添一层迷人的民俗意味。摄影界人士深感这是老城数百年来最后一个春节，于是举行"春节旧城年俗采风"活动。大年期间，乃子午交时的新年之夜，都立在城中凛冽的寒气里，摄下这转瞬即成为历史的画面。各界专家还联合穿街入巷，寻珍搜奇，所获甚丰。勘查到失传已久的明代文井、于今仅存的八国联军庚子屠城物证、唯一可见的徐家大院的豪门暗道、义和团坛口旧址及大量历史遗迹和散落在城中各处的建筑构件之精华。既做了现场的拍摄录影和文字登记，又转入书斋进行考证与研究。天津大学建筑系师生也加入进来，对城中一些风格独具的典型宅院进行测绘，此举应是有史以来对老城文化一次规模最大的综合和系统的考察。

我称此举是一次文化行为。

文化行为是以强烈的文化意识为出发点，进行具有深刻文化目的之行动。这目的有两个，一个是成果，一个是过程。成果是指通过这一行为获得新的文化发现；过程是指通过这一行为所引起世人对文化的关注。应该说，这两个目的——成果与过程——同等地重要。或者说，文化人更注重后者，即过程。因为这过程针对世人，也影响着后人。

特别在中国，虽然是文化久远，但朝代更迭太多。每一朝代的君主为表示自己开天辟地，则必改址迁都，废除旧制，视前朝故旧为反动。因而使我们很少从文化意义上确认古代遗物的价值。文化随同朝代，一朝兴必一朝亡。悠远的文化都被阶段性地断送掉了！

此外，中国自古是农业国，秋衰而春荣，故尤重"新春"中的"新"字。新是对生活美好前景的憧憬和期望。故常言"旧的不去，新的不来""除旧迎新""万象更新"。对新的崇拜的反面，即是对旧的废弃。近世又多了"破旧立新"和"砸烂旧世界"的口号。古代遗存自然存者无多。虽说我们创造了五千年的灿烂文化，同时我们又在无情地毁灭自己的创造。倘若今日站在中原大地上极目四望，这中华文化的沃土理应有着极浓厚的历史意味，而我们所能看到的，却是野树荒坡，草丘泥河，好像这大地上什么也没发生过……

也正为此，津城早已破败不堪，数万人拥挤在这狭小的历史空间里，残垣断壁，低屋矮房，烂砖碎瓦，确是应当改造；为人民改善生存环境和生活现状，确是功德无量之盛举！然而面对着这座积淀深厚又破坏惨重的文化古城，难道还不去反省——我们这个文化大国又是多么需要文化！这文化不是文化知识，而是文化意识。懂得文化之价值，具有文化之眼光，在保护历史文化的前提下,再建设现代文化,而不是为了建设新的去破坏历史的风景。

然而,津城终究是一座文化的城。当我发现到"文革"期间,城中居民们担心无知的学生砸毁房檐和影壁上的古代砖雕,用白灰抹涂,使得一些精美的建筑艺术杰作得以保留下来,使我们深为感动。特别是这次踏访老城的文化行为,得到百姓响应,许多城中老人,献出珍藏已久的旧照旧物,以示支持;对于摄影家们爬墙上屋,选择拍摄角度,更是无不热情相助;继而还听到,节假日里一些百姓在城内古迹前拍照留影,以为永记;还有些摄影家受到我们这一文化行为的启迪,也来到老城厢,收集历史画面,为这一方故土留下它最后的原生态的景象,令我们尤感欣慰!

这不正是我们的文化行为所企望的么?

踏访老城活动始自甲戌岁尾,终结于乙亥夏初,约计半年,收集实物资料颇多,发现珍罕古迹若干处,拍摄历史文化遗存及现存景象照片近四千幅,包括历史遗迹,城市面貌,街头巷尾,建筑精华,民俗文化,市井生活以及极具地方精神气质之众生相。这些出自摄影家之手的照片,有些本身就是具有很高审美品格的作品。单是一幅九十五岁老寿星和另一幅1995年出生在城中之婴儿的人像照片,就构成了本世纪天津城内令人着迷的生命史。更有一些专家学者关于老城历史、民俗、建筑和文化艺术的研究文章,见地精辟,依据翔实,都显示了学术界对天津老城最新的研究成果，也是对这即将凝固的老城历史的一种全面的文字终结。为此，我也对我们这一文化行为的硕大成果感到骄傲，为新一代津人浓烈的乡土情感和文化意识感动而自豪。他们用这乡土情感和文化意识的经纬，编织一细密的大网，从这良莠混杂的老城遗地上，筛出近六百年残存至今而弥足珍贵的文化精粹。天津老城将不复再见，我们却永无遗憾地把它最后的形态和最真实的容颜留在这本图集中了。

经过本图集编辑室大工作量的甄选与编辑，案头事宜已告完成。图集以这次踏访老城拍照的照片及收获的资料为主，实际上是这一感人的文化行为的记录。文化的大信息量和第一手资料感，将成为本图集的首要追求，学者们的著述及各种测绘与编排图表，也是本图集的重头内容。由于本图集不是一般意义上的历史图录，故对这次行动中所搜集的珍罕历史照片采用极少，以求显示这本图集的自身特色。笔者相信，凡别人可以重复做到的事都是没有价值的。

割爱，往往是一种成全。

此集编成之日，笔者只身又赴老城，于老街老巷中，踽踽独步，感慨万端，长叹不已。那曲折深长的小道小巷，幽黑檐头上风韵犹存的高雅的花饰，无处不见的千差万别的砖刻烟囱和石雕门墩，还有那一座座气势昂然的豪门宅院……将我拥在其间。想到它五百九十余年无比丰富的历史内容，一种独异的文化气息使我深刻地感受到了。跟着，开头所说的那种诀别感，又来袭上心头。忽感自己为这块乡土的文化作为甚少。编辑此集虽用尽全力,并得到朋友们的协力,以及政府部门和各界有识者的热情襄助,但终究菲薄有限,仅此而已。文化人的责任在于文化。于是殊觉又有重负压肩,当不得懈怠,倾心倾力再做便是。

(录自《旧城遗韵》,天津杨柳青画社,1995年版)

失去的老房子

叶兆言

江南老房子和北方的四合院,似乎有明显的区别。我曾去过茅盾的故乡,参观过徐志摩和郁达夫的老房子。四合院更体现中国传统文化中古老的东西,而江南殷实人家的老房子,多多少少都有些近代城市的味道。茅盾的故居,便是一个典型的南方商家,有门面房和库房,同时又有文化氛围,是个既做生意又能读书的地方。徐志摩的家后来是县银行的所在地,一看那豪华的气派,就知道他们家一定比茅盾家更有钱。郁达夫故居有两处,一在富阳城中,地方不大,是一栋很有书卷气的小楼;另一处在杭州,也就是著名的"风雨茅庐",这地方长期被一个派出所占用着。

文化人居住过的老房子,就算我们没有亲眼目睹,也可以从文化人自己或别人写的文章中略知一二。文化人的名气越大,他们居住的老房子,越会被当作文物保留下来。老房子诞生了一代文化名人,而文化名人们的声誉又使得老房子得以保存。上个世纪末出生的文化名人,绝大多数都有比较好的经济环境,虽然不一定大富大贵,但是真正出生于穷人家庭的,事实上很少。文化人很容易哭穷,喜欢痛说革命家史,只要我们有机会参观过他们的故居,就可以明白他们有时候并不全是说的真话。譬如郁达夫的"风雨茅庐",千万不能仅仅从字面上去理解,那实际上是一栋非常美丽的房子,有那么点日本式风格,丝毫不比今天省长的房子差。

随着旧城区的改造,老房子正在迅速变为历史。往日老掉牙的故事,也随着老房子的消逝,越来越模糊。除了当作文物的老房子,大片旧城区都将夷为平地,一栋栋火柴盒似的新楼房拔地而起,硕果仅存的老房子,都将成为记录过去岁月的活化石。要想知道一个人的历史,要想重温逝去的时代,只要我们有机会走进他所居住过的老房子,我们便会很直观地走向从前回到过去。可惜大多数的老房子不可能保存下来,也没有必要保存。我们毕竟是生活在现实之中,我们不能没有历史,现实和历史放在同一架天平上,自然是现实更重要。当我们缅怀老房子的时候,谁又不是渴望着住进新房子呢。

南京的老房子,由于地理位置的特殊,说南不南,说北不北。虽然也是地处江南,和江浙交界之地的江南,完全两回事。南京的老房子几乎没有自己固定的风格,很多人发了财出了名,就到这来定居。历史上的南京名人,没几个是土生土长的南京人。南京长期以来一直是个遭受入侵的城市,外来文化很容易便在这块土地上扎了根。我认识的一个朋友,是回民,他的家族几百年前就在南京定居了,就定居在我们称之为老南京人集居的城南。在我认识的朋友中,好像没有资格比他更老的南京人了。

在过去的一百多年里,南京人经受过不少灾难。先是太平军入城,然后又是曾国藩攻进南京,曾文正公被认为是封建社会的完人,可是他当时却得到了"曾剃头"的封号。二次革命时,被革命军撵出南京的张勋,气势汹汹卷土重来,三日不封刀。还有日本人制造的震惊中外的南京大屠杀。屠城这样的惨剧对于地道的南京人来说,一点也不陌生。南京的老房子们,能在战火中幸存下来,实在是一件不容易的事。著名的洪秀全的天王府,毁灭于火海之中,大火同样不止一次烧毁了夫子庙。繁华一时的太平路,也是由于日本人的放火,直到这十几年来才重新变得繁荣。

有一个叫江驴子的人,据说是太平天国时期专门替天朝养驴子的。太平天国灭亡以后,江驴子不知靠什么办法,谋得一小笔横财,使他不仅躲过了杀身之祸,而且在风头过去之后,替自己盖了一片很漂亮的房子。这房子之大,今天的人提到,总是免不了连声感叹。和做过官的人比起来,江驴子算个什么东西,但是多少年过去了,他的旧宅却成了一家省级剧团的所在地,一百多号人连同家属都住在这里。

我最初的记忆，就产生在这一片老房子之中。多少年来，我一直不明白，为什么一百多年前一个养驴子的人，他盖的房子会那么大，大得简直就是座庄园。大大小小的房间之多，根本没办法计算。我在江驴子的老房子里，只住过很短的一段时间，当我的记忆变得越来越清晰的时候，我们家搬到了附近的一栋洋楼去住。我在那里开始上小学，开始经历轰轰烈烈的"文化大革命"，开始上中学，然而江驴子的老房子，一直是我玩的地方。我儿时的小朋友几乎全住在那里，我们在一起打游击，讲故事，干一切孩子们所热衷干的事。

在这座一百年前建造的老房子里，仅仅和我同年的小男孩，就不下十名。大大小小的孩子加起来有几十个。在我读书的年代，由于学习从来就不是件重要的事，老房子里能有这么多的孩子在一起玩，实在是一件快乐无比的事。孩子们太多了，多了就要闹别扭，常常你不理我，我不理他，一会和好，一会打架，吵个没完。弟弟挨揍了，便回家搬救兵，把哥哥请出来。记忆中，大人似乎很少出来过问小孩子的事，原因大约是都在同一个单位，大家熟悉，不值得为小孩子的事红脸。

老房子里没厕所，家家都用马桶，新新旧旧的马桶，青天白日之下，就搁在大门口。记得过年炸爆竹，调皮的孩子把一串鞭炮拆散了，点着了，往搁在外面晒太阳的马桶里扔，然后盖上马桶盖。这种游戏照例是从大笑开始，到挨骂结束。还是因为没有厕所，孩子们玩着玩着，难免是地方就撒尿，结果老房子凡是个角落，就臭烘烘一股臊味。

老房子有一个很大的园子，在那儿盖了一个剧场，还留下一块不小的草地。孩子们经常在草地上打滚。1969年以后，盖防空洞成了一件大事，草地上建起了一个最简易的防空洞。防空洞成了孩子们游戏的好场所，大家想方设法溜进去玩。直到坑道里捡到了一枚有些怪味的避孕套，才不敢再去。

老房子里没有什么太多的秘密，邻居之间拌嘴，夫妻之间吵架，几乎全是公开的。老房子全是平房，窗户很矮，墙也不厚，声音稍稍大一些，外面都听得见。有一次派出所来抓人，径直往里面走，大家都跑出来看，就看见一个老太太被抓走了，说是"现行反革命"。

老房子里死了人也是件恐惧的事，哭声很轻易地就传得很远，孩子们忍不住要去看热闹，看的时候不怕，看过了后怕，到晚上睡觉便做噩梦。

老房子里长大的孩子们，彼此之间，好像没有产生过什么爱情故事。我的童年和少年时代，男女之间，都有一种近乎仇恨的敌意。在学校里，男孩女孩不说话，在一个院里住着，也都跟不认识一样。不知不觉都长大了，女孩子首先发育，开始懂得打扮。男孩子却躲在一起说下流话，说谁的胸部鼓了起来。

终于有一个不争气的男孩子出了丑，他在公用的厨房里，突然鬼迷心窍，抱住了邻居的一个女孩子，不分青红皂白，就在人家腮帮上啃了一下。女孩子要比男孩子大两岁，而且也不太漂亮。这事可真有些了不得，那年头还没有电视，许多人都把接吻的"吻"，念成"勿"。女孩子像触电般怔了半天，猛然如丧考妣大哭起来。结局自然是那个不争气的男孩子被父母像揍贼一样，痛打一顿。这事一时间成了老房子里最大的新闻，男孩子们都觉得这挺好玩，也都明白这事最丢脸。和女孩子说话都不对，这么干，不是已经接近流氓了吗？真没出息。

（录自《失去的老房子》，陕西人民出版社，1998年版）

有关庙的回忆

史铁生

据说,过去北京城内的每一条胡同都有庙,或大或小总有一座。这或许有夸张成分。但慢慢回想,我住过以及我熟悉的胡同里,确实都有庙或庙的遗迹。

在我出生的那条胡同里,与我家院门斜对着,曾经就是一座小庙。我见到它时它已改作油坊,庙门、庙院尚无大变,唯走了僧人,常有马车运来大包小包的花生、芝麻,院子里终日磨声隆隆,呛人的油脂味经久不散。推磨的驴们轮换着在门前的空地上休息,打滚儿,大惊小怪地喊叫。

从那条胡同一直往东的另一条胡同中,有一座大些的庙,香火犹存。或者是庵,记不得名字了,只记得奶奶说过那里面没有男人。那是奶奶常领我去的地方,庙院很大,松柏森然。夏天的傍晚不管多么燠热难熬,一走进那庙院立刻就觉清凉,我和奶奶并排坐在庙堂的石阶上,享受晚风和月光,看星星一个一个亮起来。僧尼们并不驱赶俗众，更不收门票，见了我们唯颔首微笑，然后静静地不知走到哪里去了，有如晚风掀动松柏的脂香似有若无。庙堂中常有法事，钟鼓声、铙钹声、木鱼声，噌噌吰吰，那音乐让人心中犹豫。诵经声如无字的伴歌，好像黑夜的愁叹，好像被灼烤了一白天的土地终于得以舒展便油然地飘缭起雾霭。奶奶一动不动地静听，但鼓励我去看看。我迟疑着走近门边，只向门缝中望了一眼，立刻跑开。那一眼印象极为深刻。现在想，大约任何声音、光线、形状、姿态，乃至温度和气息，都在人的心底有着先天的响应，因而很多事可以不懂但能够知道，说不清楚，却永远记住。那大约就是形式的力量，气氛或者情绪，整体地袭来，它们大于言说，它们进入了言不可及之域，以致使一个五六岁的孩子本能地审视而不单是看见。我跑回奶奶身旁，出于本能我知道了那是别一种地方，或通向着另一种地方；比如说树林中穿流的雾霭，全是游魂。奶奶听得入神，摇撼她她也不觉，她正从那音乐和诵唱中回想生命，眺望那另一种地方吧。我的年龄无可回想，无以眺望，另一种地方对一个初来的生命是严重的威胁。我钻进奶奶的怀里不敢看，不敢听也不敢想，唯觉幽冥之气弥漫，月光也似冷暗了。这个孩子生而怯懦，禀性愚顽，想必正是他要来这人间的缘由。

上小学的那一年，我们搬了家，原因是若干条街道联合起来成立了人民公社，公社机关看中了我们原来住的那个院子以及相邻的两个院子，于是他们搬进来我们搬出去。我记得这件事进行得十分匆忙，上午一通知下午就搬，街道干部打电话把各家的主要劳力都从单位里叫回家，从中午一直搬到深夜。这事很让我兴奋，所有要搬走的孩子都很兴奋，不用去上学了，很可能明天和后天也不用上学了，而且我们一齐搬走，搬走之后依然住在一起。我们跳上运家具的卡车奔赴新家，觉得正有一些动人的事情在发生，有些新鲜的东西正等着我们，可惜路程不远，完全谈不上什么经历新家就到了。不过微微的失望转瞬即逝，我们冲进院子，在所有的屋子里都风似的刮一遍，以主人的身份接管了它们。从未来的角度看，这院子远不如我们原来的院子，但新鲜是主要的，新鲜与孩子天生有缘，新鲜在那样的季节里统统都被推崇，我们才不管院子是否比原来的小或房子是否比原来的破，立刻在横倒竖歪的家具中间捉迷藏，疯跑疯叫，把所有的房门都打开然后关上，把所有的电灯都关上然后打开，爬到树上去然后跳下来，被忙乱的人群撞倒然后自己爬起来，为每一个新发现激动不已，然后看看其实也没什么。最后集体在某一个角落里睡熟，睡得不省人事，叫也叫不应。那时母亲正在外地出差，来不及通知她，几天后她回来时看见家已经变成了公社机关，她在那门前站了很久才有人来向她解释，大意是不要紧放心吧，搬走的都是好同志，住在哪儿和不住在哪儿都一样是革命需要。

新家所在之地叫"观音寺胡同",顾名思义那儿有一座庙。那庙不能算小,但早已破败,久失看管。庙门不翼而飞,院子里枯藤老树荒草藏人。侧殿空空。正殿里尚存几尊泥像,彩饰斑驳,站立两旁的护法天神怒目圆睁但已赤手空拳,兵器早不知被谁夺下扔在地上。我和几个同龄的孩子就捡起那兵器,挥舞着,在大殿中跳上跳下杀进杀出,模仿俗世的战争,朝残妃的泥胎劈砍,向草丛中冲锋,披荆斩棘草叶横飞,似有堂吉诃德之神采,然后给寂寞的老树"施肥",擦屁股纸贴在墙上……做尽亵渎神灵的恶事然后鸟儿一样在夕光中回家。很长一段时期那儿都是我们的乐园,放了学不回家先要到那儿去,那儿有发现不完的秘密,草丛中有死猫,老树上有鸟窝,幽暗的殿顶上据说有蛇和黄鼬,但始终未得一见。有时是为了一本小人书,租期紧,大家轮不过来,就一齐跑到那庙里去看,一个人捧着大家围在四周,大家都说看好了才翻页。谁看得慢了,大家就骂他笨,其实都还识不得几个字,主要是看画,看画自然也有笨与不笨之分。或者是为了抄作业,有几个笨主作业老是不会,就抄别人的,庙里安全,老师和家长都看不见。佛嘛,心中无佛什么事都敢干。抄者撅着屁股在菩萨眼皮底下紧抄,被抄者则乘机大肆炫耀其优越感,说一句"我的时间不多你要抄就快点儿",然后故意放大轻松与快乐,去捉蚂蚱、逮蜻蜓,大喊大叫地弹球儿、扇三角,急得抄者流汗,撅起的屁股有节奏地颠,嘴里念念有词,不时扭起头来喊一句"等我会儿嘿"。其实谁也知道，没法等。还有一回专门是为了比赛胆儿大。"晚上谁敢到那庙里去？""这有什么，喊！""有什么？有鬼，你敢去吗？""废话我早都去过了。""牛！""嘿，你要不信嘿……今儿晚上就去你敢不敢？""去就去有什么呀，喊！""行，谁不去谁孙子敢不敢？""行，几点？""九点。""就怕那会儿我妈不让我出来。""哎哟喂，不敢就说不敢！""行，九点就九点！"那天晚上我们真的到那庙里去了一回，有人拿了个手电筒，还有人带了把水果刀好歹算一件武器。我们走进庙门时还是满天星斗，不一会儿天却阴下来，而且起了风。我们在侧殿的台阶上蹲着，挤成一堆儿，不敢动也不敢大声说话，荒草摇摇，老树沙沙，月亮在云中一跳一跳地走。有人说想回家去撒泡尿。有人说撒尿你就到那边撒去呗。有人说别的倒也不怕，就怕是要下雨了。有人说下雨也不怕，就怕一下雨家里人该着急了。有人说一下雨蛇先出来，然后指不定还有什么呢。那个想撒尿的开始发抖，说不光想撒尿这会儿又想屙屎，可惜没带纸。这样，大家渐渐地都有了便意，说憋屎憋尿是要生病的，有个人老是憋屎憋尿后来就变成了罗锅儿。大家惊诧道：是吗？那就不如都回家上厕所吧。可是第二天，那个最先要上厕所的成了唯一要上厕所的，大家都埋怨他，说要不是他我们还会在那儿待很久，说不定就能捉到蛇，甚至可能看看鬼。

　　有一天，那庙院里忽然出现了很多暗红色粉末，一堆堆像小山似的，不知道是什么，也想不通到底何用。那粉末又干又轻,一脚踩上去"噗"的一声到处飞扬,而且从此鞋就变成暗红色,再也别想洗干净。又过了几天,庙里来了一些人,整天在那暗红色的粉末里折腾,于是一个个都变成暗红色不说,庙墙和台阶也都变成暗红色,荒草和老树也都变成暗红色,那粉末随风而走或顺水而流,不久,半条胡同都变成了暗红色。随后,庙门前挂出了一块招牌:有色金属加工厂。从此游戏的地方没有了,蛇和鬼不知迁徙何方,荒草被锄净,老树被伐倒,只剩下一团暗红色满天满地逐日壮大。再后来,庙堂也拆了,庙墙也拆了,盖起了一座轰轰烈烈的大厂房。那条胡同也改了名字,以后出生的人会以为那儿从来没有过庙。

我的小学,校园本也是一座庙,准确说是一座大庙的一部分。大庙叫柏林寺,里面有很多合抱粗的柏树。有风的时候,老柏树浓密而深沉的响声一浪一浪,传遍校园,传进教室,使吵闹的孩子也不由得安静下来,使朗朗的读书声时而飞扬时而沉落,使得上课和下课的铃声飘忽而悠扬。

摇铃的老头儿,据说曾经就是这庙中的和尚,庙既改作学校,他便还俗做了这儿的看门人,看门兼而摇铃。老头儿极和蔼,随你怎样摸他的红鼻头和光脑袋他都不恼,看见你不快活他甚至会低下头来给你,说想摸摸吗?孩子们都愿意到传达室去玩,挤在他的床上,挤得密不透风,没大没小地跟他说笑。上课或下课的时间到了,他摇起铜铃,不紧不慢地在所有的窗廊下走过，目不旁顾，一路都不改变姿势。叮当叮当——叮当叮当——那铃声在风中飘摇，在校园回荡，在阳光里漫散开去，在所有孩子的心中留下难以磨灭的记忆。那铃声，上课时摇得紧张，下课时摇得舒畅，但无论紧张还是舒畅都比后来的电铃有味道，浪漫，多情，仿佛知道你的惧怕和盼望。

但有一天那铃声忽然消失，摇铃的老人也不见了，听说是回他的农村老家去了。为什么呢？据说是因为他仍在悄悄地烧香念佛，而一个崭新的时代应该是无神论的时代。孩子们再走进校门时，看见那铜铃还在窗前，但物是人非，传达室里端坐着一名严厉的老太太。老太太可不让孩子们在她的办公重地胡闹。上课和下课，老太太只在按钮上轻轻一点，电铃于是"哇——哇——"地响起来，不分青红皂白，把整个校园都吓得仿佛昏眩。在那近乎残酷的声音里，孩子们懂得了怀念以往的铃声，它到哪儿去了？唯有一点是确定的，它随着记忆走进了未来。在它飘逝多年之后，在梦中，我常常又听见它，听见它的飘忽与悠扬，看见那摇铃老人沉着的步伐，在他一无改变的面容中惊醒。那铃声中是否早已埋藏下未来，早已知道在它飘逝之后的事情呢？

多年以后，我二十一岁，插队回来，找不到工作，等了很久还是找不到，就进了一个街道生产组。我在另外的文章里写过，几间老屋尘灰满面，我在那儿一干七年，在仿古的家具上画些花鸟鱼虫、山水人物，每月所得可以糊口。那生产组就在柏林寺的南墙外面。其时，柏林寺已改作北京图书馆的一处书库。我和几个同是待业的小兄弟常常就在那面红墙下干活儿。老屋里昏暗而且无聊，我们就到外面去，一边干活儿一边观望街景，看来来往往的各色人等，时间似乎就轻快了许多。早晨，上班去的人们骑着车，车后架上夹着饭盒，一路吹着口哨，按响车铃，单那姿态就令人羡慕。上班的人流过后，零零散散地有一些人向柏林寺的大门走来，多半提个皮包，进门时亮一亮证件，也不管守门人看不看得清楚便大步朝里面去，那气派更是让人不由得仰望了。并非什么人都可以到那儿去借书和查阅资料的，小D说得是教授或者局级才行。"你知道？""废话！"小D重感觉不重证据。小D比我小几岁，因为小儿麻痹一条腿比另一条腿短了三厘米，中学一毕业就到了这个生产组。很多招工单位也是重感觉不重证据，小D其实什么都能干。我们从早到晚坐在那面庙墙下，眼观六路耳听八方，不用看表也不用看太阳便知此刻何时。一辆串街的杂货车，"油盐酱醋花椒大料洗衣粉"一路喊过来，是上午九点。收买废品的三轮车来时，大约十点。磨剪子磨刀的老头儿总是星期三到，瞄准生产组旁边的一家小饭馆，"磨剪子来嘿——戗菜刀——"声音十分洪亮；大家都说他真是糟蹋了，干嘛不去唱戏？下午三点，必有一群幼儿园的孩子出现，一个牵定一个的衣襟，咿咿呀呀地唱着，以为不经意走进的这个人间将会多么美好，鲜艳的衣裳彩虹一样地闪烁,再彩虹一样地消失。四五点钟,常有一辆囚车从我们面前开过,离柏林寺不远有一座著名的监狱,据说专门收容小偷。有个叫小德子的,十七八岁没爹没妈,曾经和我们一起在生产组干过。这小子能吃,有一回生产组不知惹了什么麻烦要请人吃饭,吃客们走后,折箩足足一脸盆,小德子买了一瓶啤酒,坐在火炉前稀里呼噜只用了半小时脸盆就见了底。但是有一天小德子忽然失踪,生产组的大妈大婶们四处打听,才知那小子在外面行窃被逮住了。以后的很多天,我们加倍地注意天黑前那辆囚车,看看里面有没有他;囚车呼啸而过,大家一齐喊"小德子!小德子!"小德子还有一个月工资未及领取。

那时,我仍然没头没脑地相信,最好还是要有一份正式工作,倘能进一家全民所有制单位,一生便有了依靠。母亲陪我一起去劳动局申请。我记得那地方廊回路转的,庭院深深,大约曾经也是一座庙。什么申请呀,简直就像去赔礼道歉,一进门母亲先就满脸堆笑,战战兢兢,然后不管抓住一个什么人,就把她的儿子介绍一遍,保证说这一个坐在轮椅上的孩子其实仍可胜任很多工作。那些人自然是满口官腔,母亲跑了前院跑后院,从这屋被支使到那屋。我那时年轻气盛,没那么多好听的话献给他们。最后出来一位负责同志,有理有据地给了我们回答:"慢慢再等一等吧,全须儿全尾儿的我们这还分配不过来呢!"此后我不再去找他们了。再也不去。但是母亲,直到她去世之前还在一趟一趟地往那儿跑,去之前什么都不说,疲惫地回来时再向她愤怒的儿子赔不是。我便也不再说什么,但我知道她还会去的,她会在两个星期内重新积累起足够的希望。

我在一篇名为《合欢树》的散文中写过,母亲就是在去为我找工作的路上,在一棵大树下,挖回一棵含羞草;以为是含羞草,越长越大,其实是一棵合欢树。

大约1979年夏天,某一日,我们正坐在那庙墙下吃午饭,不知从哪儿忽然走来了两个缁衣落发的和尚,一老一少仿佛飘然而至。"哟?"大家停止吞咽,目光一齐追随他们。他们边走边谈,眉目清朗,步履轻捷,謦笑之间好像周围的一切都变得空阔甚至是虚拟了。或许是我们的紧张被他们发现,走过我们面前时他们特意地颔首微笑。这一下,让我想起了久违的童年。然后,仍然是那样,他们悄然地走远,像多年以前一样不知走到哪里去了。

"不是柏林寺要恢复了吧?"

"没听说呀?"

"不会。那得多大动静呀,咱能不知道?"

"八成是北边的净土寺,那儿的房子早就翻修呢。"

"没错儿,净土寺!"小D说,"前天我瞧见那儿的庙门油漆一新我还说这是要干嘛呢。"

大家愣愣地朝北边望。侧耳听时,也并没有什么特殊的声音传来。这时我才忽然想到,庙,已经消失了这么多年了。消失了,或者封闭了,连同那可以眺望的另一种地方。

  在我的印象里,就是从那一刻起,一个时代结束了。

  傍晚,我独自摇着轮椅去找那小庙。我并不明确为什么要去找它,也许只是为了找回童年的某种感觉?总之,我忽然想念起庙,想念起庙堂的屋檐、石阶、门廊,月夜下庙院的幽静与空荒,香缕细细地飘升、破碎。我想念起庙的形式。我由衷地想念那令人犹豫的音乐,也许是那样的犹豫,终于符合了我的已经不太年轻的生命。然而,其实,我并不是多么喜欢那样的音乐。那音乐,想一想也依然令人压抑、惶恐、胆战心惊。但以我已经走过的岁月,我不由得回想,不由得眺望,不由得从那音乐的压力之中听见另一种存在了。我并不喜欢它,譬如不能像喜欢生一样地喜欢死。但是要有它。人的心中,先天就埋藏了对它的响应。响应,什么样的响应呢?在我(这个生性愚顽的孩子),那永远不会是成就圆满的欣喜,恰恰相反,是残缺明确地显露。眺望越是美好,越是看见自己的丑弱,越是无边,越看到限制。神在何处?以我的愚顽,怎么也想象不出一个无苦无忧的极乐之地。设若确有那样的极乐之地,设若有福的人果真到了那里,然后呢?我总是这样想:然后再往哪儿去呢?心如死水还是再有什么心愿?无论再往哪儿去吧,都说明此地并非圆满。丑弱的人和圆满的神,之间,是信者永远的路。这样,我听见,那犹豫的音乐是提醒着一件事:此岸永远是残缺的，否则彼岸就要坍塌。这大约就是佛之慈悲的那一个悲字。慈呢，便是在这一条无尽无休的路上行走，所要有的持念。

没有了庙的时代结束了。紧跟着，另一个时代到来了，风风火火。北京城内外的一些有名的寺庙相继修葺一新，重新开放。但那更像是寺庙变成公园的开始，人们到那儿去多是游览，于是要收门票，票价不菲。香火重新旺盛起来。但是有些异样。人们大把大把地烧香，整簇整簇的香投入香炉，火光熊熊，烟气熏蒸，人们衷心地跪拜，祈求升迁，祈求福寿，消灾避难，财运亨通……倘今生难为，可于来世兑现，总之祈求佛祖全面的优待。庙，消失多年，回来时已经是一个极为现实的地方了，再没有什么犹豫。

在那样的年月里，我遇见过一个老人，不是在庙宇寺观，是在一面墙下。我曾在《墙下短记》一文中写过，那是在一座古园。一个冬夜，大雪之后，恶劣的心情把我引去那里，引去那寂寞的老墙下面……月光朦胧，车轮吱吱唧唧轧着雪路，是园中唯一的声响。这么走着，听见一缕悠沉的箫声远远传来，在老柏树摇落的雪雾中似有似无，尚不能识别那曲调时已觉其悠沉之音恰好碰住我的心绪。侧耳屏息，听出是《苏武牧羊》。曲终，心里正有些凄怆，忽觉墙影里一动，才发现一个老人背壁盘腿端坐在石凳上，黑衣白发，有些玄虚。雪地和月光，安静得也似非凡。竹箫又响，还是那首流放绝地、哀而不死的咏颂。原来箫声并不传自远处，就在那老人唇边。也许是气力不济，也许是这古曲一路至今光阴坎坷，箫声若断若续并不高亢，老人颤颤的吐纳之声亦可悉闻。一曲又尽，老人把箫管轻横腿上，双手摊放膝头，看不清他是否闭目。我惊诧而至感激，以为是天谕或是神来引领，一遍遍听那箫声和箫声断处的空寂……听出那箫声是唱着"接受"。接受天命的限制，接受残缺，接受苦难，接受墙的存在。

1996年春天，我坐了八九个小时飞机，到了很远的地方，地球另一面，一座美丽的城市。一天傍晚，会议结束，我和妻子在街上走，一阵钟声把我们引进了一座小教堂（庙）。那儿有很多教堂，清澈的阳光里总能听见飘扬的钟声。那钟声让我想起小时候我家附近有一座教堂，我站在院子里，最多两岁，刚刚从虚无中睁开眼睛，尚未见到外面的世界先就听见了它的声音，清朗、悠远、沉稳，仿佛响自天上。此钟声是否彼钟声呢？当然，我知道，中间隔了八千公里并四十几年。我和妻子走进那小教堂，在那儿拍照，大声说笑，东张西望，毫不吝惜地按动快门……这时，我看见一个中年女人独自坐在一个角落，默默地朝向耶稣的雕像。后来，在洗印出来的照片中，在我和妻子身后，我又看见了她。她的眉间似有些愁苦，但双手放松地摊开在膝头，心情又似非常沉静，对我们的喧哗一无觉察，或者是我们的喧哗一点也不能搅扰她。我心里忽然颤抖——那一瞬间，我以为我看见了我的母亲。

我一直有着一个凄苦的梦,隔一段时间就会在我的黑夜里重复一回:母亲,她并没有死,她只是深深地失望了,对我,或者尤其对这个世界,完全地失望了,困苦的灵魂无处诉告,无以支持,因而她走了,离开我们到很远的地方去了,不再回来。在梦中,我绝望地哭喊,心里怨她:"我理解你的失望,我理解你的离开,但你总要捎个信儿来呀,你不知道我们会牵挂你不知道我们是多么想念你吗?"但就连这样的话也无从说给她,只知道她在很远的地方,并不知道她到底在哪儿。这个梦一再地走进我的黑夜,驱之不去,我便在醒来时、在白日的梦里为它作一个续:母亲,她的灵魂并未消散,她在幽冥之中注视我并保佑了我多年,直等到我的眺望在幽冥中与她会合,她才放了心,重新投生别处,投生在一个灵魂有所诉告的地方了。

我希望,我把这个梦写出来,我的黑夜从此也有了皈依了。

1999年6月15日二稿完

(原载1999年第10期《人民文学》)

一个城市的灵魂

苏 童

几年前一个夏天的傍晚,与一个来自北方的朋友在明孝陵漫步,突然觉得有一件意外的事情正在发生。这意外首先源自感官对一个地方的特殊气息的敏感,我们在那个炎热得处处流火的日子里,抬手触摸到这座陵墓的石墙,竟然感到了一种湿润的冰凉的寒意,感到石墙在青苔的掩饰下做着一个灰色的梦,这个梦以凤阳花鼓为背景音乐,主题是一个名叫朱元璋的皇帝。我们的鼻腔里钻进了一股浓郁的青草或者树叶默默腐烂的气味,这气味通常要到秋天的野外才能闻到,但在明孝陵,腐烂的同时又是美好的季节提前来到了。

所以我说,那天我在明孝陵突然撞见了南京的灵魂。

十八岁离开家乡之前,我去过的最远的城市就是南京。那是一次特殊的旅行,当时有来自江苏各地的数百名中学生聚集在建邺路的党校招待所里，参加一个大规模的中学生作文竞赛。三天时间，一天竞赛，一天游览，一天颁奖。现在我已经忘了那三天的大部分细节了，因为我名落孙山，没有资格品尝少年才俊们光荣的滋味，相反我记得离开南京时闷热的天气，朝天宫如何从车窗外渐渐退去，白下路太平南路上那些大伞般的梧桐树覆盖着寥落的行人和冷清的店铺，这是一座有树荫的城市。它给我留下了非常美好的印象，后来我们一大群人在火车站前的广场候车，忽然发现广场旁边的一大片水域就是玄武湖。不知是谁开了头，跑到湖边去洗手，大家纷纷效仿，于是一群中学生在玄武湖边一字排开，洗手。当时南京的天空比现在蓝，玄武湖的水也比现在清，我记得那十几个同伴洗手时泼水的声音和那些或者天真或者少年老成的笑脸。二十多年过去以后，所有人手上的水滴想必已经了无痕迹，对于我，却是在无意之中把自己的未来融进了一掬湖水之中。除了我，不知道当年那群中学生中还有谁后来生活在南京？

这是一个传说中紫气东来的城市，也是一个虚弱的凄风苦雨的城市，这个城市的光荣与耻辱比肩而行，它的荣耀像露珠一样晶莹而短暂，被宠信与被抛弃的日子总是短暂地交接着，后者尤其漫长。翻开中国历史，这个城市作为一个政权中心作为一国之都，就像花开花落那么令人猝不及防，怅然若失。这个城市是一本打开的旧书，书页上飘动着六朝故都残破的旗帜，文人墨客读它，江湖奇人也在读它，所有人都感觉到了这个城市尊贵的气质，却不能预先识破它悲剧的心跳。八百年前，一个做过乞丐做过和尚的安徽凤阳人朱元璋，在江湖奋斗多年以后，选择了应天作为大明王朝的首都，南京在沉寂多年后迎来了风华绝代，可惜风华绝代不是这城市的命运，很快明朝将国都迁往北京，将一个未完成的首都框架和一堆王公贵族的墓留在了南京。一百多年前，一个来自广东的"拜上帝会"的不成熟的基督徒洪秀全，忽然拉上一大帮兄弟姐妹揭竿而起，一路从广东杀到南京，他也非常宿命地把这个城市当作太平天国的目的地，可是这地方也许有太平就无天国，也许有天国就无太平，一个湖南人曾国藩带着来自他家乡的湘军战士征伐南京城，踏平了洪秀全的金銮梦。

迷信的后人有时为明朝感到侥幸，即使是建文帝的冤魂在诅咒叔叔朱棣的不仁不义的同时，也应该感激朱棣的迁都之举，也许这一迁都将朱明江山的历史延长了一百年甚至两百年。

多少皇帝梦在南京灰飞烟灭，这座城市是一个圈套重重的城市，它从来就不属于野心家，野心家们对这王者之地的钟爱结果是自讨苦吃。似乎很难说清楚这城市心仪谁属于谁，但是它不属于谁却是清楚的。

如今我已经在南京生活了多年。选择南京作为居留地是某种人共同的居住理想。这种人所要的城市上空有个灿烂的文明大光环，这光环如今笼罩着十足平民的生活。这城市的大多数角落里，推开北窗可见山水，推开南窗可见历史遗迹。由于不做皇帝梦，不是什么京城，所以城市不大不小为好，在任何时代都可徒步代车。这一类人不爱繁华喧闹也不爱沉闷闭塞，无法拥有自己的花园但希望不远处便有风景如画的去处。这类人对四周的人群默默地观察，然后对比自己，得出一个结论，自己智商超群精明强干，而他们淳朴厚道容易相处。这类人如果是鱼，他们发现这座城市是一条奔流着的却很安宁的河流。无疑地，我就属于这样的人，我身边还有很多朋友，他们的职业几乎都是一种散漫的自我中心的职业，写作，绘画，他们在这里生活得非常自得，这局面似乎是一种不劳而获的胜利，皇帝们无奈放弃的城市，如今成了这类人的乐园。

除了冬夏两季的气候遭到普遍的埋怨，外来者们几乎不忍心用言辞伤害这个城市平淡安详的心。中山陵在游客的心目中永远处于王者地位。当你登上数百个台阶极目远眺，方圆十里之内一片林海，绿意苍苍，你会承认当年料理孙先生后事的班子是一个"感觉很好"的班子。这是一个最适合于伟人灵魂安息的地方。在和平的年代里，紫金山与长江不必是御敌的天然屏障，它们因此心情愉快，尽职尽力地使身边的城市受到了山水的孕育，也使这个城市的上空蒸腾着吉祥的氤氲之气。革命与奋斗过后，南京城总是显得很休闲的样子，而东郊的森林好像一只枕头，一个城市靠在这枕头上，以一种自得的姿势开始四季酣畅的午后小憩。

午后小憩过后，在南京的街巷里，一些奇怪的烤炉开始在街角生火冒烟，无数的小店主与鸭子展开了遍布全城的战役，他们用铁钩子把一只只光鸭放进炉火之中，到了下午，几乎每条街巷都能闻见烤鸭的香味。黄昏时分，当骑车下班的家庭主妇们在回家途中顺便准备一家的晚餐，那些油光光的烤鸭和先期制造好的盐水鸭以及鸭肫鸭头鸭脚之类的，一个庞大的鸭家族已经在各家熟食店的橱窗里恭候她们的挑选了。不知道南京人一年要吃掉多少鸭子，还有鹅。

我记得1984年初到南京，在一所学院工作，我的宿舍后面是河西通往城西干道的一条辅路，每天清晨都能听见鸭群进南京的喧闹声，年复一年的，那么多鸭子顶着霞光来到南京，为一个城市永恒的菜单奉献自己，这也是地球上独一无二的传奇。是鸭的传奇，也是南京人的传奇。我从来无意去探究其中的起源，但无意中读到一个意大利人的小说，写一个没落潦倒的贵族家庭设宴招待一个贵宾，主人所想到的第一道菜便是鸭肉，我不禁会意地笑了，看来鸭子成为这个城市的朋友不是偶然的，勉强也好，自然也好，食物里面确实是可以拉出一条文化的线索的。

世纪末急剧推进的全球化浪潮使每个地方的日常生活趋于雷同，但有时候一只鸭子也能提醒你，一个城市有一个城市的缅怀和梦想。

直到现在,许多朋友提及的南京幽胜之地我还没去过,但一个人如果喜欢自己的居住地,他会耐心地发现这地方一草一木的美丽。以前还算年轻的时候,每年夏天我会和朋友去紫霞湖或者前湖游泳,那两座湖,一个能看见中山门城墙,一个面向着紫金山。我记得在紫霞湖那次夜泳,是八月将尽的时候,一群朋友骑着自行车闯到了湖边。人在微冷的水中漂浮,抬眼所见是黑蓝色的夜空和满天的星斗,耳边除了水声,便是四周树林在风中沙沙作响的声音,你能听见自己呼吸的声音,似乎也能听见湖边的草木和树叶的呼吸,一颗年轻的心突然便被这城市感动了,多么美好的地方,多么安宁的地方,我生活在这里,多好!

这份感动至今未被岁月抹平,因此我无怨无悔地生活在这个历史书上的凄凉之都,感受一个普通人在这座城市里平淡而绚烂的生活。我仍然执着于去发现这座城市——但众所周知,这座城市不必来发现我了。

(原载2008年12月27日《新商报》)

苏州河
——上海故事从这里开始

程乃珊

我们这代，少小时都沉迷过《基督山恩仇记》，我们都会清晰地记得那一幕：船抵马赛，惊涛拍打着峻峭的崖岸，这里不是正常上下的码头，但有如不按常规的出牌，往往会导成全新的牌局，任何传奇的开始都带点相悖的决绝和冒险。紧裹着斗篷的邓蒂斯就在这里离船上岸。这就是基督山伯爵传奇的开始……

而今，是一个传奇频出的时代，当今一代大抵对这则太过遥远的异国传奇不感兴趣，然不论如何，我们都应该相信，城市的河，是孕育人文的活水源。时光合着湍湍的流水，在历史朦胧的灯影里，泛闪着泓泓水光。

那一晚，又一艘满载着蚕茧石材什么的驳船沿苏州河泊岸了。随船一个或几个壮实的小伙子背着单薄的包袱，有的或者腋下还小心夹着一对慈母临行前密密缝的不舍得穿的新鞋。他们托乡求亲才搭上这艘便船。他可能就是你我今天统称为"阿拉上海人"的曾祖父、曾曾祖父,他果断义无反顾地往岸上奋身一跃。我们的家族之树因他这一跃,而衍生出一支全新的支脉,上海也因这一跃,渐渐演化出令人爱怨交织的上海梦!

从来,水路是最节省成本又是最便利的交通形式。在十九世纪八十年代,上海已有颇具规模的十六铺码头,但不少我们的曾祖父们,还是宁可选择苏州河上的摇橹船,沿苏州河在任何他们认为合适之处上岸。此举或者比在十六铺上岸要少一点"乡下人进城"的心理压力。早年的苏州河沿岸是名副其实的都市里的村庄,即使后来演变成近代工业区,还可以处处闻乡音,道道见同里的。大都会大墙后的生活是艰难的,但为了一个梦,什么都可以熬下来。

上海的城市文明是由东向西推进的,而苏州河的流向则是由西向东汇入黄浦江最后百川归一的。或许正是因为这强烈的逆向,才碰撞出层出不尽的上海传奇!

苏州河沿岸多的是成片的棚户区,最出名的是今中远两湾城原址。《霓虹灯下的哨兵》里的上海兵亚男,就是住在苏州河边的棚户区,导演作此处理,令他上海兵的典型身份十分清晰。静安区可谓上海中心之中心,但直到改革开放前,静安区的地段则是越往北越差,新闸路几已成了上只角地段的极限,再往北就是拥挤逼仄的廉价弄堂集中之处,那是因为离苏州河越来越近，地皮也越来越便宜，居民的层次自然也越趋平民化。

祖父当年从乡下来寻求上海之梦，以一小小银行初级职员身份，在上海拖家带口的，只能租赁苏州河南岸大通路上的"东斯文里"，那种板壁单薄开间浅窄的弄堂房子，住客多半为小职员、小老板或小"白相人"……因为近苏州河，且又近当时上海最大的粪码头，一年四季臭气难当，特别黄梅季节。所幸不久祖父已有能力搬离"斯文里"了。

对于一百三十年前已建校的圣约翰大学的几代学生，苏州河是他们记忆中永远的青春之河，满载着他们欢乐无虑的时光。我的圣约翰大学毕业生外祖父，对校园最难忘的回忆就是那道蜿蜒绕过校园东西北三面的苏州河，正所谓"环境平分三面水，树人已半百年功"。当时河上尚未有桥，学生往返上下课都需摆渡。这些天之骄子，常常会支开艄夫，将长衫下摆一掖，就跳上船自己摇橹，三五成群的还会吹起口琴，一曲《梅花三弄》给弄得惨不忍睹，然后嘻嘻哈哈地跳上岸。"从船上回望格致楼，真有种'知识彼岸'的感觉。"外公经常如是对我说。

后来，好像是荣氏家族捐造了一座桥，但学生们仍热衷摆渡过河。到了我母亲1940年入读圣约翰，因为有了女生（圣约翰1936年开始有了十二名女生），行过这里突然显得特别敏感特别小心翼翼。尽管洋大学风气西化，但男女同学之间仍恪守这中国传统的礼教。一般男女同学都喜结伴过桥，对话也是采取男女声小组唱形式——男声：某某请客吃大餐（看电影、吃冰淇淋……），要不要？女声那边就会一起欣然回复：OK 呀。其实两拨人心中都有数——男方有一人在追求女方中的一人，乐得大家起起蓬头，推波助浪一下。约大校友会资料所示，至今仍有约廿来对约大伉俪已庆金婚。他们都会记得那条河、那座桥，还有那摆渡的小船……

所谓吃大餐，多半指圣约翰后门曹家渡一带沿街白俄开设的罗宋西餐馆。五角一客的罗宋大餐包括满满一小精钢锅子浮着一大块鲜奶油和整块牛肉的罗宋汤，一块煎得金黄的炸猪排及面包尽吃。有些顽皮的男生喜欢凭河就餐，完了把手中的盆子当飞碟一只只甩向河面，比赛谁的手势准和美，少不了挨店主一番臭骂和赔钱，但在女生前轧足了台型，还是值得的。此举在当时或会称为"洋场恶少"之习，当今天白了少年头的他们重忆旧事，咧着无牙的嘴大笑时，你就会深切体会到，青春是多么可爱！这一代人中不少的父辈或祖父辈，是斗大字不识一个的、从苏州河跃上大上海的农民呢！

与我的外祖父相比，祖父记忆中的苏州河远没如此浪漫。据他自传所记，"八一三"战事爆发之际，八百壮士退入四行仓库内孤军作战，军事当局商得公共租界同意，军队缴械后可避入租界，但唯一的一条退路为由四行仓库冲过北西藏路进入中国银行仓库西门。其时中行仓库库门紧闭，枪林弹雨之下，何人敢去开门？此时作为中国银行高层的祖父与十九路军代表就坐镇位于福州路附近的印度咖喱饭店，与谢晋元保持通话（当时电话尚通），商量对策。血气方刚的祖父一时不知哪来的勇气，自告奋勇驾车至老闸桥，然后下车步行过桥，直抵中国银行仓库东南门，进到东边一个仓库内。当时共有三名工友借着地处租界地及建筑坚固留守该仓库，倒也安全。祖父与他们谈及十九路军困境，其中一位工友基于义愤，自愿冒着枪林弹雨往返于西仓库取来钥匙，再来到西门下拔去门闩，随即飞奔而回告知祖父他们，祖父再电告十九路军部，通知四行仓库内八百壮士持械奔出，进入中国银行仓库的安全地区，再由租界当局送入胶州路集中营，此时人数只余四百不到！

兰州路桥，某角度讲，或者可以讲是我的桥。从1965年我分配到这里任中学教师，我最宝贵的青春时光都是在往返这座桥中溜走了。这里是典型的都市里的村庄，简陋的房子不少就是倚着桥身搭建，一推窗就可将洗碗水什么水往河里泼，苏州河成了天然下水道，再加两边工厂吐出的黑得发绿的污水，河水浑浊不堪。我的学生们竟然还在这里嬉水游泳从不闻生病，一方水土育一方人吧！一出罗马尼亚电影《多瑙河之波》上映后，我的学生们就送它一个美誉——多瑙河。我家访时多为黄昏家长们下班以后，他们多就近在附近厂家上班，因居室浅窄，家家的市面都做到屋外，各人手托一只盛得冒尖的蓝边大碗，上面是浓油涮酱的大排加一垛碧绿生青的蔬菜，三五成簇，坐在小矮凳上，权当饭桌的方凳上一搪瓷杯沁凉的生啤或工厂里发的冰冻盐汽水，半导体无线电热闹地唱着，尽管外面"斗私批修""一打三反",这里津津乐道我的"梅花党"和"一只绣花鞋"。尽管这里是领导阶级工人阶级聚居之处,反而没有社会上打打斗斗的那股火药味,反而多了几分人情。见了知识分子老师来,还用袖管抹抹本来很干净的小板凳,冲上一杯糖水,甜得我喉咙发毛!尽管祖祖辈辈没能跳过龙门离开这里,但是,他们仍安安分分地过着日子。这座名不见经传的兰州路桥两侧,嚣嚣闹闹生生猛猛,也是一幅清明上河图呢。

1998年,《上海市苏州河环境综合整治管理办法》实施,2003年《苏州河滨河景观规划》出台,苏州河景观成为高档楼宇的重要标志。当时作为下只角典型的兰州路桥两侧,今已屹立着水景观的高楼,我的学生们不少也已跳过龙门,他们中有成功的地产商、大学院长、海归精英……乘着改革之风,谱写了他们的上海传奇。

"家里望得到苏州河"成今日择居首选之一。"看得到苏州河"也是一个值得追逐的上海梦呢!苏州河宠辱不惊,仍是不紧不慢地流着,犹如一位历经辛劳终于守到子女成才的母亲,她仍一面絮絮地述着上海的故事,一面犹微笑着,宽恕了过往对她曾经的不公和忽略,张开怀抱欢迎她的子民,像还乡一样再回到她的身边。

(原载2009年7月18日《解放日报》)

一个人的平遥

蒋 韵

上世纪七十年代,不记得是1974年还是1975年,一个插队多年的朋友终于被分配到了平遥柴油机厂工作,我特地请了假去看望她。在那样一个枯燥而严峻的时代,年轻人之间这种交往,就像是在精神上互相取暖。

那是我第一次和古城平遥邂逅。

忘了柴油机厂的具体位置,只记得它就在城边上,从我朋友的宿舍窗口,一抬眼,就可以看到日后将闻名世界的高大城墙。它灰苍苍的,阴郁、荒寒、古老,有一种端庄的颓败和不合时宜的坚韧。枯黄的衰草在冬天的墙缝中随风摇曳,是时光之外的伤怀,也是这小城的底色。那一晚,就在这看得见城墙的小房间里,我们喝廉价的、糖水似的葡萄酒,用柴油在煤油炉上煮饺子。古城买不到鲜肉,朋友打开一瓶珍藏多日的罐头红烧肉,剁碎了,再掺入胡萝卜和大葱做馅,竟是别开生面的香。一群人,朋友,还有朋友的朋友,大家都喝得过了量,又说又唱,唱邓映易编译的那本《外国名歌200首》上的俄罗斯歌曲、苏联歌曲"茫茫大草原,路途多遥远",还有,"为什么,我苦难的命运,送我到,西伯利亚……"

白天我们逛街,小小一座城,没什么可逛的,老式的街道,老式的铺面,卖一些必不可少的生活日用品,油、盐、黑酱、二面的饼和馒头、槽子糕、凭票证购买的色样单调的花布,从那些幽暗的铺面深处,飘散出古城特有的气味,一种年深日久的芜杂和诡秘的混浊,又清冷又温暖,又寂寥又热闹,奇怪地吸引你又拒绝你。古城地处晋中平原,汾河河谷的腹地,比山区要富庶,那里的人心,也比山区的人心要活络,这就是当年的我对这古城的全部认识——年轻没有阅历的眼睛是看不懂两千岁的城池的。

夜晚,这座城日入而息,漆黑一片。这座史诗般的古城,如死一样寂静。它所有的历史,所有的往昔,所有的秘密,所有的辉煌和骄傲,都沉睡着,不为人知。但我朋友的那扇窗子亮着,像黑夜不安分的心,还是那样一群人,喝酒,唱歌,歌声让他们泪流满面,这群人来自四面八方,北京、天津、上海、省城,都曾做过知青,如今,古城收留了他们,可是,他们仅仅把这小城当作了驿站。他们身穿"柴机"厂的工作衣,用厂里生产的柴油代替煤油烧饭,可是他们的心不在这地方。有时,他们会爬上高高的荒凉的城墙,向远处眺望,无边的田野扑面而来，惆怅和忧伤扑面而来，携带着汾河的水腥。这象征命运的城墙上，遗落了多少年轻生命的思绪和追索，如今，没有人能够知道了。

如今，平遥古城举世闻名，晋商和票号，幸存的城墙和明清建筑，已成为平遥的符号。这是全世界的平遥，每年，我几乎都要陪远道而来的朋友或客人登上高高的城楼。它一扫当年的苍凉，红灯高挂，旌旗招展，像一个穿上了盛装的新人。它尘封的历史和光荣，突然之间，变成了显学和家喻户晓的故事，城楼上，几门不知什么年代的古炮渲染着这城池的天长地久，似乎，它是直接从古代一脚迈到了辉煌的今天，我找不到我朋友当年的那城墙的踪影，我找不到属于我朋友的古城和荒芜的岁月，我站在城头，寻找那扇窗户，曾经，有酒有歌的窗户，古城夜晚的歌哭，它在哪里呢？我一片茫然。

1978年，我朋友参加了高考，来到了省城读书，从此离开了这被她视为驿站的古城。此后多年，她一次次离去，她总是眺望远处，最后来到了一个叫作杜伊斯堡的德国城市，一个更遥远更陌生的驿站。在上世纪八十年代中叶，这几乎就是天边了，没有更远的地方了，她还能到哪里去呢？

据说，她死于一场急病，没有人能说清楚她是怎样发病怎样挣扎怎样弥留，她身边没有一个亲人，没有一个朋友，没有一个见证。她举目无亲——这就是驿站的本质。在她离世多年之后，有一天，我看到了一幅画，画面上，是深夜的一个街道，雪夜，只有寥落的一个夜行人和一扇亮着灯光的窗户。灯光投射在雪地上，那么孤寂，却又那么温暖，那么光明很诱人，像命运之光。我一下子想起了我朋友的古城，那扇不夜的窗子，盛满歌哭，也盛满朋友间相濡以沫的慰藉。我想，在那个杜伊斯堡，大概是没有这样一扇窗子，一片温暖和光明的灯光，在黑夜中诱惑着她一往无前投奔的。

两千多岁的古城，六百多岁的城墙，它们的仁慈和恩义，是不动声色的：在最黑的黑夜里，它们容留了一扇光明的小窗，一扇精神游子们相互取暖的小窗。其实，有这样一扇窗户的地方，还能称作是"驿站"吗？

那才是我朋友的古城，也是我的。

（原载2009年11月1日《太原晚报》）

前门看水

肖复兴

前门以前是有水的,不过,那是在明朝的正统年间,约五百七十年前的事情了。这在《明史》等很多书籍中都是有记载的。清《京师坊巷志稿》里面说:"《明史·河渠志》:正统间修城壕,恐雨水多水溢,乃穿正阳桥东南洼下地开壕口以泄之,始有三里河名。"这便是前门最初的水。

去年,前门有水的消息在网上传开,并附有很多水光潋滟的照片,一时趋之者甚众。前两天,我也特意去那里看水,看见很多上了年纪的老街坊,对着水和水边残存的房屋指指点点,顽固地将过去的记忆与现实做对比。在新开辟的水旁,立有好几块牌子,写明水的历史,其中也引用了《明史》和《京师坊巷志稿》中的相关文字。

如今,前门的水,是以前几年新开辟的前门东侧路东边的长巷头条为起点。这里很好找,就在鲜鱼口东口的正对面,水光树影，人头攒动处便是。不明就里的人，面对这样一条横空出世的水流，会以为水本来就是以这里为开端的，也会有较真的人疑惑：这水源自哪里呢？

明《河渠志》明确指出，壕口是开在正阳门东南，为泄洪之用、引护城河的水，从后河沿往东南，过西打磨厂到北孝顺胡同和长巷上头条，才流到如今这块地方。当年之所以选择在那里开凿壕口，是因为那里地势低洼，至西打磨厂处，最为低洼，人们俗称这个地方为鸭子嘴，水流过鸭子嘴，才会流到长巷上头条，然后流到鲜鱼口处的梯子胡同，大约流经一里地，才到达如今水出现的长巷下头条这个地方。

清楚了这段历史，我们就会明白，为什么如今的水从这里开始——因为，水源头的护城河早已消失，西打磨厂鸭子嘴以西，包括戥子市胡同、北孝顺胡同等处，以东到长巷上头条，一路蜿蜒，十几年前都还健在，虽然无水，但从旧河道便依稀可以遥想当年。尽管破旧不堪，但胡同的肌理，关乎着人文的命脉，可以让有心人触摸到前朝旧影。可惜的是，前几年整修前门大街和开辟前门东侧路时，这些老胡同都已经拆除殆尽。如今，前门的水，变成了一条断头水，无源之水，横空出世的水。

原来在这里，也就是长巷下头条胡同口的西边，长春堂老药铺紧挨着由天乐园改名的大众剧场，如今此处已经被马路取代，水便赫然露出了身段，在大马路上就能看见。顺着这条有意蜿蜒的水往前走，会看到长巷头条东西两边大多数院落已经拆空，个别镶嵌在水畔的房屋，有新修的长春别墅和正在翻修的泾县、丰城和汀州会馆南馆。明朝的旧影、清末民初的院落、如今新铺就的小路和草坪、经过现代化处理的中水，交错在眼前，穿越着几百年的时空，上演着一出混搭的杂剧。

再往前走一点儿，有一扇院门，还可以看到一副老门联："河纳家声远，山阴世泽长。"有意思的是，沧桑的老门联还在，门楣上的门牌却没有了。记得以前这里的门牌号是70号。现在，汀州会馆南馆是62号，丰城、泾县会馆分别是53号、60号，也就是说，53号之前和53号到60号之间的那些老院落，如今都已经没有了。十多年前，在58号院门上还可以看到"经营昭世界，事业震寰球"老门联；在更北边的20号院门上还可以看到"及时雷雨舒龙甲，得意春风快马蹄"老门联。如今，却是前度刘郎今又来，人面不知何处去，给人一种错位甚至面目皆非的感觉。

这个小小的细节，让我哑然失笑，而以后的来人，或许会以为地理的现实存在就是曾经的历史存在呢。改造后的地理，硬朗朗地在那里，日久天长，真的可以修改历史，并且，创造新的历史呢。

如今这条新开辟的水，依照旧名，还叫三里河，沿着长巷下头条的基本走向，有意改变了几道弯，水的两岸新栽种了花草树木，水中间设有小小的汀洲或亭台，并搭建有木桥和石板桥。整体按照园林设计，营造出一种小桥流水、路曲境幽、花木掩映的意境。在长巷下头条南头与芦草园接壤的部分，开辟了一个小小的广场，立有一块很大的影壁背景墙，上面雕有花饰，刻有《京师坊巷志稿》上介绍芦草园的文字。这里明显占去了芦草园、青云胡同和得丰巷的部分地盘，却成为如今三里河的中心位置，人们纷纷到这里驻足拍照。

原来，横空出世的水，也可以凭今人的意图而随意尽情流淌。

一条泄洪用的实用之水，转眼之间，可以变成现代园林中艺术化的小桥流水。

再往东南一点儿，到前几年新开通的草厂三条宽马路，水就到头了，犹如一段盲肠，来无影，去无踪。或许，这只是重新开掘三里河工程的一部分，历史中的三里河应是再往东南方向流淌。明朝大运河终点码头南移之后，三里河在明成化年间确实是一条很宽的泄洪河，一直流过桥湾、金鱼池，通向左安门外的护城河，然后与大运河相汇合，三里河由此成名。三里河河名在先，而长巷头条地名在后。

过如今的草厂三条新路，再往前一点儿，在桥湾的地方，新建的铁山寺南侧，1953年修路的时候，曾经挖出汉白玉的三里河桥，又被原地埋下。据说桥有十三米长、八米宽，连接着北桥湾和鞭子巷。可以想象，那时候的河有多么宽，远非如今小桥流水般纤细。河两岸各有一座庙宇相互呼应。南岸的是明因寺，北岸的是铁山寺，都是明朝时建的古寺，《帝京景物略》

和《宸垣识略》对此分别有所记载。如今，三里河在离原来三里河桥老远的地方，就戛然而止了。历史被抻出一个头儿来，就又缩了回去，让人们以为当年的三里河就是眼前这样一小段被整修得笔管条直的园林之水呢。

想想，如今的三里河多占一些芦草园等地方，是有道理的。而且，水还应该再宽、再大才是。最初有三里河的时候，还没有芦草园这些街巷呢；有了芦草园的街巷，三里河早已经干涸了。

在以后的日子里，也许，只有老北京人知道，如今这样园林式的、设计感很强的三里河，漂亮是足够漂亮了，却是我们想象出来的三里河，是我们改造后的三里河，甚至是我们创造出来的三里河，有些像新型社区里的水系设计。说它不符合历史，也不确切，因为历史上的三里河，如今的人，谁也没有见过，即使现在改造得有些"二八月乱穿衣"，但三里河毕竟在历史中存在过，而且大概的位置也是在这里。前来一睹三里河风采的几个老街坊对我说：甭管怎么说，改造了环境，比以前脏乱差的胡同强多了，让人们多了一个流连拍照的去处。这话说得也没错，但是，这样的水，却是以拆迁了好几条老胡同为代价的呀。如果要建一个公园，可以到别处建，而无须偏偏建在有历史意义的老街区。

世界上任何一座老城，在时代的演进过程中，都需要改造，问题是我们要把北京城，具体到前门地区、改造成以前哪一段历史的哪一种样子。明嘉靖三十二年（1553年），北京城修了外城之后，三里河已经没有水了，水波荡漾的三里河，只存在了不足百年。这以后才在干涸的河道上有了长巷头条，有了长巷二条、三条和四条这样顺着三里河旧河道蜿蜒而成的老街巷。前门地区的老街巷，都是在这之后的明清两代逐渐形成的。我们不去好好保护已经存在的这些老街巷，相反却要拆掉这些老街巷，然后凭空想象，修建早已经不存在的一条三里河。这样做值得吗？我真的有些困惑。

十多年前，为写作《蓝调城南》一书，我常往前门一带跑，对这里几乎可以说了如指掌。为了这样的城市改造，我亲眼看见这里如此多的老街巷、老院落被拆毁。前门东西两侧，东侧的原崇文现东城，比西侧的原宣武现西城，魄力要大、手笔要大，仅西起前门、东到崇文门、南至如今的两广路，这方圆不大却是历史重要遗存的地区，从前门大街到鲜鱼口和台湾街，再从新世界商业圈到东侧路、草厂三条、新开路、祈年大街，真的可以说是大刀阔斧，这样一块历史老街区已经被大卸八块般切割得有点儿七零八落。

梁思成先生在世时曾经一再告诉我们：北京旧城区是保留着中国古代规制、具有都市规划的完整艺术实物。这个特征在世界上是罕见无比的，需要保护好这一文物环境。他强调这是一片文物环境。我们一边为全世界独一无二的北京城中轴线申遗，一边还在对中轴线两旁大动干戈，大建一批假景观。我们是不是应该重新回顾一下梁思成先生曾经给予我们的那些振聋发聩的建议和思想？如今，这一片历史老街仅存长巷、草厂、南芦草园、薛家湾几片相连，相对完整。我们是不是需要想一想梁思成先生讲过的话，做一种文物环境的整体性的保护和改造，而不是描眉打鬓一般，造几处人为虚拟历史的景点式点缀？

2017年4月初稿

2018年4月改毕

（录自《咫尺天涯：最后的老北京》，生活·读书·新知三联书店，2020年版）

辑二 城市之美

西安这座城

贾平凹

我住在西安城里已经是二十年了,我不敢说这个城就是我的,或我给了这个城什么,但二十年前我还在陕南的乡下,确实是做过了一个梦的,梦见了一棵不高大的却很老的树,树上有一个洞。在现实的生活里,老家是有满山的林子,但我没有觅寻到这样的树,而在初作城人的那年,于街头却发现了,真的,和梦境中的树丝毫不差。这棵树现在还长着,年年我总是看它一次,死去的枝柯变得僵硬,新生的梢条软和如柳,我就常常盯着还趴在树干上的裂着背已去了实质的蝉壳,发许久的迷瞪,不知道这蝉是蜕了几多回壳,生命在如此转换,真的是无生无灭,可那飞来的蝉又始于何时,又该终于何地呢?于是在近晚的夕阳中驻脚南城楼下,听岁月腐蚀得并不完整的砖块缝里,一群蟋蟀在唱着一部繁乐,恍惚里就觉得哪一块砖是我吧,或者,我是蟋蟀的一只,夜夜在望着万里的长空,迎接着每一次新来的明月而欢歌了。

我庆幸这座城在中国的西部,在苍茫的关中平原上,其实只能在中国西部的关中平原上才会有这样的城,我忍不住就唱起关于这个地方的一段民谣:

> 八百里秦川黄土飞扬,
> 三千万人民吼叫秦腔,
> 调一碗黏面喜气洋洋,
> 没有辣子嘟嘟囔囔。

这样的民谣,描绘的或许缺乏现代气息,但落后并不等于愚昧,它所透发的一种气势,没有矫情和虚浮,是冷的幽默,是对旧的生存状态的自审,我唱着它的时候,唱不出声的却常常是想到了夸父逐日渴死在去海的路上的悲壮。正是这样,数年前南方的几个城市来人,以优越异常的生活待遇招募我去,我谢绝了,我不去,我爱陕西,我爱西安这座城。我生不在此,死却必定在此,当百年之后躯体焚烧于火葬场,我的灵魂随同黑烟爬出了高高的烟囱,我也会变成一朵云游荡在这座城的上空的。

当世界上的新型城市愈来愈变成了一堆水泥,我该怎样来叙说西安这座城呢?是的,没必要夸耀曾经是十三个王朝国都的历史,也不自得八水环绕的地理风水,承认中国的政治、经济、文化的中心已不在了这里，对于显赫的汉唐，它只能称为"废都"，但可爱的是，时至今日，气派不倒的，风范依存的，在全世界的范围内最具古城魅力的，也只有西安了。它的城墙赫然完整，独身站定在护城河上的吊板桥上，仰观那城楼、角楼、女墙垛口，再怯弱的人也要豪情长啸了。大街小巷方正对称，排列有序的四合院和四合院砖雕门楼下已经黝黑如铁的花石门磴，让你可以立即坠入了古昔里高头大马驾驶了木制的大车哐哐哐开过来的境界里去。如果有机会收集一下全城的数千个街巷名称，贡院门、书院门、竹笆市、琉璃市、教场门、端履门、炭市街、麦苋街、车巷、油巷……你突然感到历史并不遥远，以至眼前飞过一只并不卫生的苍蝇，也忍不住怀疑这苍蝇的身上有着汉时的模样还是有唐时标记。现代的艺术在大型的豪华的剧院、影院、歌舞厅日夜上演着，但爬满青苔的如古钱一样的城墙根下，总是有人在观赏着中国最古老的属于这个地方的秦腔，或者皮影木偶，这不是正规的演艺人，他们这是工余后的娱乐，有人演，就有人看，演和看都宣泄的是一种自豪，生命里涌动的是一种历史的追忆，所以你也便明白了街头饭馆里的餐具，瓷是那么粗的瓷，大得称之为海碗。逢年过节，你见过哪里的城市的街巷演动着了社火，踩起了高跷，扛着杏黄色的幡旗放火铳，敲纯粹的鼓乐？最是那土得掉渣的土话里，如果依音笔写出来，竟然是文言文中的极典雅的词语，抱孩子不说抱说"携",口中没味不说没味说"寡",即使骂人滚开也不说滚说"避"。你随便走进一条巷的一户人家中吧,是艺术家或者是工人、小职员、个体的商贩,他们的客厅是必悬挂了装裱考究的字画,桌柜上必是摆设了几件古陶旧瓷,对于书法绘画的理解,对于文物古董的珍存,成为他们生活的基本要求。男人们崇尚的是黑与白的色调,女人们则喜欢穿大红大绿的衣裳,质朴大方,悲喜分明。他们少以言辞,多以行动,喜欢沉默,善于思考,崇拜的是智慧,鄙夷的是油滑,有整体雄浑,无琐碎甜腻。西安的科技人才云集,产生了众多的全球也著名的数学家、物理学家,但民间却大量涌现着《易经》的研究家,观天象、识地理、搞预测、做遥控,你不敢轻视了静坐于酒馆一角独饮的老翁或巷头鸡皮鹤首的老妪,他们说不定就是身怀绝技的奇才异人。清晨的菜市场上,你会见到手托着豆腐,三个两个地立在那里谈论着国内的新闻,去公共厕所蹲坑,你也会听到最及时的关于联合国的一次会议的内容。关心国事,放眼全球,似乎对于他们是一种多余,但他们就是有这种古都赋予的秉性。"杞人忧天"从来不是他们讥笑的名词,甚至有人庄严提议,在城中造一尊巨大的杞人雕塑,与那巍然竖立的丝绸之路的开创人张骞塑像相映成辉,成为一种城标。整个西安城,充溢着中国历史的古意,表现的是一种东方的神秘,囫囵囵是一个旧的文物,又鲜活活是一个新的象征。

所以，当我数次搬家，总乐意在靠近城墙的地方住，现在我居住在叫甜水井的方位，井已经被覆盖了，但数个四合院内还保留着古老的井台。古往千百年来，全城的食用水靠这一带甜水供应，老一代的邻居还说得清最后一届水局的模样，抱出匣子来让我瞧那手摸汗浸而光滑如铜的骨片水牌，耳畔里就隐约响起了驮着水桶的驴子叩着青石板街的节奏。星期日，去那嚣声腾浮的鸟市、虫市和狗市，或是赶那黎明开张，日出消散的露水集场，去城河沿上看那练习导引吐纳之术的汉子，去旧古书店书摊购买几本线装的古籍，去寺院里拜访参禅的老僧和高古的道长，去楼房的建筑工地的土坑里捡一堆称之为垃圾文物的碎瓷残片，分辨其字画属于汉的海风之格或属于唐的山骨之度，一切都在与历史对话，调整我的时空存在，圆满我的生命状态。所以，在我的居室里接待了全中国各地来的客人乃至海外的朋友，我送他们的常常是汉瓦当的一个拓片，秦砖自刻的一方砚台，或是陪他们听一段已无弦索的古琴的无声的韶音，我说，你信步在城里走走吧，钟楼已没钟，晨时你能听见的是天音，鼓楼已没鼓，暮时你能听见的是地声，再倘若你是搞政治的，你往城东去看秦兵马俑，你是搞艺术的，你往城西去看霍去病墓前石雕。我不知疲劳地，一定要带领了客人朋友爬上城墙，指点那城南的大雁塔和曲江池，说，看见那大雁塔吗？那就是一枚印石。看见那曲江池吗？那就是一盒印泥。记住，历史当然翻开了新的一页,现代的西安当然不仅仅是个保留着过去的城,它有着其他城市所具有的最现代的东西,但是,它区别于别的城市的,是无言的上帝把中国文化的大印放置在西安,西安永远是中国文化魂魄的所在地了。

1992年7月2日

(录自《贾平凹文集·求缺卷》,中国文联出版公司,1995年版)

阳台上的遗憾

韩少功

　　南方人指路，总是说前后左右；北方人指路，总是说东西南北。前后左右，以人为转移，是一种主观方位；东西南北，以物为坐标，是一种客观方位。这样说起来，似乎南人较为崇尚主观意志，而北人较为遵从客观实际。

　　指路方式的不同，当然还可能有更多的原因。比方说，南方多阴雨，四野茫茫，如果人们没有随身揣着指南针，就很难像在北方常见的晴空之下，瞥一眼日头，轻易辨出东西南北。

　　又比方说，南方的街道多是弯曲偏斜，不像北方的街道那样总是四向方正，多以皇宫或神庙为中心，次第森严秩序井然组成棋盘式格局。在那个棋盘里，东西南北已被纵横街道刻入人心，很难有南方的模糊。

　　从某种意义上来说，建筑是人心的外化和物化。南方在古代为蛮，化外之地，建筑上也就多有蛮风的留影。尤其到海口一看，尽管这里地势平坦并无重庆式的山峦起伏，但前人留下的老街几乎很少有直的，正的，这些随意和即兴的作品，呈礼崩乐坏纲纪不存之象，总是令初来的北方人吃惊。可以想象，种种偏门和曲道，很合适隐藏神话、巫术和反叛，要展示天子威仪和官府阵仗，却不那么方便。留存在这些破壁残阶上的，是一种天高皇帝远的自由和活泼，是一种帝国文化道统的稀薄和涣散。虽然免不了给人一点混乱之虞，却也生机勃勃。它们不像北方的四合院，俨然规规矩矩的顺民和良仆，一栋一檐的定向，都严格遵循天理和祖制，不越雷池。

当然，南北文化一直在悄悄融汇。建筑外观上的南北之异，并不妨碍南方的宅院，尤其是一些富宅，其实与北方的四合院一样，也是很见等级的，有一些耳房或偏间，可供主人安置侍卫和女佣；很讲究家族封闭与合和的，有东西两厢，甚至有前后几进，可供主人安置儿孙及其宝眷，包容儿孙满堂笑语喧哗的节日大团圆。在那正厅大堂里正襟入座，上下分明，主次分明，三纲五常的感觉便油然而生。倘若在庭院中春日观花，夏日听蝉，箫吹秋月，酒饮冬霜，也就免不了生出一种陶潜式的冲淡和曹雪芹式的伤感，汉文化一直也在这样的南国宅院里咳血和低吟。

这一类宅院，在现代化的潮流面前一一倾颓，当然是无可避免的结局。金钱成了比血缘更为强有力的社会纽带，个人成了比家族更为重要的社会单元，大家族开始向小家庭解体，小家庭又正在被独身风气蚕食,加上都市生育一胎化,已使旧式宅院的三进两厢之类十分多余。要多家合住一院,又不大方便保护现代人的隐私,谁愿意起居出入喜怒哀乐都在邻居的众目睽睽之下?

更为重要的是,都市化使地价狂升,尤其中国突然冒出十二亿人,很难容忍旧式宅院那样奢侈的建筑容积率。稍微明了国情的人,就不难理解高楼大厦是我们唯一现实的选择。看到某些洋人对四合院之类津津乐道,不必去过分地凑热闹。

这种高楼大厦正在显现着新的社会结构,展拓着新的心理空间,但一般来说缺少个性,以其水泥和玻璃,正在统一着每一个城市的面容和表情,正在不分南北地制定出彼此相似的生活图景。人们走入同样的电梯,推开同样的窗户,坐上同样的马桶,在同一时刻关闭电视并在同一时刻打出哈欠。长此下去,环境也可以反过来侵染人心,会不会使它的居民们产生同样的流行话题,同样的购物计划,同样的恋爱经历以及同样的怀旧情结?以前有一些人说,儒家造成文化的大一统,其实,现代工业对文化趋同的推动作用,来得更加猛烈和广泛,行将把世界上任何一个天涯海角,都制作成建筑的仿纽约,服装的假巴黎,家用电器的赝品东京——所有的城市,越来越成为一个城市。

这种高楼大厦的新神话拔地升天,也正在把我们的天空挤压和分割得狭窄零碎,正在使四季在隔热玻璃外变得暧昧不清,正在使田野和鸟语变得十分稀罕和遥远。清代张潮说:"因雪想高士，因花想美人，因酒想侠客，因月想好友，因山水想得意诗文。"如此清心和雅趣，似乎连同产生它的旧式宅院，已经永远被高楼大厦埋葬在地基下面了。全球的高楼居民和大厦房客们，相当多已习惯于一边吃快餐食品，一边因雪想堵车，因花想开业，因酒想公关，因月想星球大战，因山水想开发区批文。当然，在某一天，我们也可以步入阳台，在铁笼般的防盗网里，或者在汽车疾驰而过的沙沙声里，一如既往地观花或听蝉，月下吹箫或霜中饮酒，但那毕竟有点像勉勉强强的代用品，有点像用二胡拉贝多芬，或者是在泳池里远航，少了一些真趣。这不能不使人遗憾。遗憾常常是历史进步身后寂寞的影子。

（原载1994年6月10日《南方周末》）

北京胡同

邓云乡

从明代永乐年间,也就是十五世纪开头算起,五百几十年中,北京的胡同和四合院,给北京一代又一代的人们,提供了一个安定、宁静、和睦、整齐、舒展的生存空间、生活环境。开开大门,走出胡同,通向大街,通向外地,通向全世界;走进胡同,回到院中,关好大门,一家人团聚在一起,说笑、游戏、读书、吃饭、睡觉……几百年中,过的都是这样的日子。直到现在,还有一大部分北京人这样生活着,虽然人越来越多,居住越来越拥挤,房子越来越残破,烧饭、入厕、沐浴等那样不方便……但一抬脚走出房门、街门,便是通畅干净的胡同,夏日的老槐,冬日的白雪,残秋的黄叶,春暖的浮云,散步在胡同中,脚踏实地,溜溜达达。早晨,迎着旭日;黄昏,踏着斜阳。遇到街坊邻里,老远就打招呼:"您早!""您回来啦……"直到今天,人们还眷恋于这种传统的富有人情味的生活方式,望着那远处盖起的设备齐全的高层公寓,又是向往,又是迟疑,心想那么高,一层层,人压人,一天到晚,踩在楼板上,身为地之子,却连地球都踩不到,还是老房子好,开开门,就可以在胡同中溜达,这又该多么自由舒展呢?何况还浸泡在那样悠久的、传统的历史溶液里……

世界各地、天涯海角,不知有多少北京的游子,他们的乡梦、相思,都是在北京的胡同里。大胡同、小胡同、漫长笔直的、曲里拐弯的,那各式各样的大门,新的、旧的、残破的、磨砖对缝的、青灰涂抹的……房屋后墙、院墙,那破旧的门扇,偶然还残留旧时的油漆,旧时的门联"忠厚传家久,诗书继世长"。这些天涯梦里的场景,当年都是历史的真实,清晰、迷蒙、模糊……几百年来,胡同中的房子,那一座座的宅子,一块块的宅基地,破了拆、拆了盖,新的变旧的、旧的又变新的,一代又一代,一个又一个的新主人,真不知经历了多少朝,多少代,留下了多少遥远的记忆……时间的、空间的,这不就是北京胡同文化的内涵吗?

北京旧时究竟有多少条胡同呢?据马芷庠所编《北平旅行指南》记载:当时不算郊区,只内外城街巷胡同约二千七八百条,加上各城门外关厢,恐怕真要够三千来条了。北京城建布局,叫街的少,叫胡同的多,叫街的大多是南北向的,叫胡同的绝大多数都是东西向的,内城特别明显,大街、小街,直通南北,大胡同、小胡同,横贯东西。到了前三门外,靠北面一半,基本也是如此，东西珠市口往南，虎坊桥、骡马市大街、菜市口、彰仪门（即广安门）大街以南，因为这些街是东西向的，所以胡同都是南北向的了，又以虎坊桥、菜市口为中心，往南去烂缦胡同、半截胡同、教子胡同、米市胡同、丞相胡同、贾家胡同、果子巷、粉房琉璃街、八角琉璃井……都是与明、清文化学术源流有密切关系的南北向大胡同。在内城，这种南北向的大胡同是极少的。内城东单、西单、东四、西四……这些都叫大街。还有东城的南小街、北小街，西城南沟沿、北沟沿（现在叫佟麟阁路）、府右街、锦什坊街，还有一条小小的兴隆街，等等，这些都是南北向的，在这些大街、小街的两旁，一排排都是整齐的胡同，直到现在，还保持着历史的规模。

  大街、小街一般都是商业区，一排排大小胡同，便都是住宅区。胡同中有数不清的四合院，数不清的人家。大宅一进、两进、跨院、花园，大门在前胡同，后门在后胡同。东西的胡同，大宅的大门，一般都在路北，也就是坐北朝南，因而整齐的大胡同，东口西口笔直，不管从哪里进来往前走，你必然会明显地发现，路北的大门多，而且宏伟。路南的大门少，而后墙多而高，偶有街门，也多比较小，不成格局。北京旧时计里程，前门到崇文门、崇文门到东便门，门见门三里，长的胡同如旧时东单南东西裱褙胡同、苏州胡同、船板胡同等，差不多都有三里；而短的胡同，如后门大街、义留胡同，只是两座房子中间的夹道，便可一溜而过了。宽阔的大胡同，如东北城铁狮子胡同（现叫张自忠路）、宣武门绒线胡同，都是很宽很直的大路，很早就修了柏油路，也叫胡同。而旧时西长安街路北一条南北胡同，南段叫双栅栏，北段叫兴隆街，没有绒线胡同一半宽，都是住家，没有商店，却也叫街，古老的历史原因形成的传统叫法，现在很难理解。

大小胡同都有一个名字，由于几百年的历史旅程，代代相传，北京胡同的名字，真可以说是千奇百怪。归纳一下，不外以下几点：

第一个原因形成的胡同名，大约有这么几种：一是明清两代宫廷机构的名称变成胡同名，如东厂胡同、箭厂胡同；二是寺庙宫观、王侯府第所在地，如马神庙、麻状元胡同、端王府夹道等；三是地理特征，如大甜水井、枣林大院、冰窖胡同等；四是以行业集中划分的，如巾帽胡同、草帽胡同、羊肉胡同等。

第二个原因形成的地名较容易理解：如东四、东单都按数字排序，东四头条至十二条、东单头条到三条（头条即东长安街北面高台上，南面的房屋在庚子时毁坏拆除了）。其他阜内宫门口几条、宣外棉花胡同几条、宣外教场几条、鲜鱼口内长巷几条，等等，都是按数字排列的胡同名。西四北帅府胡同、石老娘胡同、南魏儿胡同等大胡同，现在也叫西四几条，不过那不是历史上的叫法，而是近年新改的。

第三种原因所形成的胡同名，也相当复杂。如进口处小，里面大，就叫口袋胡同；一条笔直，一条稍弯，叫弓弦胡同和弓背胡同；一头直、一头分为两叉，叫裤子胡同；弯弯曲曲，一共八个，就叫八道湾；进口大、越走越窄，就叫牛犄角胡同；新开的一条街，就叫新开路；其他狗尾巴、羊尾巴、猪尾巴……都是胡同名，不过后来都改了，大、小羊尾巴胡同，改成大、小羊宜宾胡同了。居民吃水要紧，所以有许多井儿胡同、四眼井、三眼井、甜水井胡同、苦水井等地名；有许多河，所以有不少河沿地名，南河沿、北河沿、南北沟沿、东西河沿；有河有沟就有桥，甘石桥、甘水桥、李广桥、厂桥；北京几百年来要开冰窖藏冰，所以有好多冰窖胡同；历朝有不少私家园林，所以有不少胡同叫花园、什锦花园、梁家园、葡萄园……还有什么三转桥、四块玉、五虎庙、六部口、八角琉璃井，最古的南北燕角（辽代地名）、最雅的百花深处、最欢喜的喜鹊胡同、最俏皮的花枝胡同，还有最凶的鬼门关（后改为贵门关）——所谓"寄萍堂外鬼门关"，当年白石老人住在这条胡同，却活了九十七岁！

改革开放，北京城市建设发生了巨大的变化，高楼林立、道路通达，不少胡同都已全然改观，但留下的也还不少，这对北京未来的建设，是一个十分严峻的考验。既不能全部拆除，又不能很快改变那些古老胡同的残破面貌。当前北京的胡同文化，正处在一个转折过渡时期，现在我们走在北京胡同中，不管是本地人、外地人、中国人、外国人，只要肯观察和思考，我想你最少会有四个方面的感受和收获。

一是历史的想象或考证，如今你不论走到北京哪条古老的胡同，望着两边的房屋，残缺的磨砖墙、长着茅草的屋瓦、斑驳的大门、黄褐色的后窗……无一不使你感到历史的悠久、岁月的沧桑。如果你再有一些人文历史知识，那差不多每一条大胡同中，都有过各个历史时代的古迹、名胜，足供你流连、凭吊。

二是艺术的观赏与研讨。大小胡同，两旁都是人家、房屋、院落、大门。你不用进大门，就足够你做不同建筑艺术的观赏，高台阶的大门、小门楼的砖门，一条脊的片瓦、元宝脊的筒子瓦，猫头滴水，门楼上的砖雕、木雕，不同的柱脚石的石雕、石鼓、石狮，残缺的铜门钹、油漆门联……古建筑、雕刻、木、瓦、石匠，各种风格、各种流派，五六十年前、一二百年前，甚至更远更古老，那些高手工匠，没有留下姓名的精心佳作，随处可见，足供你观赏、研讨。你可以多看看，多比较比较，就只那些不同的残破门鼓、门枕石的石雕艺术，你收集起来，加以研讨，就可以写成学术论文，得到博士学位。

第三是生活的感受或调查，现在北京大大小小的胡同，两旁半新半旧的、残破的，或者少数两边已盖了高楼，或者还有少数修理得十分整齐的四合院，这里多数是机关、少数是一家住的独门独院，而大多是许多家住的大杂院，院中又盖满了各式各样的小房，卫生设备大多没有……住在这些胡同中的人，他们的心态自然是十分复杂的了。一个外乡人、一个外国人，如何去了解他们的生活呢？如果走一条胡同、两条胡同，去访问几家、几十家，你或许不但能感受到北京人今天的生活，也还能感受到北京人昨天、前天、十年前、几十年前的生活情趣。

　　第四是风景的流连和欣赏。春夏秋冬，朝暮四时，阴晴雨雪，古老的胡同，风景各有不同，不同的色彩、光线、音响，变化着你的视觉、听觉、感觉……只要你细心观赏，懂得欣赏，那夏日斑驳的槐荫、冬日半融的残雪，甚或严寒时白茫茫的一片，黑乎乎的大门，后窗漏出的微弱灯火，电杆上寂寞的街灯……总之，即使在寒冷寂静的时候，胡同中的风景，也是有情有景、绵延不断地温暖人间。到了春天，你从白云中看到人家起盘的鸽子，夏日你从半敞的大门中望见人家院中盛开的火一样的石榴，秋天枣树杈上挂满的花红枣，冬天从灰蒙蒙的房角天空望见白塔、钟鼓楼的影子，偶然身旁人家后墙洋铁烟囱中喷出一团黑烟……这些都是胡同中的风景，是温暖的、充满生活气息的，使你也融化在北京胡同的历史文化中了。

（原载1994年6月18日、25日《光明日报·周末文荟》）

上海与北京

王安忆

上海和北京的区别首先在于小和大。北京的马路、楼房、天空和风沙,体积都是上海的数倍。刮风的日子里,风在北京的天空浩浩荡荡地行军,它们看上去就像是没有似的,不动声色的。然而透明的空气却变成颗粒状的,有些沙沙的,还有,天地间充满着一股鸣声,无所不在的。上海的风则要琐细得多,它们在狭窄的街道与弄堂索索地穿行,在巴掌大的空地上盘旋,将纸屑和落叶吹得溜溜转,行道树的枝叶也在乱摇。当它们从两幢楼之间挤身而过时,便使劲地冲击一下,带了点撩拨的意思。北京的天坛和地坛就是让人领略辽阔的,它让人领略大的含义。它传达"大"的意境是以大见大的手法,坦荡和直接,它就是圈下泱泱然一片空旷,是坦言相告而不是暗示提醒。它的"大"还以正和直来表现,省略小零小碎,所谓大道不动干戈。它是让人面对着大而自识其小,面对着无涯自识其有限。

它培养着人们的崇拜与敬仰的感情，也培养人们的自谦自卑，然后将人吞没，合二而一。上海的豫园却是供人欣赏精微、欣赏小的妙处，针眼里有洞天。山重水复，做着障眼法，乱石堆砌，以作高楼入云，迷径交错，好似山高路远。它乱着人的眼睛，迷着人的心。它是炫耀机巧和聪敏的。它是给个谜让人猜，也试试人的机巧和聪敏的，它是叫人又惊又喜，还有点得意的。它是世俗而非权威的，与人是平等相待，不企图去征服谁的。它和人是打成一片，且又你是你，我是我，并不含糊的。

即便是上海的寺庙也是人间烟火，而北京的民宅里巷都有着庄严肃穆之感。北京的四合院是有等级的，是家长制的。它偏正分明，主次有别。它正襟危坐，慎言笃行。它也是叫人肃然起敬的。它是那种正宗传人的样子，理所当然，不由分说。当你走在两面高墙之下的巷道，会有压力之感，那巷道也是有权力的。上海的民居是平易近人的，老城厢的板壁小楼是可上演西门庆潘金莲的苟且之事的。带花园的新式里弄房子，且是一枝红杏出墙来的。那些雕花栏杆的阳台，则是供西装旗袍剧作舞台的。豪富们的洋房，是眉飞色舞，极尽张扬的，富字挂在脸上，显得天真浮浅而非老于世故，既要拒人于门外，又想招人进来参观，有点沉不住气。

走在皇城根下的北京人有着深邃睿智的表情，他们的背影有一种从容追忆的神色。护城河则往事如烟地静淌。北京埋藏着许多辉煌的场景，还有惊心动魄的场景，如今已经沉寂在北京人心里。北京人的心是藏着许多事的。他们说出话来都有些源远流长似的，他们清脆的口音和如珠妙语已经过数朝数代的锤炼，他们的俏皮话也显得那么文雅，骂人也骂得有文明：瞧您这德行！他们个个都有些诗人的气质，出口成章的。他们还都有些历史学家的气质，语言的背后有着许多典故。他们对人对事有一股潇洒劲儿，洞察世态的样子。上海人则要粗鲁得多，他们在几十年租界文化里速成学来一些绅士和淑女的规矩，把些皮毛当学问。他们心中没多少往事的，只有二十年的繁华旧梦，这梦是做也做不完的，如今也还沉醉其中。他们都不太惯于回忆这一类沉思的活动，却挺能梦想，他们做起梦来有点海阔天空的，他们像孩子似的被自己的美梦乐开了怀，他们行动的结果好坏各一份，他们的梦想则一半成真一半成假。他们是现实的，讲究效果的，以成败论英雄的。他们的言语是直接的，赤裸裸的，没有铺垫和伏笔的。他们把"利"字挂在口上，大言不惭的。他们的骂人话都是以贫为耻，比如"瘪三""乡下人""叫花子吃死蟹——只只鲜"，没什么历史观，也不讲精神价值的。北京和上海相比更富于艺术感，后者则更具实用精神。

北京是感性的，倘若要去一个地方，不是凭地址路名，而是要以环境特征指示的：过了街口，朝北走，再过一个巷口，巷口有棵树，等等的。这富有人情味，有点诗情画意，使你觉得，这街，这巷，与你都有些渊源关系似的。北京的出租车司机，是凭亲闻历见认路的，他们也特别感性，他们感受和记忆的能力特别强,可说是过目不忘。但是,如果要他们带你去一个新地方,麻烦可就来了,他们拉着你一路一问地找过去,还要走些岔道。上海的出租车司机则有着概括推理的能力,他们凭着一纸路名,便可送你到要去的地方。他们认路的方法很简单,先问横马路,再弄清直马路,两路相交成一个坐标。这是数学化的头脑,挺管用。北京是文学化的城市,天安门广场是城市的主题,围绕它展开城市的情节,宫殿、城楼、庙宇、湖泊是情节的波澜,那些深街窄巷则是细枝末节。但这文学也是帝王将相的文学,它义正词严,大道直向,富丽堂皇。上海这城市却是数学化的,以坐标和数字编码组成,无论是多么矮小破陋的房屋都有编码,是严丝密缝的。上海是一个千位数,街道是百位数,弄堂是十位数,房屋是个位数,倘若是那种有着支弄的弄堂,便要加上小数点了。于是在这城市生活,就变得有些抽象化了,不是贴肤的那种,而是依着理念的一种,就好像标在地图上的一个存在。

  北京是智慧的,上海却是凭公式计算的。因此北京是深奥难懂,要有灵感和学问的;上海则简单易解,可以以理类推。北京是美,上海是管用。如今,北京的幽雅却也是拆散了重来,高贵的京剧零散成一把两把胡琴,在花园的旮旯里吱吱呀呀地拉,清脆的北京话夹杂进没有来历的流行语,好像要来同上海合流。高架桥,超高楼,大商场,是拿来主义的,虽是有些贴不上,却是摩登,也还是个美。上海则是俗的,是埋头做生计的，螺蛳壳里做道场的，这生计越做越精致，竟也做出一份幽雅。这幽雅是精工车床上车出来的，可以复制的，是商品化的。如今这商品源源打向北京，像要一举攻城之战似的。

（录自《乘火车旅行》，中国华侨出版社，1995年版）

何谓日常生活
——以昆明为例

于 坚

昆明夏天的黄昏特别漫长,下午在市中心的翠湖公园喝茶,是享受之一。泡上一壶,几个朋友坐在柳荫里面,一人躺一把藤椅。湖外围是大街,汽车依然在行驶,但哑哑的没有声音。公园里面空空荡荡,鲤鱼从水面翻个跟头,哗啦的一声。太阳出过一阵,雨又来下一阵,树叶上还没有湿到要滴水,就停了。像是被人用喷壶稍微洒了一下。天气就凉爽爽的,风吹柳摇,满世界像是开着天然的大空调。几个朋友,说一下话,喝几口茶,一个个呆呆地看着阳光的影子在树上移动,想当然认为,阳光都是洒在叶子朝着它的一面,却发现树叶的底部也有光辉,原来是从水面上反射上来的,并且又再照亮了树叶下面的人。那阳光从树冠慢慢地向下溜,犹如刮胡子的刀片,到六点钟的时候,连树根那里都会灿烂起来,树顶却阴郁了。湖水里面漂满天上的晚霞,金色池塘,几只野鸭子在其间游来游去。出现一两个蝙蝠,公园里面到处是紫气。偶尔可以见到两个人,在下象棋。也许还有四个男女,在搓麻将。到七点半,天还亮着,但也差不多要黑起来了,蝙蝠爆发了起义,到处乱飞。

一个朋友说,吃饭去。就出了公园,顺湖边走到叫红灯笼的那一家,正是整个昆明城吃得酒酣耳热的时候。进去就有一桌刚刚空掉,杯盘狼藉的桌子。伙计马上收拾干净,摆上五套新的碗筷,又沏上好茶,就点菜,点菜也不照菜谱,而是直接到厨房里去,那里各种生菜熟食已经摆好,想吃什么点什么,长得像大赤包的老板娘亲自为你介绍每样菜的做法。就点了:腌莲花白炒小腊肉、蒸茄子芋头花、炸曝腌白鱼、大理雕梅扣肉、清水苦菜、豆花鲤鱼、老奶洋芋几样。够啦,老板娘说,莫浪费,不够么又点。立即摆满了一桌子。太好吃了!马云惨叫道。当其时也,昆明到处在吃,有的地方,一条街都是桌子,灯红酒绿,跑堂的都搞不清自家的桌子是哪几张。吃什么的都有,宣威老火腿、广东烧腊、湖南毛家菜、四川乡巴佬、山东大饼、过桥米线、美国肥牛、肯德基、烧烤、小吃、烧豆腐(吃这种东西最好玩,食客全部围着火塘,火塘上架个铁条的烧烤架,底下是泥炭火,上面烤建水运来的小方块的臭豆腐,烤到金黄冒油,蘸着作料吃。作料分干湿两种:湿的,配卤腐汁、芫荽、辣椒、酱油等;干的,配干辣椒粉、盐巴、味精、花椒粉等。食客只管坐下就吃，不需报数，卖烧豆腐的姑娘，一边翻烤着豆腐，一边为你计着数，她用若干小碟，每个小碟代表一位客人或者一伙客人，食客想吃哪块夹哪块，你吃一块，她在小碟里面扔一粒干苞谷。最后数一下和你结账）。在夜幕降临之际端上来的一桌菜，用不了多少时候，就吃到盘子漏底，还要加两个，从来没有吃过，一个是油煎八宝饭，一个是芋头煮肉皮，好吃得要命，要命的好吃。管不得那么多了，我再吃一块肥肉。酒足饭饱，一算账，五个人，吃得昏天黑地，才一百二十块钱。法国回来的那个就惨叫起来，这么一桌，在巴黎么，没有千把法郎根本吃不下来。买单的笑笑，走，喝茶去，这回是去花间集，一个朋友自己开的茶馆，顺着湖边走，都是茶馆，都是坐满在露天里喝茶玩牌的人，不时有卖花的和擦皮鞋的从其间穿过。花是玫瑰花，五角钱一枝。擦皮鞋是一块钱擦一双。又有骑三轮车的过来，车上拉着一车子植物，吊兰、剑麻、仙人掌、兰花、菊花……都是论盆卖，已经长得枝叶茂盛，买回去只需每日浇水就行。夜晚的序曲才结束，第一小节刚刚开始，喝罢茶还要吃些水果，还要找些话讲讲，还要搓搓麻将，看场电影……玩场多了。

　　这里写的只是昆明千篇一律的日子中的某些细节，如果要写下去的话，那是无法打断的。这种生活过去几百年中一直如此，自从昆明成为一个城市后，几乎没有什么变化，只是渐渐地越来越精致讲究夸张罢了。例如，在明朝，人们建筑房屋，还仅仅是为了遮蔽风雨，过了三百年后，房屋的细节已经非常讲究，要雕梁画栋，要疏影横斜，要曲径通幽。昆明气候温和，雨水和阳光恰到好处，真是多一分嫌热，少一分嫌冷，仅仅适宜于生命。既不过分奢华，也不过分简朴，不慌不慢。有深圳美国来的人发现，在昆明，很少有人在骑自行车的时候赶超别人。这是一个永远不急着赶到哪里去的城市，从来没有一辆叫作时代的列车在旁边气喘吁吁地催促它，有，可能它也无所谓，让它等着吧。它从来不急着到哪里去报到，对于它来说，营造舒适人生的种种材料都已经足够，它不需要再改造什么，扩张什么，侵略什么，图谋什么，水草丰美、天空蔚蓝、鲜花阳光、滇池里有生生不竭的鱼虾……这个城市体验享用造物主恩赐的种种现成好处都来不及，哪还有工夫改造这样，解放那样。这样的城市，在风起云涌、剑拔弩张的时代，真是多一个少一个都无所谓，它永远不会决定鹿死谁手，也不会成为核心、要塞、根据地。它不是为打江山，改变历史的方向建造的。风花雪月，玩乐吃喝，这个城市最热门的话题是到哪里去玩，去吃，去寻欢作乐。它是那种最普通、最平庸、仅仅是为了"在着"，为"过日子"建造的城市。这城市的目的简单得很，就是为了过好每一个日子，按照季节和蔬菜，春捂秋冻，夏天吃蘑菇，中秋尝宝珠梨（昆明古代就有名的贡梨），春天喝阳春米线，冬日吃狗肉火锅。普鲁斯特的《追忆逝水年华》怎么写得那么慢，那么不厌其烦，昆明可能最心领神会，他写的就是人们怎样

"过日子"噻。

但在三十年前,以上在昆明日复一日的生活却是罪恶的渊薮,被批判的对象、罪行。在时代的词典中,"只会过日子",就是落后腐朽、革命意志衰退的意思,围绕着它的基本上是一群灰溜溜的贬义词,在经久不衰的批判之后,它已经声名狼藉,尊严扫地。对"只会过日子"的鄙视,甚至已经成为当代文学的普遍常识。不是么,作家们(我说的是那些现代派作家)任何时候,都更喜欢赋予生活以高于它本身的积极或消极意义。革命时期,有人仅仅由于擅长于"过日子",例如我舅妈,喜欢穿裙子并且跳舞,就被流放到穷乡僻壤去改造,直到她的脚粗大到再也挤不进玲珑小巧的三十五码高跟鞋,只能穿解放鞋为止。在二十世纪六十年代的革命生活中,昆明自卑得很,它从未有过那种指点江山,激扬文字,主天地之沉浮的殊荣。这是一个只会过日子的小市民城市。

何谓日常生活,日常生活就是人生的最基本的生活,它以常识为基础。日常生活是世界辞典中最基本的词语,伽达默尔说:"'自从开始了谈话我们才存在并互相倾听'……虽说这种对话总是采用新的语言,却始终是以人类的语言,可以学会的语言进行的。"日常生活就是人生最基本的生活,毫无意义的生活,无所谓是或非的生活。从这种生活开始,我们才有根基进行关于存在之意义的种种疑问和设想。你可以拒绝这种基本的生活,但你不能摧毁它,因为它是最后的、最基本的。没有这些，也就无所谓世界。在二十世纪六十年代，这种生活被大众所鄙视，为舆论所攻击，被视为改造的对象。所谓的真正的生活不再是它，而是某种更高尚的生活。日常生活由于它的陈旧性，像大地一样的陈旧，被革命视为旧世界的老巢。但全新的日常生活是什么呢？革命从来没有解释。革命的生活并不是日常生活，革命就是要摧毁日常，就是不断地破旧立新，为"更某某"而奋斗。日常生活永远新不起来，所以它是革命的首要敌人。我记得那时候我们最向往的生活就是车尔尼雪夫斯基的《怎么办》中描写的那种生活，为了将来有一日被敌人捉住的时候不当叛徒，每天在钉满钉子的木板上睡觉。人生的目的就是要使自己"时刻准备着"在任何时候都"一不怕苦，二不怕死"。平心而论，这种革命家的生活确实是人生最有意义的生活之一，但它不是基本的生活，不是普遍的生活，而是特殊的生活，它没有基本的日常性，并且如果坚持这种生活的意志力不是自愿自觉的话，它对于人永远只是一种伪生活。

日常生活必然是旧的，因为它是基本的。如果历史是某种无休无止的装修的话，那么日常生活就是装修下面那些基本的部分，不变的部分。它是旧的，只是相对于时代的变迁，它的旧不是由于变，而是由于以不变应万变。六十年代的革命企图把少数人的理想、浪漫、高尚、纯粹的生活，根据理论设计出来的特殊生活强加于所有人，使这种特殊的生活变成普遍的生活，它勉为其难地通过暴力来达到这一点，它的方式是，生活就是罪行。那时代只会过日子的人，将完全丧失政治生命，敢于顽固地"过日子"的人少到已经只是当年所谓九种人之外的第十种，落后分子中的一小撮。但革命所要摧毁的庸俗生活却是人生最基本的东西。词是从这种最基本的生活里开始的，由此，我们才可以去发问生活的意义和想象人生的可能性，谈论"活着，还是死去"。革命使对"活着，还是死去"的思考成为最基本的问题，而日常生活从来不考虑这样的问题，它只是"在着"而已，人只是被抛入世界，抛入最起码的世界，最基本的世界。人从来不会被抛入革命中，革命是选择，而日常生活是无可奈何。但六十年代的革命却力图使特殊的生活成为"存在"本身。生活就是路线、站队，在世界上，你选择哪一边，是与非，成为首要的问题。而基本的生活，与生俱来者成为所谓"高尚生活"革命的对象。但无论如何，人们依然要在一个"在场"、一个"基本的家"中才能思考这些，活着还是死去，只有哈姆雷特的"家"存在的时候才可以思考。"革命"的荒谬在于，它对"家"的彻底否定，使它自己成为无根基的、凭空的东西。所谓"家"，我指的不是腐朽社会、黑暗王国、暴君、宫廷这些显而易见的对象，而是被这些东西遮蔽着的基本的建筑。首先是这个基本者的在场，一个家才有后来被革命者质疑的一切。遮蔽者确实有令革命愤怒的种种迹象，但革命一旦越过表面，抵达最基本的生活的时候，它就是无能为力的。它的质疑可以摧毁一切，暴君、大臣、绞架、图书馆，但它只能对基本的生活置若罔闻。这就使革命永远有一种虚伪，一方面，它为日常生活扣上种种声名狼藉的大帽子，法兰克福的小市民、只会过日子的小家庭……庸俗、碌碌无为、低级趣味，使日常生活在人生的价值体系中毫无尊严。而另一方面，它又不得不依赖这样的生活支撑它的疾风暴雨般的想象力和铁蹄。人们在评价歌德的时候对这位伟大诗人——"法兰克福的小市民"的日常生活，总是不无惋惜，歌德应该是一个横刀跃马的战士么？他应该生活在卑俗的日常生活之上的净土中么？然而历史表明的却是——是世俗的"大公爵的朋友"歌德，而不是高尚的"人民的朋友"席勒写出了伟大的《浮士德》。这位魏玛剧院的老板无论如何比他的朋友席勒先生深刻得多、伟大得多，也亲切得多。对日常生活、对基本的"过日子"的否定，结果只令我们永远处于生活的肤浅部分、无根基的部分。

日常生活是毫无意义的，因为在意义如此玄奥深邃、五彩纷呈的历史下面，它是支撑一切的东西，它是最基本的词，它是世界的河床，它不可能只服从于任何单向度的意义，如果一定要以三十年河东三十年河西的修辞活动去暴力地摧毁它的无意义，让它立场、路线、爱憎分明起来，世界就要倾斜、倒塌。但更无意义的是，我们常常不得不浪费时间来重申这种常识，为毫无意义的事情寻找意义。前面说到哪里了？我们后来到了花间集茶馆，进去要了一壶菊花茶、话梅、瓜子，就找些话来讲，古今多少事，都付笑谈中。讲到两点，又吃些消夜，才回去睡觉。六七个人,有五个是翻了墙回去睡的。这是上星期六的事情,但我可以说,这种事情,早两百年,如果有人写的话,也是一样的说法。

(原载2002年第2期《散文》)

弄堂里的春光

陈丹燕

要是一个人到了上海而没有去上海的弄堂走一走,应该要觉得很遗憾。下午时候,趁上班上学的人都还没有回来,随意从上海的商业大街上走进小马路,马上就可以看到梧桐树下有一个个宽敞的入口,门楣上写着什么里,有的在骑楼的下面写着1902,里面是一排排两三层楼的房子,毗邻的小阳台里暖暖的全是阳光。深处人家的玻璃窗反射着马路上过去的车子,那就是上海的弄堂了。

整个上海,有超过一半的住地,是弄堂,绝大多数上海人,是住在各种各样的弄堂里。

常常在弄堂的出口,开着一家小烟纸店,小得不能让人置信的店面里,错落有致地陈放着各种日用品,小孩子吃的零食,老太太用的针线,寄信用的邮票,各种居家日子里容易突然告缺的东西,那里都有,人们穿着家常的衣服鞋子,就可以跑出来买。常常有穿着花睡衣来买一包零食的女人，脚指头紧紧夹着踩塌了跟的红拖鞋，在弄堂里人们不见怪的。小店里的人，常常很警惕，也很热心，他开着一个收音机，整天听主持人说话，也希望来个什么人，听他说说，他日日望着小街上来往的人，弄堂里进出的人，只要有一点点想象力，就能算得上阅人多矣。

走进上海人的弄堂里，才算得上是开始看上海的生活，商业大街，灯红酒绿，人人体面后面的生活。上海人爱面子，走在商店里，饭店里，酒吧里，公园里，个个看上去丰衣足食，可弄堂里就不一样了。

平平静静的音乐开着；后门的公共厨房里传出来炖鸡的香气；有阳光的地方，底楼人家拉出了麻绳，把一家人的被子褥子统统拿出来晒着，新洗的衣服散发着香气，花花绿绿的在风里飘，仔细地看，就认出来这是今年大街上时髦的式样；你看见路上头发如瀑的小姐正在后门的水斗边，穿了一件缩了水的旧毛衣，用诗芬在洗头发，太阳下面那湿湿的头发冒出热气来；还有修鞋师傅，坐在弄口，乒乒地敲着一个高跟鞋的细跟，补上一块新橡皮，旁边的小凳子上坐着一个穿得挺周正的女人，光着一只脚等着修鞋，他们一起骂如今鞋子质量和那卖次品鞋子的奸商。

还有弄堂里的老人，在有太阳的地方坐着说话。老太太总是比较沉默，老先生喜欢有人和他搭话，听他说说从前这里的事情，他最喜欢。

弄堂里总是有一种日常生活的安详实用，还有上海人对它的重视以及喜爱。这就是上海人的生活底色，自从十八世纪在外滩附近有了第一条叫"兴仁里"的上海弄堂，安详实用，不卑不亢，不过分地崇尚新派就在上海人的生活里出现了。

十九世纪五十年代，上海小刀会在老城厢起义，有人开始往租界逃跑，在租界的外国人为了挣到中国难民的钱，按照伦敦工业区的工人住宅的样子，一栋栋、一排排造了八百栋房子，那就是租界弄堂的发端，到1872年，玛意巴建起上海兴仁里，从此，上海人开始了弄堂的生活。

上海是一个大都市，大到就像饭店里大厨子用的桌布一样，五味俱全。从前被外国人划了许多块，一块做法国租界，一块做英国租界，留下一块做上海老城厢，远远的靠工厂区的地方，又有许多人住在为在工厂做事的人开辟出来的区域里。那是从前城市的划分，可在上海人的心里觉得这样区域的划分，好像也划分出了阶级一样，住在不同地方的人，彼此怀着不那么友好的态度，彼此不喜欢认同乡，因此也不怎么来往。这样，上海这地方，有时让人感到像里面还有许多小国家一样，就像欧洲，人看上去都是一样的人，仔细地看，就看出了德国人的板，法国人的媚，波兰人的苦，住在上海不同地域的人，也有着不同的脸相。所以，在上海住了几十年，从小到大的人，都不敢说自己是了解上海的，只是了解上海的某一块地方。

从早先的难民木屋,到石库门里弄,到后来的新式里弄房子,像血管一样分布在全上海的九千多处弄堂,差不多洋溢着比较相同的气息。

那是上海的中层阶级代代生存的地方。他们是社会中的大多数人,有温饱的生活,可没有大富大贵;有体面,可没有飞黄腾达;经济实用,小心做人,不过分的娱乐,不过分的奢侈,勤勉而满意地支持着自己小康的日子;有进取心,希望自己一年比一年好,可也识时务,懂得离开空中楼阁。他们定定心心地在经济的空间里过着自己的日子,可一眼一眼地瞟着可能有的机会,期望更上一层楼。他们不是那种纯真的人,当然也不太坏。

上海弄堂总是不会有绝望的情绪的。小小的阳台上晒着家制干菜,刚买来的黄豆,背阴的北面亭子间窗下,挂着自家用上好的鲜肉腌的咸肉,放了花椒的,上面还盖了一张油纸,防备下雨,在风里哗哗地响。窗沿上有人用破脸盆种了不怕冷的宝石花。就是在最动乱的时候,弄堂里的生活还是有序地进行着。这里像世故老人,中庸,世故,遵循着市井的道德观,不喜欢任何激进,可也并不把自己的意见强加于人,只是中规中矩地过自己的日子。

晚上,家家的后门开着烧饭,香气扑鼻,人们回到自己的家里来,乡下姑娘样子的人匆匆进出后门,那是做钟点的保姆最忙的时候,来上海的女孩子,大都很快地胖起来,因为有更多的东西可以吃,和上海女孩子比起来,有一点肿了似的。她们默默地飞快在后门的公共厨房里干着活,现在的保姆不像从前在这里出入的保姆那样喜欢说话,喜欢搬弄是非了。可她们也不那么会伺候上海人,所以,厨房里精细的事还是主人自己做,切白切肉,调大闸蟹的姜醋蘸料,温绍兴黄酒,然后,女主人用一张大托盘子,送到自家房间里。

去过上海的弄堂,再到上海的别处去,大概会看得懂更多的东西。因为上海的弄堂是上海最真实和开放的空间,人们在这里实实在在地生活着,就是上海的美女,也是家常打扮,不在意把家里正穿着的塌跟拖鞋穿出来取信件。

(原载1997年第3期《上海文学》)

城市之美(节选)

赵丽宏

我在上海生活了将近半个世纪,对这座城市怀有很深的感情。我曾经以为,这个城市出现的任何细微的变化,都无法逃脱我的视线。然而我终于发现自己错了,最近,当我驻足在任何一条马路上四处张望,映入我眼帘的几乎都是陌生的景象。有些街道和老房子已经不知去向,而那些新建的高楼,一幢幢刺破青天,在越来越狭窄的空间竞争着它们的伟岸和高峻。高楼大厦改变了上海的城市轮廓线,说这样的轮廓线柔和,其实并不恰当,更多时候,这轮廓线使我想起云南的石林,怪石林立,峥嵘斗奇。在落日的余晖中感受到的那种柔和,也许是一种例外,是一种错觉。

楼房建筑,是城市的主体。一个城市是不是有魅力,和她的建筑有没有自己的风格大有关系。上海曾经被世人称为"万国建筑博览会",这和上海的独特的历史有关,上海是中国最早大规模向世界开放的城市，人类创造的各式各样的文化都涌进了这个城市。其中最显眼，最持久的，便是建筑。如果要用一个词来概括上海的建筑风格，我想，大概只能用"千姿百态"来形容。外滩那些欧式建筑，向世人展示的是西方人的智慧和文明，是殖民时代的纪念，尽管它们所代表的岁月是中国人的耻辱，然而谁也不能否认它们在建筑艺术上的成功。这些用石头垒起的楼房，是那个时代智慧和才华的结晶。直到今天，它们依然是上海的标志。一幢成功的建筑物，往往汇集综合了各种艺术手段，建筑如同岁月的纪念碑，一个时代的建筑中，镌刻着那个时代的烙印，沉积着那个时代的情感，也汇集了那个时代的审美眼光和趣味。建筑又如同时代的接力棒，我们可以从城市建筑风格的演变中，探知文化眼光、社会习俗和经济水平的进展变迁。处于外滩居中位置的原汇丰银行大楼，巍然穹顶，峻拔廊柱，气象万千如希腊神庙，英国人曾经自诩："这是从苏伊士运河到远东白令海峡的一座最讲究的建筑。"前几年，人们在这幢大楼的墙壁和穹顶上，发现被封存了将近半个世纪的精美壁画，我去看了这些用马赛克拼成的巨幅壁画，果然气魄不凡，精美绝伦，它们将本世纪二十年代世界各大都市的风貌呈现在我的面前。可以想象，二三十年代的上海，曾经以怎样一种气魄和魅力向世人展现着它的美妙建筑。当年留下的那些从外观到内部结构都十分讲究的楼房，以现代人的眼光来看，依然很有魅力。在这个城市里，我们还能看到不少六七十年代造的房子，那些千篇一律的"新工房"，也是那个时代的纪念。这些建筑，谈不上美，设计它们的时候，目的只是为了解决城市人居住空间的窘迫。这也是那个时代的纪念品。九十年代的上海，是上海和全中国乃至全世界的建筑设计师大展身手的时代。上海这些年建造了无数高楼，据说是世界上建造新楼最多最快的城市。八十年代末，九十年代初，上海造的高楼大多单调平庸，那时，以高为新，以高为美，只要是几十层的楼房，便有鹤立鸡群，笑傲天下的威风了。现在回过头来再看那些高楼，实在不堪入目，就像一根根面孔雷同，缺乏个性的矩形水泥柱，杂乱无章地插在城市中。它们可能成为经济发展的一些标记，但绝不可能成为建筑艺术的成就。九十年代以来，上海崛起的新楼开始令人刮目相看，建筑的设计越来越讲究个性。每次经过人民广场，看上海博物馆和大剧院，我都会觉得赏心悦目。上海博物馆状如古老的青铜鼎，却洋溢着现代精神，这是将古老的中国风格和现代观念相结合的美妙之作。大剧院是一座辉煌的水晶宫，也像一尊展翅欲飞的现代派雕塑。这两幢风格完全不同的建筑相对而立，可谓中西撞击，古今交融，展示着现代人的想象力。这是对历史的思考，也是对未来的向往。这样的建筑，给人一种继往开来，襟怀博大的开阔感。可以使上海人骄傲的是浦东的新建筑，在那里，可以领略二十世纪末上海建筑的最高水平。陆家嘴新建的楼房，已经可以毫无愧色地和世界上最著名的高楼比肩而立。

不过,说起上海市区的高楼,我觉得遗憾多于欣喜。浦西的建筑新老交错,原来的城市的建筑风格正在消失。新楼的出现没有任何章法,只要挤出豆腐干大的一块地,就能变魔术似的建起一幢高楼来。新的建筑风格是什么?恐怕很难说出答案。新老建筑如犬牙交错,给人的总体印象,只能用一个字形容:乱。前些日子,我登上东方明珠电视塔远眺,只见数不清的高楼像无边无际的森林,起伏在云烟迷茫的天地之间。气势当然浩瀚辽阔,我记忆中的老上海,却已经消失。新老交替,这是历史发展的规律,然而我还是感到若有所失,我熟悉的上海,我少年和青年时代的印象,怎么可能从我的记忆中消退?我一直认为,高楼应该造在新的城区,造在浦东,上海的老城区不应该成为高楼的森林。这样的想法,再也没有实现的可能,远望浦西,我们已经迷失在雨后春笋般的高楼群中。

建设和保存,在城市发展的进程中,也许是一对很难逾越的矛盾。欧洲的很多城市出色地解决了这对矛盾,巴黎、伦敦、维也纳、威尼斯、圣彼得堡,都完整地保存了旧城的原貌,却并不妨碍新城的发展。在圣彼得堡访问时,我发现城里竟然完整无缺地保持着沙俄时代的旧貌,陀思妥耶夫斯基和涅克拉索夫斯基如果转世回来,仍然能找到他们当年的住处。使我惊讶的是,圣彼得堡城里竟然没有一幢新的建筑,当年的街道、桥梁、皇宫、墓地,全都完整如初,没有一点毁损。为什么能这样,答案其实非常简单。一位俄罗斯作家告诉我,当年苏维埃政权成立后，列宁和斯大林曾亲自参与制定保护古城的法规，不准动圣彼得堡旧城内的一切建筑，要造新楼，请去城外。这样的法规，一直延续到现在。我以为，这是一种对历史，对民族文化和艺术负责的态度。

  我没有去过罗马，但我读过一些关于罗马的书。在历史上，罗马曾经好几次重建。十一世纪时，雄心勃勃重建罗马的贵族企图将旧的罗马城全部毁坏，推倒重来。为了取得建筑材料，他们竟然打碎无数精美的大理石雕塑，将它们烧成石灰。然而古老的罗马终于没能被毁灭，宏伟的竞技场、教堂和公共浴场被保存了下来，它们虽然失去了实用功能，成为残缺的废墟，但这些废墟仍是罗马最有魅力的一部分，因为，它们代表着历史。这些废墟，犹如一尊尊巨大的雕塑，使参观者产生无穷的遐想。在我写这篇文章的时候，一位来自古城苏州的作家告诉我，苏州最近也在拆旧城，造新楼。市中心那条著名的观前街，已经全部被拆除。若干年后，人们会看到一条高楼林立的新观前街。不错，白纸上可以画新画，可是，到苏州去的人不是为了去看新画，而是想去感受古城。古城消失，苏州的魅力何在？当然，上海不是圣彼得堡，不是罗马，也不是苏州，要保留上海的全部旧建筑，那根本不可能，也不合理，那些代表着贫穷和落后的棚户区，必须改造。上海现在的这种新旧交错，是一种无奈。不过我想，作为一个生活在当代的上海人，我们有理由要求这个城市变得更美，要求她在由旧变新时，能保留历史的脚印,不要只顾着炫耀富贵和豪华,却将文化和艺术的历史遗迹抹擦得干干净净。我把建筑比作雕塑,大概不算牵强。城市是一件由彩色几何体构成的巨型艺术品,无数人共同创造了它,建筑师、工人、园艺师、艺术家……无数人的智慧和血汗凝结在这件巨大的雕塑中。我们可以精心雕琢它,却没有权利毁灭它。

1999年4月16日于四步斋

(录自《赵丽宏散文》,作家出版社,2005年版)

玉林西路的左岸生活

翟永明

好几年前,我在成都玉林的小酒馆里与朋友喝酒,那时,我还没动过念头要开白夜酒吧。我突然对一个刚从法国来成都的女孩说:"我觉得巴黎很像成都",周围顿时笑翻了一片。我想他们可能觉得我口气之大令人绝倒,但那法国女孩却并不这样认为,她认真地回答我说是的,成都很像巴黎,尤其是玉林。

我和法国女孩说到的是一个城市的气质,生活形态,幸福指标,个人自由度。这一点与一个城市的大小、穷富,在历史地位上的轻重,咖啡的火候和香水的纯正度无关。左岸都是相似的,右岸却各有各的不同。成都是一个不思大变,小康即富,全民享乐的城市。生活节奏缓慢,物质和精神供应丰沛,气候和阶级关系含混暧昧。富人能够在"皇城老妈"吃火锅,穷人则可以在街边苍蝇馆吃小火锅(有时富人也爱去)。有钱可以去"太平洋百货"买名牌,买了也无人问起;没钱可以去染房街买假货，配搭好了照样有人喝彩。

1994年的玉林还是几条街外加望得到绿色的田野，没有人想得到它很快会成为一个繁荣、新兴、开放和享乐的街区，并由此辐射到整个城南。1996年，我搬到玉林西路时，也没想到这里将会是成都最早的酒吧一条街。很快尾随而至的五六位画家朋友，也主要是看中了这儿的几幢水泥现浇的大空间房子，可用作画室。再后来的艺术家，则是看中了便宜的房租和已成的艺术气氛。很快，这里就形成了一个艺术圈。同时，也形成了心醉神迷，放纵轻盈的左岸生活。玉林西路虽然没有世界著名的画廊和手握大权的艺术经纪人，但不妨碍这一类人乘坐波音飞机飞到这儿，对某个不知名的画家进行"点金术"。而后者，通常很快又乘坐同样的飞机，飞往世界各地。

"白夜"和距此不远的"小酒馆"，是最先在玉林西路扎下来的小酒吧。那时，我们谁也没有经营经验。对于我来说，一个自由、散漫、无拘无束，能挣点生活费又不影响写作的职业，是我一直向往的。"白夜"就这样呼之即出。十年过去了，我没能像村上春树那样，靠在酒吧写作赚了钱又卖掉酒吧，去专业写作。也不能像波伏瓦那样，在酒吧清淡时埋头在咖啡桌旁，写出一本又一本等身著作。而是骂骂咧咧厌倦又和好，和好又厌倦地与"白夜"纠缠不休。同时，看着玉林西路从只有三个酒吧，发展成有十几家个性不一的酒吧一条街。也看着这条街，从入夜后黑灯瞎火，变为霓虹闪亮，鬓影摇动，活色生香。

随着玉林西路的规划改变的是，这里不久又变成了服装一条街。个性小店成了玉林美女们的最爱。于是，这里有了许多美院毕业生，以此为据点，设计些千奇百怪的服装、首饰、灯具，或手工艺品。生意或门庭若市，或门可罗雀。视其品味价格或女店主姿色而定。甚至还有一家以黑白色装点门面的服饰店，名为"左岸"，取其字面的前卫之意。阳光灿烂的下午，各个酒吧都拉起窗帘。没有人在酒吧里写作，但美女在玻璃窗前埋头读书的造型，却也是玉林独有的。

当夜幕低垂，玉林西路就燃起了它高烧的颜色。威士忌和哥伦比亚咖啡香味，漂洋过海进驻玉林。艺术家和美女们都昼伏夜出：留着长发和寸头的艺术家或一些艺术混混，在各个酒吧进进出出。美女和外表看来有些像风尘女子的美女，也进进出出。他们（艺术家和美女）互相需要互相吸引，互相哄抬自己和酒水的市价。每到周末，总有些摇滚新手和追星族，咬着啤酒瓶，蹲在小酒馆门口。一天深夜，我看见两个从重庆移民到成都玉林西路的画家，与几位时髦拔尖的女孩，坐在成都特产"耙耳朵"车上，从"白夜"呼啸而过，发出被幸福灼伤的尖叫声。恍惚中，好像十九世纪的浪荡子肥马轻裘，穿过巴黎拉丁区的阴暗小道；波德莱尔的"恶之花"散发着颓废的香味，像万花筒似的，给我们旋出了一个玉林的海市蜃楼。这是因为，我们需要更多的卡布奇诺、酒精、上升的烟，混合着招引推拒和自由的情愫，而不是更少的。

2000年年初,我和几个朋友在巴黎圣日耳曼大街(最具左岸精神的一条街)上闲逛,当我在一家咖啡馆坐下歇脚时,我却并不知道它就是著名的"花神"咖啡馆,我不敢相信它就是如此普通、不起眼、侍者冷淡、价钱昂贵。甚至在里面找不到波伏瓦和她同时期的名人的哪怕一张照片,但是却人头攒动,生意仍是奇好。也许这就是真正的左岸气质(与玉林相像):生活就是生活,生意就是生意,与潮流时尚学术无关。

使我遗憾的只是我心爱的帽子,情人节的礼物,遗落在据说是波伏瓦当年写作的咖啡桌旁,我只好在白夜旁边的小店,另外淘到一顶。

2003年10月

(录自《白夜谭》,花城出版社,2009年版)

北京滋味
——涮庐主人闲话

陈建功

你拿着一张北京地图,你读懂北京了吗?

你走遍了北京的大街小巷,你品到北京滋味儿了吗?

你在北京生活了一段,你活出自己的滋味儿了吗?

我是到二十八岁时才开始"读"北京的,因为那一年我上了北大,听了第一次讲座,由侯仁之教授主讲。此前我已经在北京生活了二十一年,听了侯教授的,我才知道,前二十一年基本白活。因为北京太有意思,而我,却只是在北京"活着"而已。讲座结束后的次日,我流连于北大勺园,想米万钟,又想到侯教授的老师洪煨莲。到了星期日,我跑到永定河畔,感受这几近枯竭的河水当年如何孕育出一个聚居点,成为了都市最原始的胚胎。我又跑到莲花池,因为记得侯教授说过,莲花池之水滋养了蓟城,由此而金中都兴,北京城即由此发展起来。

坦率地说，只凭一次历史地理学讲座听来的知识，我哪里看得出什么名堂？北京，是要"读"的，可以用历史地理的眼光去读，还可以用民俗学、政治学、建筑学、方言学、艺术史、文学史……北京有着无穷无尽的滋味。

北京滋味在庙堂之高，也在胡同之深；在官宦之显，也在平民之乐；在历史的积淀，也在当下的开拓。缤纷斑斓，深邃无涯。因此，读北京，说读懂了，已不够谦虚，说读透了，那肯定是吹牛。寻访历史，你会发现这是一个不时发生惊心动魄的历史事件的地方——望着天安门巍峨的宫墙，我老是在想象当年那只颁诏的"金凤"，如何从城堞上放下来，把宣统退位的旨意昭告天下；走过张自忠路，我总是想起倒在段祺瑞执政府门前的刘和珍们；到菜市口的西鹤年堂抓服药，出了门我总是望着马路对面心惊肉跳——我想起看到过的几张来华洋人留下的历史照片上，分明记录着菜市口行刑的惨状。谭嗣同等戊戌六君子，正是在那儿被砍了头啊……几年前，到一个宅子里吃饭，人家告诉我这是民国外交家顾维钧宅子，顿时吓了一跳：那时刚刚拜读了黄兄宗汉出版的历史学博士论文，知道这里就是孙中山先生来京养病和最终辞世的铁狮子胡同行辕。那一顿饭，眼前老晃动着孙夫人和民国精英们在宅子里蹿来跑去的身影，一会儿笔录"总理遗嘱"吧，一会儿报告"总理病情"吧。这就是北京，历史的风云说不定啥时就在身边翻卷起来。

依我之好，倒更是喜欢探访北京的平民。我发现这是藏龙卧虎，蕴含着丰沛的性格故事和人生感悟的地方。我曾经听过"最后一个太监"孙耀庭的采访录音，听他讲鹿钟麟"逼宫"时，太监们如何从紫禁城鱼贯而出，或投靠立马关帝庙栖身，或寻访自己的"命根儿"，以携回乡，为的是以后落葬时可以回归祖茔。芸芸众生的困顿悲凉同样可以催人泪下，感人肺腑。我也曾听过几位"八旗子弟"讲述自己家族人生的败落史，他们怎样沦落到天桥下唱起了单弦岔曲。为了维护一点贵胄的尊严，怎样坐着洋车去，从书场正面上场，怎样器宇轩昂地宣称"不过来玩玩儿子弟功夫罢啦！"怎样在献艺后又从正面下场，坐上洋车绝尘而去，回到家里却又五脊六兽地期盼着书场的掌柜登门送钱。我渐渐悟到，造就了北京的悲喜剧性格的，与其说是帝王将相、达官显贵，不如说是如此跌宕起伏的人生。就拿天桥来说，这老北京平民的游乐场，又怎样杂糅了平民百姓的悲酸与放达、落魄子弟的自尊与自嘲，北京人思考样式中独特的美学特征，或许正是从中孕育而出的吧？

只有品味到了这深层的韵味，你才算接触到真正的北京滋味啦。

什么时候你不说"明天"，而是说"明儿"了，什么时候你不说"胖"，而是说"胖乎乎"了，什么时候你不说"硬朗"，而是说"硬硬朗朗"了——也就是说，你会用"儿化韵"和"双声叠韵"说话了，你算是到了北京了。

当然，也就是"到了"而已。

赶上两拨人在胡同口骂街，听话茬儿得辨得出谁是"新北京"，谁是"老北京"。遇着三五人儿在旁边神侃，闻腔调能分得出谁的祖上威名九城，谁的祖上不过是个"胡同串子"……您的进步就不小。听着北京人夸您"外场人儿""有里儿有面儿"！您得意，却不嘚瑟。甚至得"装装孙子"，说"哪儿！浅呢！"您这才算是开始学会品咂北京滋味儿、读懂北京人了。

读懂北京人不是一件容易的事。大约是十几年前吧，如日中天的王朔和他的几个哥们儿拍了一个电视情景剧，名字我都忘记了。即将播出时，开了一个发布会，记者问："您认为这出戏拍得怎样？"王朔说，顶不济也是一本《飘》吧，闹不好还整出本《红楼梦》呢！媒体当即大哗——朔爷敢放如此狂言，真是滑天下之大稽也！记得我随后曾写文章替这位老弟辩过诬。我说，露怯的不是王朔，而是衮衮诸公啊。首先阁下的问题就问得笨，电视剧的发布会，本来就是想诉您本片拍得棒，您还要问人家拍得怎样，不笨吗？其次是王朔回答得妙——给您幽一默，夸饰一下，其实这夸饰里充满了自嘲，这自嘲的潜台词是：您还指望我能给您写本《红楼梦》怎的？当然这自嘲里又在"嘲您"——您还真以为一个电视剧能成一本《红楼梦》啊？……其实这就叫"北京智慧"。当然，在"北京智慧"面前，衮衮诸公又冒了一回傻气——把人家的幽默当真，还鸣鼓而攻之。"滑天下之大稽"的，究竟是哪个？

要是非得看了我这文章您才明白王朔，您还需要再学。

等到终于有那么一天清晨,您在街上看到了几个骑着三轮车的老爷子。他们的三轮车上放着几只鸟笼子,上面蒙着蓝色的罩子。老人们说,得赶在汽车喧嚣之前把他们的百灵送进景山或者天坛。您说:"唉,给鸟儿都那么上心,不易啊,话又说回来,不上心行吗?万一这百灵都脏了口,还不心疼死了?可话又说回来,天棚鱼缸石榴树的北京啊,没啦……"听这话,您就差不多及格了。因为您学会了北京人的思考,会"话又说回来"啦。

乐天知命,宽厚处世,转着圈儿理解别人、理解人生、理解时代,这就是北京滋味,这就是北京人。

2011年11月

(录自《默默且当歌》,华文出版社,2017年版)

辑三 我的家乡

渡船

林斤澜

我离开温州三十多年,有时候会忽然梦见——梦见了渡船。

有几年我住在蝉街外婆家里。蝉街不一定因蝉多得名,整个小城都在蝉声中过三伏天。蝉成日喧叫,但它悠悠的单调的声音,却浸透了寂静。蝉街有河,河上慢慢划过一条敲梆船,街上凑巧拉过一部黄包车,小孩子都要从头看到尾。蝉街东头是松台山,山下有个曾宅花园,青空白日进去都会担心撞着聊斋人物。

春天时节,绵绵的春雨空档里,漏下黄黄的阳光,我会忽然心慌起来,这种心慌,土话叫作"摇翼",很形象。我一"摇翼"就赶紧——赶紧做什么呀,晓不得。只是赶紧跑出去,跑出悠悠的寂静去。跑出了三角门,三角门外两边墙上都写着个冷字:"厝"。口头叫作"存厂"。一排排矮屋,屋里棺材排队,有的裂缝,有的年久不成颜色,地上草长,墙边苔绿,连声咳嗽都听不见——若有咳嗽，那还了得！跑过"存厂"，看见田野，啊，油菜花黄霜霜遍地镶嵌，镶嵌到天边。穿过田野，来到淡绿的河边，河面上横着一条粗绳，绳下一只红漆渡船，方方的平底的渡船。挑担的赶牛的都好稳稳当当上船，自家拉着绳子过河。船常常闲着，我独自慢慢地过来过去。是雨是晴，田野总是湿淋淋，河上总是雾腾腾，青山和青天，总是朦朦胧胧。春天长长的没有尽头，深深的没有个底。离开温州前几天，特别去坐渡船。离开是有目的地，但是千里迢迢，战火漫漫，没有一点把握。实际还是个小孩子的心，觉得渡船渡到河中央，就好比到了生身之地的怀抱中间，心就静定下来，暗暗朝拜文艺女神，誓不变心。

去年我回到温州，住在松台山下的华侨饭店，当然是新楼，有水电，有沙发，有卫生间，有厅有堂有花圃。松台山脚还有个居高临下的剧院，晚上要仰起头来看电光灯。蝉街的河没有了，和闹市五马街连接起来，叫作哪里都有的红卫路。新的建设我都喜欢，旧的没有了，我也有些可惜。但都不怎么惊奇，这些变化南北到处都是，到处有喜欢有可惜。只有一点不明白，街上的人怎么那么多。白天工作时间，也成串走过去，成队走过来。成堆的青年围着围着——稻桶一样不漏水……有时我半夜回饭店，松台山下还有灯火盏盏，馄饨、米面、烧鹅、鱼丸……有时天一亮就起来走走，菜车菜担上市了，街上三三五五，高声谈笑，带秤的姑娘有本事成车成担地讲价钱，拎菜篮的主妇挑精拣肥，二十四个小时，街上寻不着寂静的钟点。

城墙和三角门早就扒平了，我顺着马路走到城外，城外还是马路。墙上没有"厝"字，"存厂"变成了工厂。也有的单间门面，挂着个吓人的招牌，例如：港务机械厂。马路的背后，寻着了田野，寻着了河，但河上没有绳，没有渡船，没有平底的方方的红漆渡船。

有回过一条江，渡船是只老式两头翘大木船，安装了个马达，农民们挑着满桶的氨水，走平地一样走过跳板，把桶一排排放在船舱里，气味浓浓，谈笑哄哄。拎菜篮的，背书包的，拿着伞的老人家，一会儿站满了船舱船头。有一个十七八岁的女孩子，裤脚卷到腿肚那里，肩上背枪一样一条空扁担，扁担头上缠着空口袋。大家好像都认识，有人笑着说：

"钞票赚着了。"

女孩格格一笑，把头一扭，眼睛里的得意闪电一样。满船是多年思念的乡音，满船是思念里没有的说话"钞票，钞票""赚着，赚不着"……我四面看遍，没有一个认识的人。大家也从四面看我，把我当个外地人。马达响着，渡船斜斜地驶过江去，江水滔滔，云天茫茫，四面的人声里，忽然有一个低音撞到我耳朵里，碰着我不晓得哪一条筋，一个名字跳了出来，我冒叫一声，两声……一个白发苍苍，瘦脸黑黑的人站在我面前，细看这人，未老先白头。一分钟以后，两人都认出来是三十多年前的老同学、好朋友，意气相投，志同道合。他的低音浑厚，当年他的本事是从上衣兜里抓出一支笔，有时甚至是一把牙刷，就指挥我们唱起响亮的"枪口对外，齐步向前"！

我们真真好比肩并肩走向战场。

"我是海岸的哨兵，"

啊，荷枪独立在东海之滨，白花花的浪头扑在脚边。

"拿起鸟枪、铁锤、剪刀、石头、火炮……"

想象中，我们和鬼子巷战，肉搏，白刃相见。

……

我问他这些年在干什么呢？黑白铁。修理单车摩托直到拖拉机。春节还做爆仗气球。他说过了青年时期，才明白自己秉性不爱活动，根本也不是音乐材料，和机器打交道倒是对头了。

我顺嘴说了几句说惯了的话，一个人的出身自己不能选择，走的道路是自己选择的。

他转过头去看江水，顺着微波碎浪，看到远天，好像问水问天，当年的路是自己选择的吗？那时候自己会选择吗？同学朋友一个个不像浪连着浪吗？一个个叫浪推着走，叫浪卷进去了……路，大半是时代决定的。

不过我还是想我那条小河上的渡船。拉着河面上的粗绳到了河中央，祈求养育我的大自然，给我启发，帮我下决心。我打听哪里还有平底的方方的渡船。

他惊讶起来，用眼角睨着我说，从来没有见过这样的渡船，也没听说过，怎么会有四方的船呢？

刹那间，他疑心我做梦，我疑心他健忘。究竟三十多年在身边过去了。

我常常从松台山下，走过蝉街五马街。叫不惯红卫路。一路人撞人，从人缝里插过去，耳朵边嗡嗡地全是乡音，不过一个人也不认识。乡音满街满城，好比潮水，带泥带沙带泡沫带残渣的浑沌沌的潮水，我不熟识。

立刻从大街转进小巷，走石板路，石子路，立砖的路，推开油漆剥落的双扇前门，或是单扇白木变黑了的后门，走进潮湿的院子，走上苔藓镶边的石阶，走进幽暗的厢房，或是楼板晃晃的楼房，坐下来喝新鲜的绿茶，吸红牡丹香烟，和老朋友悠悠闲谈，半天不当件事。

但方方的平底的红漆渡船呢，没有人爽爽快快肯定有过，多半是怀疑，是稀奇，是搜索记忆。我也糊涂起来了，莫非把庄子的方舟，或者圣经的方舟，掺杂到多年的乡思里去了。

我在老朋友中，听着通史、鲁迅、典故、方言搜集——啊，乡土特有的方言，我父辈、我老师就在搜集。我多住了些日子，认识了一些青年，我听见三四苯并芘、信仰危机、意识流、蒙太奇……这都在小巷里的斗室里，好比水潭，这里有寂静，有清澈，有深沉，有"摇翼摇翼"的心慌，有明天的梦。

我又离开温州时，更加相信过去有过方舟，挑担的赶牛的都能够稳当站着过河，也站过心慌的少年。

我相信现在也会有应当有,只不过一时说不清在哪里。方方的平底的红漆渡船呀,我还要寻你,也许明天就会心慌起来,千里迢迢回去寻你。

(录自《林斤澜散文选集》,百花文艺出版社,1999年版)

龙驹寨

贾平凹

龙驹寨就是丹凤县城。整个商州在外面世界,知道的人是不多的,但能知道商州的,也便就知道龙驹寨了。丹江从秦岭东坡发源,冒出时是在一丛毛柳树下滴着点儿,流过商县三百里路,也不见成什么气候,只是到了龙驹寨,北边接纳了留仙坪过来的老君河,南边接纳了寺坪过来的大峪河,三水相汇,河面冲开,南山到北山距离七里八里,甚至十里,丹江便有了吼声。经过四方岭,南北二山又相对一收,水位骤然升高,形成有名的阳谷峡,乱石穿空,惊涛裂岸,冲起千堆雪,其风急水吼,使两边石壁四季不生草木。刚一转弯,陡然一个葫芦形的大坝子,东西二十三里之遥,南北十五里长短,龙驹寨就坐落在河的北岸,地势从低向高,缓缓上进,一直到了北边的凤冠山上。凤冠山更是奇特,没脉势蔓延,无山基相续,平坦地崛而矗起,长十里,宽半里,一道山峰,不分主次,锯齿般地裂开，远远望之宛若凤冠。山的东侧，便流出一水，从几十丈高的黑石崖上跌下，形成一道瀑布，潭深不可测，瀑布注下，作嘭嘭巨响，如鸣大鼓，这便是产乌骓马的地方。龙驹寨背靠奇山，足蹬异水，历代被称为宝地，据说早年一州官到了此地，惊呼长叹：此帝王风水也！但是，从远古到如今，这里却没有产生过帝王国君，也没有帝王国君在这里留下什么足迹。一帮阴阳师解释说：千年精光，万年神气，本是应出天之骄子，只是当项羽得了龙潭黑龙，化作乌骓马后，这凤冠山的赤凤刚刚冒出雄冠，便再没有出来，龙飞凤舞的年代从此也就消失了。

　　正如破落的家族再贫再穷但家风未倒一样，龙驹寨终未发迹，但毕竟仙气奇气犹在。清末以前的几千年里，这里的大码头威名于世。全商州的人大都是旱鸭子，在山上可以飞走如兽，但在水里，犹如一块石头，立即沉底。只有龙驹寨人，上山可以打猎，下河可以捕鱼。遗憾的是现在，山川活动，日走星移，春夏秋冬，寒暑交替，丹江水渐渐小起来，又加上商县沿河两岸，大沟小溪，修筑电站，水库，河水只有往昔的三分之一。两岸人口增多，向河滩要田，河面也愈来愈窄，从此，龙驹寨再没有往来大船，只是南北岸头拴拉一道铁索，一只渡舟，一个船公，攀扯铁索，舟便直线而去，直线而归，载两岸人走动。但是，龙驹寨人的口气从未减弱，凡是外地来客，第一是要介绍那南城边的平浪宫的。这宫是当年码头水工所建筑，高十五丈，木石结构，雕梁画栋，这是光荣历史的记载和见证，若是客人讥笑"过去的都过去了！"龙驹寨人就丢剥上衣，用指甲在胳膊上，胸膛上抓出几道印来，不是暗红，却显白色，以此显示是在水里泡成的水色，说：有种的，下河去交手？！外地客就畏而却步，拱手求饶了。

正是这块地方，是方圆几百里地政治、经济、文化、交通、贸易的中心点。龙驹寨人的山性、水性比别的地方高强。解放前的战争年代，这里成了红、白拉锯区。游击队司令巩德芳就是龙驹寨西二十里路的巩家湾人，巩司令的得力干将，游击队团长蔡兴运就是龙驹寨西十三里路的磨丈沟人。那时节，龙驹寨里没有安生日月，常常夜半三更，枪声就响，全城人胆大的蹲在屋顶看热闹，下边的人问："哪儿出事了？"上边的人说："北山的。"北山的，就是指巩蔡的人马，因为他们的根据地就是北五六十里外的留仙坪。"打得凶吗？""保安部房着了！"话语未落，"嘎咕儿"一声，一颗流弹飞来，将房上脊兽打得粉碎，看热闹的就从屋檐掉下，再也不敢出门。也常常在第二天，那平浪宫大门上要么悬挂保安队什么长的头颅，要么是保安队捉缉巩蔡的布告，也常常从商县方向下来大批部队，围住全城，搜查"共匪"，鸡飞而狗咬。

这些"北山的"，几年里攻进龙驹寨好多次，但不久就又退出，直到1949年，一举拿下，全歼了保安队，龙驹寨彻底解放。接着行政区域化寨为县，也就从那时起，龙驹寨便开始慢慢被外界遗忘，只知道丹凤县城了。

在差不多三十年里,龙驹寨基本上没有变样,从丹江一上岸,便是县城;说是县城,其实一条街道而已。凤冠山东西两侧分别流下两条小河,东是东河,西是西河,县城的东关就是以东河为界,一条石拱桥,桥头一家酒店,进了酒店便算入了东关。西关也是以西河为界,一座石拱桥,桥后一座老爷庙,庙台下也便是西关口。整个街道,南北两排平房,相对平行,蔓延而去,北边的门对着南边的窗,南边人一口唾沫可以直接射进北边屋的中堂。街道并不端,呈出波浪形,从正空下看,两边高,接着低,中间却高,如平浮着一只舒展翅膀的飞鸟。若站在南山岭上,或是站在东四方岭上,街道的弯曲度一律由南趋向北,又像一只舒翅而北的飞鸟。街面没有铺一块砖,尽是斗大的、磨盘大的平面石头,有青碧色的,黄橙色的,瓦蓝色的,豆沙色的,白玉色的,长年月久,石板被脚踩出两边高中间低的洼势。每天早晨,人们去井台挑水,井台全在街南坡根下,不用辘轳,不用吊杆,水在凿出的一眼石窟里,用瓢舀着就是了。挑了水,颤颤悠悠从那一个一个小巷道上来,井水便星星点点洒在石板上,终日不干,到了街的中间,也就是平浪宫后门那里,丹江渡口北上的路,凤冠山南下的路,在这里十字相交,便是整个县城最繁华的地面。从早到晚,小商小贩的货摊不撤,各家各户的酒家,烟铺,面馆,旅社,商店门面不关。房屋在这里也最挤,一间房在此可卖七百元,东西两头的只能售四百,所以,这里窗多,门多,每一处墙头也没了空隙，全被挂满广告招牌："王记麻花""特效老鼠药""麻家竹器""五味烧鸡"，以致有一年地震，一家房子向东倾斜，不久，一溜北排四十五家房子全然东斜，但十多年不曾倒下。

　　县城各地，都是一四七，二五八，三六九日逢集，龙驹寨不分日月，不论早晚，总是人多。在这几百里方圆，这里就是北京城，就是大上海，山民们以进城为终生荣耀。每到城里来，这十字交叉口，就又如北京的王府井，上海的南京路，虽然不为买卖，只图开眼，在那里挤得一身臭汗，或者踏丢了鞋，或者被小偷摸了钱包，也是心情痛快。最是那些深山人，尤其喜欢进城，鸡叫头遍就起身，穿得新新的，背着木材、土豆、柿饼、木耳、核桃、药草、兽皮，在县城专门市场出售了，或者背着背笼，或者挎着空篮，或者把皮绳缠在腰里，扁担掮在肩上，在大大小小的商店进进出出，百货看过。"喂，喂。"叫着售货员；售货员说："你在叫狗吗？"他们方学着城里人说句"同志！"却觉得拗口。再要"洋碱""洋盆""洋伞"。售货员再训："这儿没有外国货！"他们就脸红红的，出门却觉得高兴。然后沿街任步而走，玩猴的也看，吹糖人的也看，书店里也去，画店里也去，电影院前也看广告，法院门口也看布告，虽只字不识，但耳朵极灵，什么新闻都记在心里。然后就去那私人理发店里理个分头，油抹得重重的，粘成一片，左右分开。他们得意扬扬地下饭馆了，要一个砂锅豆腐，切一盘猪耳朵酱肉，三个蒸馍，一碗蛋汤，吃得满口流油，满头生汗。城里小生意人最欢迎这些顾客，一是可以赚得他们的，二是可以逗逗他们的痴憨；山里人满足了，城里人也满足了。

也是奇怪的事情，全商州最能跟上时代的，不是离西安省城最近的商县、洛南，往往却是龙驹寨。西安街头出现什么风气，龙驹寨很快也就出现什么风气；这就苦坏了四周八方的深山人。县城人穿起皮鞋，他们也要穿穿皮质的，便买了胶鞋，雨天穿，旱天也穿，常是里边出了汗泥，也不肯脱去，以致灌进冷水，抬脚动步，咕咕作响。后来，县城人又穿起空前绝后的凉鞋，他们就以布条仿制而成，常在山路上半天就穿烂了。他们慢慢恨起县城人变化无常，那卖山货的钱不能使他们跟上时代。但是，他们不知道龙驹寨人也有他们的苦恼：他们也在恨西安人一时一个样！比如才兴起窄裤管，一条裤子还未穿烂，又兴起宽裤管，像个布袋；才兴起波浪式的烫发，他们烫得满头卷毛，又买了电梳子，西安人却又热起日本型的了。

衣着时髦，热衷的当然是年轻人了。但是，最令全体龙驹寨人一天一天不满的是县城的城市建设。因为龙驹寨还没有一座二层楼，街道也没有用水泥铺，剧院没有，总租借丹凤中学礼堂公演。就是看电影，也是露天场地，一到阴雨天气，夜夜就简直无法活了。他们联合向上请求，县委、县政府也重视起来，先是水泥铺街面，栽路灯，再是沿凤冠山下的公路两边建新街，盖饭店大楼。龙驹寨街道的人总谋算有一天将他们的平房全部扳倒，都像大城市的人一样住三间一套的单元房，吃水有龙头，养花有凉台。但这一要求终未实现，他们归结于县上主事人不是龙驹寨人。这简直是一个不可思议的事，大凡解放以来，在这县城为领导的，都是龙驹寨四周乡下人。于是，他们又得了结论：乡下人领导城里人；一旦作了领导的人，却后代皆不强不壮，不聪不明。比如，这个书记，那个县长，主任，局长，不是有傻儿痴女，便是吃喝玩乐，浪荡无赖而不成正果。龙驹寨人便都去谋官，谋不上了，就达观而乐："一人当官，三代风水尽矣！"

如今县城扩大了，商店增多了，人都时髦了，但也便哑巴吃黄连，有苦说不出。因为开支吃不消：往日一个鸡蛋五分钱，如今一角一只；往日木炭一元五十斤，如今一元二十斤还是青枫木烧的。再是，菜贵、油贵、肉贵，除了存自行车一直是二分钱外，钱几乎花得如流水一般。深山人也一日一日刁猾起来，山货漫天要价，账算得极精，四舍五入，入的多，舍的少。更是修了丹江大桥，河南河北通途，渡舟取消，"关口、渡口、气死霸王"的时期过去了；要是往日夏秋发水，龙驹寨人赤条条背人过河，老太太有之，壮年婆娘有之，黄花少女也有之，背至中流，什么话也可说，什么地方也可摸，而且要多少钱，就能得到多少钱，如今闲在家里了。而且街道加宽，车辆增多，每天无数的手扶拖拉机涌来，噪音烦人，事故增多。再是每一家市民，每天家家有客，大舅二舅、三姨五姨、七姑八婆，还有拐弯抹角的外甥、老表、旧亲老故，凡是进城，就来家用饭，饭还管得了，烟酒茶糖一月一堆开支。先还大礼招待，慢慢有啥吃啥，到了后来，就只有一张热情的嘴和一条冰冷的板凳了。城乡人便从此而生分了。毕竟乡下人报复城里人容易，若要挑着山货过亲戚门，草帽一按，匆匆便过，又故意抬价，要动起手脚，又三五结伙。原先是城里人算计赚乡下人钱，现在是乡下人谋划赚城里人钱：辣面里掺谷皮，豆腐里搅苞谷面，萝卜不洗，白菜里冻冰……风气不好起来，先都自鸣得意，后来发觉自己在欺哄自己，待人不公平诚实的，就是县城人，乡下人抓住也打也骂，县城人抓住乡下人自然也打也骂。一些老年人也就自动当起义务宣传员，白日在市场纠察，夜里在四邻走访，一时这些老年人大受社会欢迎。老年人也乐得负责，只是都喜欢贪杯，常是一早一晚，几个人一起到酒馆去，站在柜台外，买得一两烧酒，一口倒在嘴里，顺门便走，久而久之，那口如同打酒列子，觉得少了，不行，觉得多，滴点不沾。而这批老年人中，年事最高的，办事最认真的，口酒最标准的，是平浪宫后的刘来魁老汉。老汉是早年河上艄公，高个头，白胡子，八十三岁那年，全县城为他修了一匾，县长亲自送到家里，至今高悬中堂之上。

（原载1983年第5期《钟山》）

老家

孙　犁

前几年，我曾诌过两句旧诗："梦中每迷还乡路，愈知晚途念桑梓。"最近几天，又接连做这样的梦：要回家，总是不自由；请假不准，或是路途遥远。有时决心启程，单人独行，又总是在日已西斜时，迷失路途，忘记要经过的村庄的名字，无法打听。或者是遇见雨水，道路泥泞；而所穿鞋子又不利于行路，有时鞋太大，有时鞋太小，有时倒穿着，有时横穿着，有时系以绳索。种种困扰，非弄到急醒了不可。

也好，醒了也就不再着急，我还是躺在原来的地方，原来的床上，舒一口气，翻一个身。

其实，"文化大革命"以后，我已经回过两次老家，这些年就再也没有回去过，也不想再回去了。一是，家里已经没有亲人，回去连给我做饭的人也没有了。二是，村中和我认识的老年人，越来越少，中年以下，都不认识，见面只能寒暄几句，没有什么意思。

前两次回去：一次是陪伴一位正在相爱的女人，一次是在和这位女人不睦之后。第一次，我们在村庄的周围走了走，在田头路边坐了坐。蘑菇也采过，柴火也拾过。第二次，我一个人，看见亲人丘陇，故园荒废触景生情，心绪很坏，不久就回来了。

现在，梦中思念故乡的情绪，又如此浓烈，究竟是什么道理呢？实在说不清楚。

我是从十二岁，离开故乡的，但有时出来，有时回去，老家还是我固定的窠巢，游子的归宿。中年以后，则在外之日多，居家之日少，且经战乱，行居无定。及至晚年，不管怎样说和如何想，回老家去住，是不可能的了。

是的，从我这一辈起，我这一家人，就要流落异乡了。

人对故乡，感情是难以割断的，而且会越来越萦绕在意识的深处，形成不断的梦境。

那里的河流，确已经干了，但风沙还是熟悉的；屋顶上的炊烟不见了，灶下做饭的人，也早已不在。老屋顶上长着很高的草，破漏不堪；村人故旧，都指点着说："这一家人，都到外面去了，不再回来了。"

我越来越思念我的故乡，也越来越尊重我的故乡。前不久，我写信给一位青年作家说："写文章得罪人，是免不了的。但我甚不愿因为写文章，得罪乡里。遇有此等情节，一定请你提醒我注意！"

最近有朋友到我们村里去了一趟,给我几间老屋拍了一张照片,在村支书家里,吃了一顿饺子。关于老屋,支书对他说:"前几年,我去信问他,他回信说:'也不拆,也不卖,听其自然,倒了再说。'看来,他对这几间破房,还是有感情的。"

朋友告诉我:现在村里,新房林立;村外,果木成林。我那几间破房,留在那里,实在太不调和了。

我解嘲似的说:"那总是一个标志,证明我曾是村中的一户。人们路过那里,看到那破房,就会想起我,念叨我。不然,就真的会把我忘记了。"

但是,新的正在突起,旧的终归要消失。

1986年8月20日,晨起作。闷热,小雨。

(录自《孙犁散文》,浙江文艺出版社,2003年版)

小巷人家

陈从周

小城春色,小桥流水,小巷人家,多美丽的江南水乡风光啊!"小楼一夜听春雨,深巷明朝卖杏花""深巷卖樱桃,雨余红更娇"。孩子时读的诗词,在高楼日益增多,小巷、水巷渐渐减少的今天,我想这些句子越来越值得歌颂与留恋了,也许过了多少世纪,小巷灭迹,然而人们还是在低诵它,向往它。

我是从小生长于江南水乡的人,小巷、水巷,是老屋家门前的事物,青石板、白粉墙,后门河埠头,又是一湾清水,多幽静雅洁啊!在小小的庭院中、书斋中听不到一点嘈杂声,"苔痕上阶绿,草色入帘青",就是在这环境中,度过我的童年。我爱小巷,这种小巷人家是富有诗情画意的,永远令我依恋的。

江南的小巷,在文学上是多情的,从建筑艺术来说是多变的,我曾经说过中国城市的特点是"正中求变",正是大街平直,小巷多变,有弯曲的,有斜歪的,也有直中带曲的,曲中带直的。墙门的形式又比较丰富多彩，高低大小与装饰几乎没有一处绝对相同，粉白的墙面衬托，人行其间，移步移景，因为墙高，自朝至暮，光影变化非常丰富，有时逢着一段低墙，"春色满园关不住，一枝红杏出墙来"，太引人遐思了。有些小巷中有圈门，有过街楼，还有打更人住的更楼，小小的木屋，也觉玲珑可爱，从石板缝中与墙脚下长出的野草闲花，娇嫩依人，虽然小巷深深，人行其间，静幽多姿一点也感觉不到寂寞，相反思想中涌上很多反思，边行边想，丝毫不觉疲劳。我在小城中就是闲行代步，记得与世界建筑大师贝聿铭先生在苏州，我们两人就这样在小巷中步行寻园，人目为"痴"，而这就是"痴"的美。

柔橹一声，小舟咿哑，在河埠边欣赏往来的小舟，与对门邻居对话，环洞桥的倒影，宛如半湾明月，正可说隔岸人相唤，水巷小桥通。江南的小巷与水巷组成了千变万化恬静明洁的水景，这水景又充满了建筑美。

水巷里人家的河埠头，虽然用几根石条构成，有一字形的，有元宝形的，有如意形的，形成了一面、多面的踏步，河沿边有水阁河房，也有粉墙，偶然从河岸边墙角下长出几株杂树垂杨，拂水依人，照影参差，水面显得更清灵了。水乡城镇就是在这小巷与水巷里产生了无限空间与逗人的美感。如今我们保护历史文化名城，这小巷与水巷是重要组成部分，爱文化与美的人们，对它一天重视一天，非出于无因的。

观大邑一乐也,步小巷、游水巷亦一乐也。事物都是相对的,在建设大城市的同时,能珍惜与重视保存这从"小"字出发的景观,正同西湖与瘦西湖一样,瘦西湖就是妙在这个"瘦"字啊!

(录自《随宜集》,同济大学出版社,1990年版)

我的家乡

汪曾祺

法国人安妮·居里安女士听说我要到波士顿,特意退了机票,推迟了行期,希望和我见一面。她翻译过我的几篇小说。我们谈了约一个小时,她问了我一些问题。其中一个是,为什么我的小说里总有水?即使没有写到水,也有水的感觉。这个问题我以前没有意识到过。是这样。这是很自然的。我的家乡是一个水乡,我是在水边长大的,耳目之所接,无非是水。水影响了我的性格,也影响了我的作品的风格。

我的家乡高邮在京杭大运河的下面。我小时候常常到运河堤上去玩(我的家乡把运河堤叫作"上河堆"或"上河堭"。"堭"字一般字典上没有,可能是家乡人造出来的字,音淌。"堆"当是"堤"的声转)。我读的小学的西面是一片菜园,穿过菜园就是河堤。我的大姑妈(我们那里对姑妈有个很奇怪的叫法,叫"摆摆",别处我从未听过有此叫法)的家,出门西望,就看见爬上河堤的石级。这段河堤有石级,因此地名"御码头",康熙或乾隆曾在此泊舟登岸(据说御码头夏天没有蚊子)。运河是一条"悬河",河底比东堤下的地面高,据说河堤和墙垛子一般高,站在河堤上,可以俯瞰堤下街道房屋。我们几个同学,可以指认哪一处的屋顶是谁家的。城外的孩子放风筝,风筝在我们脚下飘。城里人家养鸽子,鸽子飞过来,我们看到的是鸽子的背。几只野鸭子贴水飞向东,过了河堤,下面的人看见野鸭子飞得高高的。

我们看船。运河里有大船。上水的大船多撑篙。弄船的脱光了上身,使劲把篙子梢头顶上肩窝处,在船侧窄窄的舷板上,从船头一步一步走到船尾。然后拖着篙子走回船头,欸的一声把篙子投进水里,扎到河底,又顶着篙子,一步一步向船尾。如是往复不停。大船上用的船篙甚长而极粗,篙头如饭碗大,有锋利的铁尖。使篙的通常是两个人,船左右舷各一人;有时只一个人,在一边。这条船的水程,实际上是他们用脚一步一步走出来的。这种船多是重载,船帮吃水甚低,几乎要漫到船上来。这些撑篙男人都极精壮,浑身作古铜色。他们是不说话的,大都眉棱很高,眉毛很重。因为常年注视着流动的水,故目光清明坚定。这些大船常有一个舵楼,住着船老板的家眷。船老板娘子大都很年轻,一边扳舵,一边敞开怀奶孩子,态度悠然。舵楼大都伸出一支竹竿,晾晒着衣裤,风吹着啪啪作响。

看打鱼。在运河里打鱼的多用鱼鹰。一般都是两条船,一船八只鱼鹰。有时也会有三条、四条,排成阵势。鱼鹰栖在木架上,精神抖擞,如同临战状态。打鱼人把篙子一挥,这些鱼鹰就劈劈啪啪,纷纷跃进水里。只见它们一个猛子扎下去,眨眼工夫,有的就叼了一条鳜鱼上来——鱼鹰似乎专逮鳜鱼。打鱼人解开鱼鹰脖子上的金属的箍(鱼鹰脖子上都有一道箍,否则它就会把逮到的鱼吞下去),把鳜鱼扔进船里,奖给它一条小鱼,它就高高兴兴,心甘情愿地转身又跳进水里去了。有时两只鱼鹰合力抬起一条大鳜鱼上来,鳜鱼还在挣蹦,打鱼人已经一手捞住了。这条鳜鱼够四斤!这真是一个热闹场面。看打鱼的、鱼鹰都很兴奋激动,倒是打鱼人显得十分冷静,不动声色。

远远地听见嘣嘣嘣嘣的响声,那是在修船、造船。嘣嘣的声音是斧头往船板上敲钉。船体是空的,故声音传得很远。待修的船翻扣过来,底朝上。这只船辛苦了很久,它累了,它正在休息。一只新船造好了,油了桐油,过两天就要下水了。看看崭新的船。叫人心里高兴——生活是充满希望的。船场附近照例有打船钉的铁匠炉,叮叮当当。有碾石粉的碾子,石粉是填船缝用的。有卖牛杂碎的摊子。卖牛杂碎的是山东人。这种摊子上还卖锅盔(一种很厚很大的面饼)。

我们有时到西堤去玩。我们那里的人都叫它西湖,湖很大,一眼望不到边,很奇怪,我竟没有在湖上坐过一次船。湖西是还有一些村镇的。我知道一个地名,菱塘桥,想必是个大镇子。我喜欢菱塘桥这个地名,引起我的向往,但我不知道菱塘桥是什么样子。湖东有的村子,到夏天,就把耕牛送到湖西去歇伏。我所住的东大街上,那几天就不断有成队的水牛在大街上慢慢地走过。牛过后,留下很大的一堆一堆牛屎。听说是湖西凉快,而且湖西有茭草,牛吃了会消除劳乏,恢复健壮。我于是想象湖西是一片碧绿碧绿的茭草。

高邮湖中,曾有神珠。沈括《梦溪笔谈》载:

> 嘉祐中,扬州有一珠甚大,天晦多见。初出于天长县陂泽中,后转入甓社湖,又后乃在新开湖中,凡十余年,居民行人常常见之。余友人书斋在湖上,一夜忽见其珠甚近,初微开其房,光自吻中出,如横一金线。俄顷忽张壳,其大如半席,壳中白光如银,珠大如拳,灿然不可正视,十余里间林木皆有影,如初日所照,远处但见天赤如野火,倏然远去,其行如飞,浮于波中,杳杳如日。古有明月之珠,此珠色不类月,荧荧有芒焰,殆类日光。崔伯易尝为《明珠赋》。伯易高邮人,盖常见之。近岁不复出,不知所往,樊良镇正当珠往来处,行人至此,往往维船数宵以待观。名其亭为"玩珠"。

这就是"秦邮八景"的第一景"甓射珠光"。沈括是很严肃的学者，所言凿凿，又生动细微，似乎不容怀疑。这是个什么东西呢？是一颗大珠子？嘉祐到现在也才九百多年，已经不可究诘了。高邮湖亦称珠湖，以此。我小时学刻图章，第一块刻的就是"珠湖人"，是一块肉红色的长方形图章。

湖通常是平静的，透明的。这样一片大水，浩浩森森（湖上常常没有一只船），让人觉得有些荒凉，有些寂寞，有些神秘。

黄昏了。湖上的蓝天渐渐变成浅黄、橘黄，又渐渐变成紫色，很深很浓的紫色。这种紫色使人深深感动。我永远忘不了这样的紫色的长天。

闻到一阵阵炊烟的香味，停泊在御码头一带的船上正在烧饭。

一个女人高亮而悠长的声音："二丫头……回来吃晚饭来……"

像我的老师沈从文常爱说的那样，这一切真是一个圣境。

高邮湖也是一个悬湖。湖面，甚至有的地方的湖底，比运河东面的地面都高。

湖是悬湖，河是悬河，我的家乡随时处在大水的威胁之中。翻开县志，水灾接连不断。我所经历过的最大的一次水灾，是民国二十年。

这次水灾是全国性的。事前已经有了很多征兆。连降大雨，西湖水位增高，运河水平了槽，坐在河堤上可以"踢水洗脚"。有许多很"瘆人"的不祥的现象。天王寺前，虾蟆爬在柳树顶上叫。老人们说：虾蟆在多高的地方叫，大水就会涨得多高。我们在家里的天井里躺在竹床上乘凉，忽然拨剌一声，从阴沟里蹦出一条大鱼！运河堤上，龙王庙里香烛昼夜不熄。七公殿也是这样。大风雨的黑夜里，人们说是看见"耿庙神灯"了。耿七公是有这个人的，生前为人治病施药，风雨之夜，他就在家门前高旗杆上挂起一串红灯，在黑暗的湖里打转的船，奋力向红灯划去，就能平安到岸。他死后，红灯还常在浓云密雨中出现，这就是耿庙神灯——"秦邮八景"中的一景。耿七公是渔民和船民的保护神，渔民称之为七公老爷，渔民每年要做会，谓之七公会。神灯是美丽的，但同时也给人一种神秘的恐怖感。阴历七月，西风大作。店铺都预备了高挑灯笼——长竹柄，一头用火烤弯如钩状，上悬一个灯笼，轮流值夜巡堤。告警锣声不绝。本来平静的水变得暴怒了。一个浪头翻上来，会把东堤石工的丈把长的青石掀起来。看来堤是保不住了。终于，我记得是七月十三（可能记错），倒了口子。我们那里把决堤叫作倒口子。西堤四处，东堤六处。湖水涌入运河，运河水直灌堤东。顷刻之间，高邮成为泽国。

我们家住进了竺家巷一个茶馆的楼上（同时搬到茶馆楼上的还有几家），巷口外的东大街成了一条河，"河"里翻滚着箱箱柜柜，死猪死牛。"河"里行了船。会水的船家各处去救人（很多人家爬在屋顶上、树上）。

约一星期后，水退了。

水退了，很多人家的墙壁上留下了水印，高及屋檐。很奇怪，水印怎么擦洗也擦洗不掉。全县粮食几乎颗粒无收。我们这样的人家还不致挨饿，但是没有菜吃。老是吃慈姑汤，很难吃。比慈姑汤还要难吃的是芋头梗子做的汤。日本人爱喝芋梗汤，我觉得真不可理解。大水之后，百物皆一时生长不出，唯有慈姑芋头却是丰收！我在小学的教务处地上发现几个特大的蚂蟥，缩成一团，有拳头大，踩也踩不破！

我小时候，从早到晚，一天没有看见河水的日子，几乎没有。我上小学，倘不走东大街而走后街，是沿河走的。上初中，如果不从城里走，走东门外，则是沿着护城河。出我家所在的巷子南头，是越塘。出巷北，往东不远，就是大淖。我在小说《异秉》中所写的老朱，每天要到大淖去挑水，我就跟着他一起去玩。老朱真是个忠心耿耿的人，我很敬重他。他下水把水桶弄满（他两腿都是筋疙瘩——静脉曲张），我就拣选平薄的瓦片打水漂。我到一沟、二沟、三垛，都是坐船。到我的小说《受戒》所写的庵赵庄去，也是坐船。我第一次离家乡去外地读高中，也是坐船——轮船。

水乡极富水产。鱼之类，乡人所重者为鳊、白、鲦（鲦花鱼即鳜鱼）。虾有青白两种。青虾宜炒虾仁，呛虾（活虾酒醉生吃）则用白虾。小鱼小虾，比青菜便宜，是小户人家佐餐的恩物。小鱼有名"罗汉狗子""猫杀子"者，很好吃。高邮湖蟹甚佳，以作醉蟹,尤美。高邮的大麻鸭是名种。我们那里八月中秋兴吃鸭,馈送节礼必有公母鸭成对。大麻鸭很能生蛋。腌制后即为著名的高邮咸蛋。高邮鸭蛋双黄者甚多。江浙一带人见面问起我的籍贯,答云高邮,多肃然起敬,曰:"你们那里出咸鸭蛋。"好像我们那里就只出咸鸭蛋似的!

我的家乡不只出咸鸭蛋。我们还出过秦少游,出过散曲作家王磐,出过经学大师王念孙、王引之父子。

县里的名胜古迹最出名的是文游台。这是秦少游、苏东坡、孙莘老、王定国文酒游会之所。台基在东山(一座土山)上,登台四望,眼界空阔。我小时常凭栏看西面运河的船帆露着半截。在密密的杨柳梢头后面,缓缓移过,觉得非常美。有一座镇国寺塔,是个唐塔,方形。这座塔原在陆上,运河拓宽后,为了保存这座塔,留下塔的周围的土地,成了运河当中的一个小岛。镇国寺我小时还去玩过,是个不大的寺。寺门外有一堵紫色的石制的照壁,这堵照壁向前倾斜,却不倒。照壁上刻着海水,故名水照壁。寺内还有一尊肉身菩萨的坐像,是一个和尚坐化后漆成的。寺不知毁于何时。另外还有一座净土寺塔,明代修建。我们小时候记不住什么镇国寺、净土寺,因其一在西门,名之为西门宝塔;一在东门,便叫它东门宝塔。老百姓都是这么叫的。

全国以邮字为地名的,似只高邮一县。为什么叫作高邮?

因为秦始皇曾在高处建邮亭。高邮是秦王子婴的封地,至今还有一条河叫子婴河,旧有子婴庙,今不存。高邮为秦代始建,故又名秦邮。外地人或以为这跟秦少游有什么关系,没有。

1991年6月20日

(录自《随遇而安:汪曾祺散文》,浙江文艺出版社,2014年版)

土地

余 华

我觉得土地是一个充实的令人感激的形象,比如是一个祖父,是我们的老爷子。这个历尽沧桑的老人懂得真正的沉默,任何惊喜和忧伤都不会打动他。他知道一切,可是他什么都不说,只是看着,看着日出和日落,看着四季的转换,看着我们的出生和死去。我们之间的相爱和钩心斗角,对他来说都是一回事。

大约是在四五岁的时候,我离开了杭州,跟随父母来到一个名叫海盐的小县城。我在一条弄堂的底端一住就是十多年,县城弄堂的末尾事实上就是农村了。我的童年和少年时期,在那块有着很多池塘、春天开放着油菜花、夏天里满是蛙声的土地上,干了很多神秘的已经让我想不起来的坏事,偶尔也做过一些好事。

回忆使我看到了过去的炊烟,从农舍的屋顶出发,缓慢地汇入到傍晚宁静的霞光里。田野在细雨中的影像最为感人,那时候它不再空旷,弥漫开来的雾气不知为何让人十分温暖。我特别喜欢黄昏收工时农民的吆喝,几头被迫离开池塘的水牛,走上了狭窄的田埂。还有来自蔬菜地的淡淡的粪味,这南方农村潮湿的气息,对我来说就是土地的清香。

这就是土地给予我,一个孩子的最初的礼物。它向我敞开胸膛,让我在上面游荡时感到踏实,感到它时刻都在支撑着我。

我童年伙伴里有许多农村孩子,他们最突出的形象是挎着割草篮子在田野里奔跑,而我那时候是房屋的囚徒。父母去上班以后,就把我和哥哥反锁在屋里,我们只能羡慕地趴在楼上的窗口,眺望那些在土地上施展自由的孩子,他们时常跑到楼下来和我们对话,他们最关心的是在楼上究竟能望多远,我哥哥那时已经懂得如何炫耀自己,他告诉他们能望到大海。那些楼下的孩子个个目瞪口呆,谎言使我哥哥体会到了自己的优越。然而当他们离去时,他们黝黑的身体在夏天的阳光里摇摇晃晃,嫉妒就笼罩了哥哥和我。那些农村孩子赤裸的脚和土地是那么和谐。

后来我到了上学的年龄,就开始有机会和他们一起玩耍。那时候的农民都没有锁门的习惯,他们的孩子成为了我的朋友以后,我就可以大模大样地在他们的屋子里走进走出,屋中有没有人对我来说无所谓。我可以随便揭开他们的锅盖,看看里面有没有年糕之类的食物,或者在某个角落拿一个西红柿什么的。当然更多的时候我是挎着一个割草篮子，追随着他们。他们中间有一个年龄稍大的，好像比我哥哥大一岁，他叫什么名字我已经忘了，只记得他很会吹牛。我印象最深的一次，是他说他父母结婚时，他吃了满满一篮子糖果。当时我们几个年龄小的，都被他骗得瞠目结舌。后来是几个年龄大的孩子揭穿了他，向他指出那时候他还没有出生呢，他只是嘿嘿一笑，一点也不惭愧。这个家伙有一次穿着一条花短裤，那色彩和条纹和我母亲当时的一条短裤一模一样，当我正要这样告诉他时，哥哥捂住了我的嘴，比我大两岁的哥哥已经知道我要说什么，过了一会他悄悄告诉我，如果我刚才说出那句话，他们就会说我母亲的下流话，当时我心里是一阵阵地紧张。

那个爱吹牛的孩子很早就死去了，是被他父亲一拳打死的。当时他正靠墙站着，他父亲一拳打在他的脖子上，打断了颈动脉。当场就死了。这事在当时很出名，我父亲说他如果不是靠墙站着，就不会死去，因为他在空地上摔倒时会缓冲一下。父亲的话对我很起作用，此后每当父亲发怒时，我赶紧站到屋子中央，免得也被一拳打死。他家弟兄姐妹有六个，他排行第四。所以他死后，他的家人也不是十分悲伤，他们更多的是感叹他父亲的倒霉，他父亲为此蹲了两年的监狱。他被潦草地埋在一个池塘旁，坟堆不高，从我家楼上的窗口可以清楚地看到。很长时间里，他都作为吓唬人的工具被我们这些孩子利用。我哥哥常常在睡觉时悄声告诉我，说他的眼睛正挂在我家黑暗的窗户上，吓得我用被子蒙住头不敢出气。有时候在晚上，我会鼓起勇气偷偷看一眼他的坟堆，我觉得他的坟还不是最可怕的，吓人的是坟旁一棵榆树，树梢在月光里锋利地抖动，这才是真正的可怕。几年以后，他的坟消失了，他被土地完全吸收以后，我们也就完全忘记了他。

当时住在弄堂里的城镇孩子，常和这些农村的孩子发生争吵。我们当时小小的年龄就已经明白了自己是城里人，还是乡下人；知道自己为什么优越，为什么自卑。弄堂里的孩子和农村的孩子集体斗殴是经常发生的。有一次我站到了农村孩子一边，我哥哥就叫我叛徒。我和那些农村孩子经常躲在稻浪里密谋（袭击弄堂的孩子），当然也包括我的哥哥，袭击自己哥哥的方案是最让我苦恼的。我之所以投奔他们，背叛自己弄堂里的同类，是因为他们重视我，我小小的自尊心会得到很大的满足。如果我站到弄堂里的孩子一边，年龄的劣势只能让我做一个小走卒。

我的行为给我带来了一个凄凉的夜晚，当时弄堂里为首的一个大孩子叫刘继生，他能吹出迷人的笛声，他经常坐在窗口吹出卖梨膏糖的声音，我们这些馋嘴的孩子上当后拼命奔跑过去，看到的是他坐在窗前哈哈大笑。他十八岁那年得黄疸肝炎死去了。他家院子里种着葡萄，那一年夏天的晚上，弄堂里的很多孩子都坐在葡萄架下，他母亲给他们每人一串葡萄，我哥哥也坐在那里。我因为背叛了他们，便被拒绝在门外。我一个人坐在外面的泥地上,听着他们在里面说话和吃葡萄。我的那些农村盟友不知都跑哪儿去了,我孤单一人,在月光下独自凄凉。

我八岁的时候,曾经有过一次冒险的远足。一个比我大几岁的农村孩子,动身去看他刚刚死去的外祖父。他可能是觉得路上一个人太孤单,所以就叫上在夏天中午里闲逛的我。他骗我只有很近的路,说是马上就能回来,我就跟着他去了。我们在烈日下走了足足有三个小时,这个家伙一路上反复说:就在前面拐弯那地方。可是每次拐了弯以后他仍然这么说,把我累得筋疲力尽,最后到那地方时恰恰不用拐弯了。他一到那地方就不管我了,我问他什么时候回去,他说是明天。这使我非常紧张,我迅速联想到父母对我的惩罚。我缠着他,硬要他立刻带我回去,他干脆就不理我。于是在一个我完全陌生的老人下葬时,我号啕大哭,哭得比谁都要伤心。后来是他的一个表哥,大约十六七岁,送我回了家。我记得他有一张瘦削的脸,似乎很白净,路上他不停地和我说话,他笑的样子使我当时很崇拜。他详细告诉我夜晚如何到竹林里去捕麻雀,他那时在我眼中已经是一个成年人了。我从来没有和一个成年人如此亲密地说话,所以我非常喜欢他。那天回到家中时天都黑了,一进家门我就淹没在父母的训斥之中,害怕使我忘记了一切。一直到第二天清晨醒来后,我才又想起他。他送我回家后,都没有跨进我的家门,我也不知道他是什么时候离开的。

那一天是我第一次看到什么是葬礼。那个死去的老人的脸上被一种劣质的颜料涂抹后,使死者的脸显得十分古怪。他没有躺在棺材里,而是被一根绳子固定在两根竹竿上,面向耀眼的天空,去的地方则是土地。人们把他放在一个事先挖好的坑中,然后盖上了泥土。就像我有一次偷了父亲的放大镜,挖个坑放进去盖上泥土一样。土地可以接受各种不同的东西,在那个夏日里,这个老人生前无论是作恶多端,还是广行善事,土地都是同样沉默地迎接了他。

1992年3月12日

(录自《没有一条道路是重复的》,作家出版社,2012年版)

会唱歌的墙（节选）

莫　言

高密东北乡东南边隅那个小村，是我出生的地方。村里只有几十户人家，几十栋土墙草顶的房屋稀疏地摆布在蛟河的怀抱里。村庄虽小，村子中央却有一条宽阔的黄沙大道，道路两边杂乱无章地生长着槐、柳、柏、楸，还有几棵每到深秋便满树金叶、无人叫出名字的树。路边的树有的是参天古木，有的却细如麻秆，宛若刚栽下的树苗。但据我所知，几十年间谁也没在这黄沙大道两侧栽过树。

沿着奇树镶边的黄沙大道东行三里路，便出了村。向东南方向似乎是无限地延伸着的原野扑面而来。景观的突变使人往往精神一振。黄沙的大道已留在身后，脚下的道路变成了黑色的土路，狭窄，弯曲，爬向东南，望不到尽头。人至此总是禁不住回头。回头时你看到村中央的完全中国化的天主教堂上那高高的十字架上蹲着的乌鸦变成了一个小黑点，融在夕阳的余晖里或是清晨的乳白色炊烟里。也许你回头时正巧是钟声苍凉，从钟楼上溢出，感动着你的心。黄沙大道上树影婆娑，如果是秋天，也许能见到落叶的奇观：没有一丝风，无数金黄的叶片纷纷落地，叶片相撞，索索有声，在街上穿行的鸡犬，仿佛怕被打破头颅般仓皇。

如果是夏天站在这儿，无法不沿着黑土的弯路向东南行走。黑土在夏天总是黏滞的，你脱了鞋赤脚前行感觉会很美妙。踩着颤颤悠悠的路面，脚下的纹会清晰地印在路面上。但你不必担心陷下去。如果挖起一块这样的黑泥，用力一攥，你便明白，这泥土是何等的珍贵。我每次捏这泥土，就如同捏着商店里以很高的价钱出售的那种供儿童捏小鸡小狗的橡皮泥。它仿佛是用豆油调和揉了九十九遍的面。祖先们早就利用了这黑泥，用木榔头敲打几十遍，用它烧制陶器，用它烧制砖瓦，都在出窑时呈现釉一样的光亮，敲之如磬，清脆悦耳。

继续往前走，假如是春天，草甸子里绿草如毡。星星点点、五颜六色的小花朵，如同这毡上的美丽图案。空中鸟声婉转，天蓝得令人头晕目眩。文背红胸的那种貌似鹌鹑的鸟儿在路上蹒跚行走，有时身后还跟随着几只刚出壳的雏鸟。还不时有草黄色的野兔一耸一耸地从你面前颠过去，追它几步，是一种游戏，要想逮住它却属妄想。门老头养的那条莽撞的瞎狗能追上野兔，那要在冬天的荒野上，最好是白雪漫漫遮住荒野、野兔无法疾跑的时候。

前边是一个池塘，所谓池塘，实际上就是原野上的洼地，至于如何成了洼地，洼地里的土到什么地方去了，没人考究过。草甸子里有无数的池塘，有大有小。夏天时，池塘里蓄着微微发黄的水。这些池塘不论大小，都奇怪地以极圆的形状存在着，令人猜想不透，猜想不透的结果便是浮想联翩。前年夏天我带一位朋友来看这些池塘：刚下过一场急雨，草叶上的水珠把我们的下半身濡湿了。池水有些浑浊，水底一串串的气泡，冒到水面上破裂，水里漾出一股腥甜的味道。有的池塘里生着厚厚的浮萍，看不到水面；有的池塘里只在中央贴水展开几片油亮的肥叶，挑起一枝两枝的睡莲，带着十分人工的痕迹，但绝对不是人工。朦胧的月夜里站在池边，望着那闪烁光彩的玉雕般的花朵，象征、暗示便产生了。四周寂静，月光如水，虫声唧唧，格外深刻。使人想起日本的俳句："蝉声渗透到岩石中。"声音是一种力呢还是一种物质？它能"渗透"在磁带里、唱盘里，也必定能"渗透"在岩石中了。原野上的声音渗透在我的脑海里，时时会响起来。我站在池塘边倾听着唧唧虫鸣，美人的头发闪烁着温暖的光泽，身上散发出一股蜂蜜的味道。突然，一阵湿漉漉的蛙鸣从不远处的另一个池塘里传来，月亮的光彩纷纷扬扬，青蛙的气味凉森森地沾在我们皮肤上。仿佛高密东北乡的青蛙都集中到这个约有半亩大的池塘里了，看不到一点点水面，只能看到层层叠叠地在月亮中蠕动鸣叫的青蛙和青蛙们腮边那些白色的气包。月亮和青蛙混在一起，声音与气味交织在一起，人与自然原本就是一体——自然是人的自然，人是自然的一部分。人在天安门集会，青蛙在池塘里举行集体婚礼。

还是回到路上来吧，那条黄沙的大道早被我们留在身后了，这条黑胶泥的小道旁生了若干的枝杈，一条条的小径像无数条盲目爬动的大蛇留下的痕迹，复杂地卧在原野上。你没必要去选择，因为每一条小路都与别的小路相连，因为每一条小路都通向风景。池塘是风景。青蛙的池塘。蛇的池塘。螃蟹的池塘。翠鸟的池塘。浮萍的池塘。睡莲的池塘。芦苇的池塘。水荇的池塘。冒泡的池塘。不冒泡的池塘。没有传说的池塘。有传说的池塘。

……

就不去西南方向的沼泽地了吧？也不去东北方向的大河入海处了，那儿的沙滩上有着硕果累累的葡萄园。也不去逐个游览高密东北乡版图上的大小村镇了，那儿的历史上曾有过的烧酒大锅、染布作坊、孵鸡的暖屋、熬鹰的老人、纺线的老妇、熟皮子的工匠、谈鬼的书场等等等等都沉积在历史的岩层中，跑不了。请看，那条莽撞的狗把那只兔子咬住了，叼着，献给了它的主人，高寿的门老头儿。他的孤零零的房子，坐落在高密东北乡最东南的边沿上，出了他的门，往前走几步，便是一道奇怪的墙，墙里是我们的地盘，墙外是别人的土地。

门老头儿身材高大，年轻时也许是个了不起的汉子，他的故事还在流传，我最亲近他捉鬼的故事：说他碰到一个鬼，鬼要他背她，于是便背她一直背回家放下，原来是……是什么？我也不知道。这个孤独的老人，曾给一个大名赫赫的人物当过马夫。据说他还是共产党员。从我记事起，他就住在这远离村庄的地方，但我经常吃到他托人捎来的兔子肉或是野鸟的肉。他用一种红茎的野草煮肉，肉味鲜美，宛若悦耳的音乐，至今缭绕我舌尖耳畔。但别人找不到这种草。前几年，听村里人说：门老头儿到处收集酒瓶子，问他收了干什么，他不说。终于发现他在用酒瓶子砌一道把高密东北乡和外乡隔开的墙。这道墙砌了约有二十米长时，老头儿坐在墙根死了。

这道墙由几万只瓶子砌成，瓶口一律朝着北，只要是刮起北风，几万只瓶子便一齐发出音色各异的呼啸，这些声音汇合在一起，便成了亘古未有过的音乐。在北风怒叫的夜晚，我们躺在被窝里，听着来自东南方向变幻莫测、五彩缤纷、五味杂陈的声音，眼睛里往往饱含着泪水，心里常怀着对祖先的崇敬、对大自然的恐惧、对未来的憧憬、对神的感激。

你什么都可以忘记，但不要忘记这道墙发出的声音，因为它是大自然的声音，是鬼与神的合唱。

会唱歌的墙昨天倒了，千万只碎瓶子在雨水中闪烁着清冷的光芒继续歌唱。但比之从前的高唱,现在则是雨中的低吟了。值得庆幸的是,那高唱,这低吟,都渗透到我们高密东北乡人的灵魂里,并且会世代流传下去。

1994年12月29日改定

(原载1996年第1期《钟山》)

乡土（之一）

赵 园

那片沙土地甚至从未入过我的梦——中州腹地的那一大片沙土。但我知道那是我血缘所系的一片沙，知道那沙的金黄，那沙上的枣树，枣树下田垄中的花生，也想象过夏日里如霜如霰的枣花，秋天村外东岗一丘丘的沙上家家晒枣、家园后场上女人们群聚剥花生的热闹。

我未曾梦到过那一片沙土，却熟悉沙。豫南那条狮河岸上的沙，开封城外直堆上城头的沙，春日或冬日，卷过中原城市，落在你发间、衣服折襞里的沙。那条挟着泥沙的最稠浊的大河，由我的童年、少年岁月中流过时，留下的也是一层层的沙。还记得童年时，在四叔任教的大学附近一个大沙丘上，曾颈上吊着花环，收不住脚狂奔而下，一头栽进沙窝里，让姊妹们笑出了眼泪。

我试图搜索这家族历史的杳远与深邃，却一无所获。这家族的历史传说太"大路"了：榆林赵村的赵姓，是打山西洪洞县迁徙而来的——那洪洞县大槐树的传说流传太广，竟如民族起源的神话那样，将无数家族故事覆盖了！

父亲说，他童年时的那片沙土并不干旱。正如寻常村落，村西有河，有荷塘，村中有水很旺的井。秋雨连绵的日子，村东岗以西的路旁，甚至到处可见咕咕吐水的"翻眼泉"。我于是像是听到了水声，见到了小河近岸处的芦苇，觉到了水面上的沁凉。有水就有人聚，有了榆林赵这聚族而居的大村落；有了村东的"老坟"和村南的"小坟"，坟地上阴气森森的柏树与藤萝；有了庄稼，麦子、高粱，有了地头的西瓜与豆子，和供家中女人纺线织布的棉花。

隔着深而又长的岁月，我看到了那院落，看到了那第二进院呈"品"字状紧紧挤在一处的三座楼。那相互遮蔽的楼，也相互倾听，其挨在一起定有几分紧张。那楼中即使白日里也必是昏暗的，洞开的门内可闻切切的低语。我还能看到父亲度过童年的那座东楼，薄薄的楼板上，堆放着晒干的花生。入夜，这品字状的三座楼里，铁铸的灯盏中的灯草，各各在窗纸上涂抹出一小片昏黄。前院则听得"伙计"们蹲成一圈呼呼噜噜喝汤的声音，清脆的啐痰声，棚中的牲口不安的蹄声和"大板"[①]低声的吆喝。

---

① "大板"，喂牲口兼任车把式。

或许正当这时，本村出身的土匪头儿锁妞①大步走进了院子，随手将马拴在桩上，伙计们仍自顾自低头喝他们的汤。暗中有人含糊不清地打了个招呼，听得锁妞那漫不经心的回答。这应当是这块土匪出没的沙土地上最寻常的风景。但我想，那些锁妞们，必使这乡间的空气饱含了血腥，而不安也就在血腥的空气中传递。

这静夜里自然在演出着种种故事。其中就可能有如下的一幕：有土匪将说书场上一个精壮的年轻人叫出来，就在村头一枪撂倒了他。父亲说，那是因了家族中一个女性长辈垂青于这伙计，而家中有男性长辈告知土匪，说常常看到那年轻人磨刀……父亲讲述时，仰在沙发上，语气平淡，以致听起来很像个纯粹杜撰的故事。坐在他对面，我也只是漠然地想着，那说书场上的乡民得知了这一幕，会不会若无其事地将那书听下去的？多半会的吧。

据此很可以敷演一个凄艳的故事。但在我的想象中，那沙土地上的风流故事也是干燥的。那土地只宜于生长粗陋的情欲，不大像是会滋养柔腻的风情。

父亲的父亲之死，竟也有类似的暧昧气味。据说他死于他所部民团中团丁的黑枪。那人是"门上"（即村中近邻）一家的女婿，我的风流倜傥的爷爷，可能和他婚娶前的老婆有过一点

---

① 当时家乡的成年男子的名字后多缀一"妞"字，如群妞、全妞等。

什么。父亲也说不清这"一点什么"是什么,他说,或许只是"调戏"之类。这故事听来也有一种干巴巴的味道。父亲得知上述情节,必是在他父亲故去一些日子之后。也许当时就只是传闻与猜测,无从查证。我倒是更关心其间必有的告发,以及家族中人神情诡秘的谈论,尤其是否有过某种策动、谋划。然而事情也很可能是:那邻人家的女婿出去暂避了一时,村子则照旧生活下去。虽然这像是不大合理。爷爷毕竟是负有地方守御之责的体面的绅士!

父亲的这一类讲述,都略去了故事的舆论环境。或许那乡村舆论,是一个早年即出外求学的过于正经的少年难以知晓的。我却隔着时间,听到了一派私语,灶下,井边,墙根处,如小鼠的营作,窸窸窣窣,切切察察。而当切切察察声渐销,事件即更形模糊,那个年轻壮硕的躯体已化成虫沙,乡村人生则继续着大混沌。但沙土下毕竟有过故事,与埋在沙下的身体一起埋着的故事。

这家族与土匪的缘,到此也还没有尽。我的一个爷爷(父亲的三叔),终于死于土匪的劫杀,甚至尸首也无着落。那事发生在1937年冬。

我六七十年代之交插队的地方,也曾是土匪出没之地,村里残留着寨墙和寨沟。由村子去公社,可见当年土匪的炮楼,赫然矗在一马平川上。也有人指给我看村里的前土匪,那不过是个干瘪的老头子,全然看不出匪相。我家乡沙土地上的土匪,在我的想象中，是十足世俗化的，嗅不出任何荒野气息。那漫不经心的破坏，只为那片沙土染了点血污。中原民风，似与"雄强""犷悍"无缘。土匪只是使生活原始，原始得粗鄙。

据父母说，我被带回那片沙土地，已是1949年夏，我四岁。那也是我唯一的一次与乡土亲近。那之前父母带着一群子女，已由西北辗转返回了中原。乡间几天的停留，在我的记忆中了无痕迹。那些长辈陌生的脸，那些庄稼汉粗糙的手，一定使我惊惧过。我不能确知是否这样。但在我最早的记忆的碎片中，却有着夏日的庄稼地，汽油味掺和在庄稼的气味中。这掺和着汽油味的庄稼地的气味，成了我"怀旧"的永远的诱因。

（录自《独语》，辽宁教育出版社，1996年版）

乡村

鲍尔吉·原野

> 乡村里仓房的大门打开了,准备好一切
> 收获时候的干草载上了缓缓拖曳着的大车
> 明澈的阳光,照耀在交相映衬的银灰色和绿色上
> 满抱满抱的干草被堆在下陷的草堆上

这是瓦尔特·惠特曼的诗(楚图南译)每次读到这里,我都想披衣穿鞋,到门口去迎这样一辆大车。

乡村的丰饶与芳香,被这样一辆大车满载着,摇摇晃晃而来,所有的譬喻,在这儿可以成为现实,节日、早晨、露水、星星、父兄、故乡。它们都可以是"满抱满抱"的,不会使喜欢这些词语的人失望。

我是一个在城里长大的人,但无比喜欢乡村。我常为别人以为我是"一个在乡下长大的人"而宽慰,仿佛呼吸到干草甜

蜜的香气，头上曾经顶过无数的星星。

我认识一些人，在乡村一长大却急于批评乡村。他们为贫穷而可耻，为自己童年没有上过幼儿园而羞愧。贫穷固然可耻，但光着脚在田野里奔跑，不比在狗屁幼儿园更益智更快乐吗？在乡下的河边，双脚踩在像镜子一样平滑的泥上，十趾用力，河泥像牙膏一样从趾缝清凉细腻涌出，比在幼儿园背着手念"b、p、m、f"更高级。

乡村可以改变人生。我惊异于两年的知青生活对我的颠覆性改变。这种改变在开始并没有显示出来，随着年龄的增长，"乡村"像一个次序发布指令的基因程序一样，使我趋向一个标准的文本。从照片上看，我的身态骨架，包括表情浑如一个北地的农民，手上如同习惯拿着镰刀或赶车的鞭子。而隐忍、吃苦、好胃口以及顽固的幽默态度，也由乡村深深浸入我的骨子里，这使我在今天无论遭遇怎样的窘促，还都能够忍下去，并保持明净的心境。我感谢乡村接纳了我这个孩子。

有人以为知青怀想乡村是一种矫情，是浅薄地歌颂田园以装点无聊的生活。对我来说不同。我不知道是否每一个知青都在内心默想过乡村的土地。对知青来说，苦役无异于噩梦。我在乡村经历的体能上的磨难，至今仍然是最痛苦的。在夏日正午近四十度的高温下耪地，人变成一个刚刚能呼吸、能机械移动的动物，脑里一片空白；而冬季的寒风可以把人脸冻得一碰一道血口子。然而我还是怀念乡村。当我在电视里看到农人到粮站排队卖粮的表情，我同时忆起了粮站周围庄稼发出的气息，那是叶子宽大的玉米的气息，比草多一些甜味，比河流又多出一些土气。在夜里，在蛙鸣和蛐蛐的歌唱中，这些气味会和落日、马粪与炊烟融合在一起，成为甜蜜而忧伤的印象，久存心底。

农人言语简净，一语多关，透着十足的幽默和狡黠，使人感到宽调中的曲迂，如飨享村民的宴筵一样。你感到他们的语言有学习不尽的意味深长。听他们说话，像走在乡村大道上，一路览阅草尖上的露珠、高粱穗的密集和渠水的清凉。

乡村无尽。只有上帝能够创造乡村，人类仅仅创造了城市。蛰居城市多年，我始终没有闻到乡村早晨、中午、晚上和夜里的气味，闻不到乌米、烤马铃薯、井水的味道。而我下乡那个生产队米面加工厂那头小毛驴发出的亲切的喷嚏声，也是近二十年来我在人群当中从来没有听到过的。

（录自《掌心化雪》，吉林文史出版社，2000年版）

寒冷的高纬度
——我的梦开始的地方

迟子建

从中国的版图上看,我的出生地漠河居于最北端,大约在北纬五十三度的地理位置上。那是一个村子,它依山傍水,风景优美,每年有多半的时间白雪飘飘。我记忆最深刻的,就是那里漫长的寒冷。冬天似乎总也过不完。

我小的时候住在外婆家里,那是一座高大的木刻楞房子,房前屋后是广阔的菜园。短暂的夏季来临的时候,菜园就被种上了各色庄稼和花草,有的是让人吃的东西,如黄瓜、茄子、倭瓜、豆角、苞米等;有的则纯粹是供人观赏的,如矢车菊、爬山虎、大烟花(罂粟),等等。当然,也有半是观赏半是入口的植物,如向日葵。一到昼长夜短的夏天,这形形色色的植物就几近疯狂地生长着,它们似乎知道属于它们的日子是微乎其微的。我经常看见的一种情形就是,当某一种植物还在旺盛的生命期的时候，秋霜却不期而至，所有的植物在一夜之间就憔悴了，这种大自然的风云变幻所带来的植物的被迫凋零令人痛心和震撼。我对人生最初的认识，完全是从自然界的一些变化而感悟来的。比如我从早衰的植物身上看到了生命的脆弱，同时我也从另一个侧面看到了生命的从容。因为许多衰亡了的植物，在转年的春天又会焕发出勃勃生机，看上去比前一年似乎更加有朝气。

童年围绕着我的，除了那些可爱的植物，还有亲人和动物。请原谅我把他们并列放在一起来谈。因为在我看来，他们都是我的朋友。我的亲人，也许是由于身处民风淳朴的边塞的缘故，他们是那么善良、隐忍、宽厚，爱意总是那么不经意地写在他们的脸上，让人觉得生活里到处是融融暖意。当然，他们也有自己的痛苦和苦恼，比如年景不好的时候，他们会为没有成熟的庄稼而惆怅，亲人们故去的野外，他们会抑制不住自己的悲哀情绪。我从他们身上，领略最多的就是那种随遇而安的平和与超然，这几乎决定了我成年以后的人生观。至于那些令人难忘的小动物，我与它们之间也是有着难分难解的情缘。我养过狗和猫，它们都是公认的富有灵性的动物，我可以和它们交谈，可以和它们搞恶作剧，有时它们与我像朋友一样亲密，有时则因着我对它们的捉弄，它们好几天对我不理不睬。至于猪、鸡、鸭，等等这些家禽，虽然养它们的目的是为了食肉的，但我还是常常把它们养出了感情，所以轮到它们遭屠戮的时候，内心就有一种说不出的痛苦。但是大人们告诉我，这些家禽养来就是被人吃的。我想幸好人类没有吃花的嗜好，否则这些灵性的、美好的事物还有多少能被人"嘴下留情"呢？

生物本来是没有高低贵贱之分的，但是由于人类的存在，它们却被分出了等级，这也许是自然物类竞争、适者生存的法则吧，令人无可奈何。尊严从一开始，就似乎是依附着等级而生成的，这是我们不愿意看到和承认的事实。虽然我把那些动物当成了亲密的朋友对待，但久而久之，它们的毙命使我的怜悯心不再那么强烈，我与庸常的人们一样地认为，它们的死亡是天经地义的。只是成年以后遇见了许多恶意的人的狰狞面孔后，我又会情不自禁地想起那些温柔而有情感的动物，愈发地觉得它们的可亲可敬来。所以让我回忆我的童年，我想到亲人后，随之想到的就是动物，想到狗伸着舌头对我温存的舔舐，想到大公鸡在黎明时嘹亮的啼叫声，想到猫与我同时争一只皮球玩时的猴急的姿态。在喧哗而浮躁的人世间，能够时常忆起它们，内心会有一种异常温暖的感觉。所以，在我的作品中，出现最多的除了故乡的亲人，就是那些从我的脑海中挥之不去的动物，这些事物在我的故事中是经久不衰的。比如《逝川》中会流泪的鱼，《雾月牛栏》中因为初次见到阳光、怕自己的蹄子把阳光给踩碎了而缩身子走路的牛，《北极村童话》里的那条名叫"傻子"的狗，《鸭如花》中那些如花似玉的鸭子，等等。此外，我还对童年时所领略到的那种种奇异的风景情有独钟，譬如铺天盖地的大雪、轰轰烈烈的晚霞、波光荡漾的河水、开满了花朵的土豆地、被麻雀包围的旧窑厂、秋日雨后出现的像繁星一样多的蘑菇、在雪地上飞驰的雪橇、千年不遇的日全食，等等，我对它们是怀有热爱之情的，它们进入我的小说，会使我在写作时洋溢着一股充沛的激情。我甚至觉得，这些风景比人物更有感情和光彩，它们出现在我的笔端，仿佛不是一个个汉字的次第呈现，而是一群在大森林中歌唱的夜莺。它们本身就是艺术。

在这样一片充满了灵性的土地上，神话和传说几乎到处都是。我喜欢神话和传说，因为它们就是艺术的温床。相反，那些事实性的事物和已成定论的自然法则却因为其冰冷的面孔而令人望而生畏。神话和传说喜欢以两种方式存在，一种类似地下的矿藏，我们看不见摸不着，但能嗅到它的气息，这样的传说有待挖掘。还有一种类似于空中的浮云，能望得见，而它行踪飘忽，你只能仰望而无法将其纳入掌中。神话和传说是绚丽的艺术灵光，它闪闪烁烁地游荡在漫无边际的时空中。而且，它喜欢寻找妖娆的自然景观作为诞生地，所以人世间流传最多的是关于大海和森林的神话。

对我来讲，神话是伴着幽幽的炉火蓬勃出现的。在漫长的冬季里，每逢夜晚来临的时候，大人就会围聚在炉火旁讲故事，这时我就会安静地坐在其中听故事。老人们讲的故事，与鬼怪是分不开的。我常常听得头皮发麻，恐惧得不得了。因为那故事中的人死后还会回来喝水,还会悄悄地在菜园中帮助亲人铲草。有的时候听着听着故事,火炉中劈柴燃烧的响声就会把我吓得浑身悚然一抖,觉得被烛光映照的墙面上鬼影幢幢。这种时刻,你觉得心都不是自己的了,它不知跳到哪里去了。当然,也有温暖的童话在老人们的口中流传着,比如画中的美女每天在一个固定的时刻下来给穷人家做饭,比如一个无儿无女的善良的农民在切一个大倭瓜的时候,竟然切出了一个活蹦乱跳的胖娃娃,这孩子长大成人后出家当了和尚,成为一代高僧。这些神话和传说是我所受到的最早文学熏陶了,它生动、传神、洗练,充满了对人世间生死情爱的关照,具有悲天悯人的情怀。

也许是因为神话的滋养,我记忆中的房屋、牛栏、猪舍、菜园、坟茔、山川河流、日月星辰,等等,它们无一不沾染了神话的色彩和气韵,我笔下的人物也无法逃脱它们的笼罩。我所理解的活生生的人,不是庸常所指的按现实规律生活的人,而是被神灵之光包围的人,那是一群有个性和光彩的人。他们也许会有种种缺陷,但他们忠实于自己的内心生活,从人性的意义来讲,只有他们才值得永久地抒写。

尽管我如此热衷于神话和传说,但我也迫切感觉到它们正日渐委顿和失传。因为生活正变得越来越疲沓、琐碎、庸碌和公式化。人的想象力也相对变得老化和平淡。所以现在尽管有故事生动的作品不停地被人叫好,但我读后总是有一股难言的失望,因为我看不到一部真正的优秀作品所应散发出的精神光辉。

还有梦境。也许是我童年生活的环境与大自然紧紧相拥的缘故吧,我特别喜欢做一些色彩斑斓的梦。在梦境中,与我相伴的不是人,而是动物和植物。白日里所企盼的一朵花没开,它在夜里却开得汪洋恣肆、如火如荼。我所到过的一处河湾,在现实中它是浅蓝色的,可在梦里它却焕发出彩虹一样的妖娆颜色。我在梦里还见过会发光的树,能够飞翔的鱼,狂奔的猎狗和浓云密布的天空。有时也梦见人,这人多半是已经作了古的,我们称之为"鬼"的,他们与我娓娓讲述着生活的故事,一如他们活着。我常想,一个人的一生有一半是在睡眠中度过的,假如你活了八十岁,有四十年是在做梦的,究竟哪一种生活中画面更是真实的人生呢?梦境里的流水和夕阳总是带有某种伤感的意味,梦里的动物有的凶猛有的则温情脉脉,这些感受,都与现实的人际交往相差无二。有时我想,梦境也是一种现实,这种现实以风景人物为依托,是一种拟人化的现实,人世间所有的哲理其实都应该产生自它们之中。我们没有理由轻视它们,把它们视为虚无。要知道,在梦境中,梦境的情、景、事是现实,而孕育梦境的我们则是一具躯壳,是真正的虚无。而且,梦境的语言具有永恒性,只要你有呼吸、有思维,它就无休止地出现,给人带来无穷无尽的联想。它们就像盛宴上酒杯碰撞后所发出的清脆温暖的响声一样,令人回味无穷。

我对文学和人生的思考,与我的故乡,与我的童年,与我所热爱的大自然是紧密相连的。对这些所知所识的事物的认识,有的时候是忧伤的，有的时候则是快乐的。我希望能够从一些简单的事物中看出深刻来，同时又能够把一些貌似深刻的事物给看破，这样的话，无论是生活还是文学，我都能够保持一股率真之气、自由之气。

当我童年在故乡北极村生活的时候，因为不知道"山外有山，天外有天"，我认定世界就北极村这么大。当我成年以后到过了许多地方，见到了更多的人和更绚丽的风景之后，我回过头来一想，世界其实还是那么大，它只是一个小小的北极村。

（原载2002年第2期《小说评论》）

山居心情（节选）

韩少功

我一眼就看上了这片湖水。

汽车爬高已经力不从心的时候，车头大喘一声，突然一落，一片巨大的蓝色冷不防冒出来，使乘客们的心境顿时空阔和清凉。前面还在修路，汽车停在大坝上，不能再往前走了。乘客如果还要前行，投访蓝色水面那一边的迷蒙之处，就只能收拾自己的行李，扛住自己的疲惫，到水边去找船。这使我想起了古典小说里的场面：好汉们穷途末路来到水边，幸有酒保前来接头，一支响箭射向湖中，芦苇泊里便有造反者的快船闪出……

这支从古代射来的响箭，射穿了宋代元代明代清代民国新中国，疾风嗖嗖又余音袅袅，把我嗖地一下射晕了头——我今天也在这里落草？

我从没见过这个水库——它建于七十年代中期，是我离开了这里之后。据说它与另外两个大水库相邻和相接，构成梯级的品字形，是红色时代留下的一大批水利工程之一，至今让山外数十万亩农田受益，也给老山里的人带来了驾船与打鱼一类新的生计。这让我多少有些好奇。我熟悉水库出现以前的老山。作为那时的知青，我常常带着一袋米和一根扁担，步行数十公里，来这里寻购竹木，一路上被长蛇、野猪粪以及豹子的叫声吓得心惊胆战。为了对付国家的禁伐，躲避当地林木站的拦阻，当时的我们贼一样昼息夜行，十多个汉子结成一伙，随时准备闯关甚至打架。有时候谁掉了队，找不到路了，在月光里恐慌地呼叫，就会叫出远村里此起彼伏的狗吠。

那时这里也有知青落户，其中大部分是我中学的同学，曾给我提供过红薯和糍粑，用竹筒一次次为我吹燃火塘里的火苗。他们落户的地点，如今已被大水淹没，一片碧波浩渺中无处可寻。当机动木船突突突地犁开碧浪，我没有参与本地船客们的说笑，只是默默地观察和测量着水面。我知道，就在此刻，就在脚下，在船下暗无天日的水深之处，有我熟悉的石阶和墙垣正在飘移，有我熟悉的锅灶和门槛已经残腐，正在被鱼虾探访。某一块石板上可能还留有我当年的刻痕：一个不成形的棋盘。

米狗子、骨架子、虱婆子、小猪、高丽……这些读者所陌生的绰号不用记忆就能脱口而出。他们是我知青时代的朋友，是深深水底的一只只故事，足以让我思绪暗涌。他们三十年前从这里飞鸟各投林，弹指之间已不觉老之将至。但他们此刻的睡梦里是否正有一线突突突的声音飘过？

"巴童浑不寝，半夜有行舟。"这是杜甫的诗。"姑苏城外寒山寺，夜半钟声到客船。"这是张继的诗。"独行潭底影，数息树边身。"这是贾长江的诗。"芦荻荒寒野水平，四围唧唧夜虫声。长眠人亦眠难稳，独倚枯松看月明。"这是《阅微草堂笔记》中俞君祺的诗……机船剪破一匹匹水中的山林倒影，绕过一个个湖心荒岛，进入了老山一道越来越窄的皱褶，沉落在两山间一道越来越窄的天空之下，我感觉到这船不光是在空间里航行，而是在中国历史文化的画廊里巡游，驶入古人幽深的诗境。

我用手机接到一个朋友的电话，在柴油机的哄闹中听不太清楚，只听到他一句惊讶："你在哪里？你真的去了八景？"——他是说这个乡的名字。

为什么不？

"你就打算住在那里？"

为什么不？

我觉得他的停顿有些奇怪。

融入山水的生活，经常流汗劳动的生活，难道不是一种最自由和最清洁的生活？接近土地和五谷的生活，难道不是一种最可靠的生活？难道不值得羡慕和祝贺？我被城市接纳和滋养了三十年，如果不故作矫情，当心怀感激和长存思念。我的很多亲人和朋友都在城市。我的工作也离不开轰轰城市。但城市不知从什么时候开始已越来越陌生，在我的急匆匆上下班的线路两旁与我越来越没有关系，很难被我细看一眼；在媒体的罪案新闻和八卦新闻中与我也格格不入，哪怕看一眼也会心生厌倦。我一直不愿被城市的高楼所挤压，不愿被城市的噪声所烧灼，不愿被城市的电梯和沙发一次次拘押。大街上汽车交织如梭的现代钢铁鼠疫，还有高墙上长满空调机疙瘩的现代钢铁麻风，更让我一次次惊悚，差点以为古代灾疫又一次入城。侏罗纪也出现了，水泥的巨蜥和水泥的恐龙已经以立交桥的名义，张牙舞爪扑向了我的窗口。

"生活有什么意义呢？"酒吧里的男女们疲惫地追问，大多找不出答案。就像一台老式留声机出了故障，唱针永远停留在不断反复的这一句，无法再读取往后的声音。这些男女通常会在自己的墙头挂一些带框的风光照片或风光绘画，算是他们记忆童年和记忆大自然的三两存根，或者是对自己许诺美好未来的几张期票。未来迟迟无法兑现，也许永远无法兑现——他们是被什么力量久久困锁在画框之外？对于都市人来说，画框里的山山水水真是那样遥不可及？

我不相信，于是扑通一声扑进画框里来了。

（原载2006年第1期《天涯》）

乡村舞会

李 娟

我在乡村舞会（拖依）上认识了麦西拉。他是一个漂亮温和的年轻人，我一看就喜欢上他了！可是我这个样子怎么能够走到他面前和他跳舞？——我的鞋子那么脏，裤腿上全是做晚饭时沾的干面糊。我刚干完活，脏外套还没换下来。最好看的那一件还在家里放着呢……

于是我飞快地跑回家换衣服，还洗了把脸，还特意穿上了熨过的一条裙子。

可是，等我再高高兴兴地、亮晶晶地回到舞会上时，麦西拉已经不在了，他已经走了！真是让人又失望又难过。但又不好意思向人打听什么，只好在舞会角落的柴禾垛上坐下来，希望过一会儿他就会回来的。

等了好长时间，不知不觉都过了午夜两点——舞会是十二点半开始的。

始终是那个在河边开着商店的塔尼木别克在弹电子琴。轮流有人上去唱歌，一支接着一支，围着圆圈转着跳的月亮舞跳过了,"黑走马"也跳过了,三步四步也过了好几轮了,年轻人的迪斯科正在开始。院子里围簇的人越来越多,可是麦西拉就是不来。我在那里越等越难过,可为什么舍不得离开呢?总是会有人上来邀我跳舞,因为想跳而站起来笑着接受了。但心里有事,就是不能更高兴一些。

以往这样的时候呀,简直说不清有多兴奋,觉得"拖依"真是太好了,又热闹又能出风头,一个劲儿地在那唱啊跳啊的,玩累了就找个热气腾腾的房间休息一会儿,吃点东西喝点茶。和一群人围在大炕上弹冬不拉(双弦琴)呀,拉手风琴呀,喝喝酒唱唱歌什么的,暖和过来了再出去跳。就这样,三个通宵连在一起也玩不够似的。

今夜似乎没什么不同,场场不缺的阿提坎木大爷仍然来了,所有人都冲他欢呼。这个七八十岁的老头儿有趣极了,总是出不完的洋相。他不停地做鬼脸,脸拧到了几乎不可能的程度——我是说,他的眼睛和鼻子的位置都可以互相交换。他看向谁,谁就会不由自主地笑起来。更有意思的是,无论是什么舞曲他全都半蹲在地上扭"黑走马",边跳还边"呜呜呜"地大声哼哼黑走马的调,并且只跟着自己哼的调踩舞步,电子琴那边的旋律再怎么响彻云霄也影响不到他。

他兀自在喧闹的、步履一致的人群缝隙里入神地扭肩、晃动双臂,又像是独自在遥远的过去年代里与那时的人们狂欢。他半闭着眼睛,年迈枯老的身体不是很灵活,但一起一落间稳稳地压着什么东西似的——有所依附，有所着落。好像他在空气中发现了惊涛骇浪，发现了另外一个看不到的，和他对舞的情人。音乐只在他衰老的、细微的、准确的，又极深处的感觉里。舞蹈着的时光是不是他生命最后最华丽最丰盛的时光？

漂亮的姑娘娜比拉一身的新衣服，往电子琴边招眼地一站，仰起面庞唱起了歌。歌声尖锐明亮，一波三折，颤抖不已。那是一首我们经常听着的哈语流行歌。全场的人都跟着低声哼了起来。

我大声地向阿提坎木大爷打听娜比拉正唱着的那支歌是什么意思。他凑过耳朵"什么！什么！"地嚷了半天，最后才听清了并回答道：

"意思嘛，就是——喜欢上一个丫头了，怎么办？哎呀，喜欢上那个丫头了，实在是太喜欢了，实在是喜欢得没有办法了嘛，怎么办？！……"

我心里也说："怎么办？"

但是胖乎乎的家庭主妇阿扎提古丽却说："这歌嘛，就是说'你爱我、我爱你'的意思。"

那些嘻嘻哈哈瞎凑热闹的年轻人则这么翻译："——要是你不爱我的话，过一会儿我就去死掉！"

麦西拉又会怎么说呢？这真是一个奇妙的夜晚，我一个劲地想着一个人，并且不知为什么竟有希望，可是在这样的夜晚发生的一切都无凭无据的啊……我从人群中溜出来，找了个安静些的房间坐了一会儿，房间里火墙边的烤箱上搁着几只干净碗，我倒了碗黑茶，偎着烤箱慢慢地喝，又把冰凉的手伸进烤箱里面暖和。越想越难过，犹豫着要不回家算了。这时外面换了一支慢一些的曲子，我把剩下的茶一口喝尽，重新出去走回跳舞的人群里。

人更多了。气温也降得更低了，所有人嘴边一团白气，没有跳舞的人站在空地里使劲跺脚。但是个个脸庞发光，神情兴奋，一点也没有嫌冷的意思。往往是两个人跳着跳着就停下来，携手离开人群，去到挂满彩纸的树下、门前的台阶旁、柴禾垛边、走廊尽头的长凳上、安静的房间里……进行另外的谈话……没完没了……今夜真正开始。

电子琴边换了一个小男孩在弹，和着曲子有一句没一句地唱着歌。他不唱的时候。会有暗处的另外一人接着下一句唱下去。院子角落煮过抓肉的篝火快要燃尽了，星星点点地在灰烬中闪烁着。我又待了一会，胡思乱想了一会儿，真的该回家了。

终于，凌晨三点钟时，我的"男朋友"库兰来了。他实在是一个令人愉快的伙伴，我们一见面就抱在一起，大声叫着对方的名字，边喊边跳、又叫又闹。所有跳舞的人也都扭过脸看着我们笑。到现在为止，感觉才好了一些，以往在舞会上感觉到的那种出于年轻才有的快乐又完整地回来了。我们跳着跳着就会大声地笑，也说不出有什么好笑的。这支舞曲像是没有尽头似的，节奏激烈。我浑身都是汗，但是停不下来，也没法觉得累。我旋转的时候,一抬头,似乎看到了星空。而四周舞者们的身影都不见了,只剩一片热烈的舞蹈。

库兰刚满五岁。脏兮兮、胖乎乎的,是个小光头。他和阿提坎木一样,也只跳黑走马,两只胖乎乎的小胳膊扭得跟蝴蝶似的上下翻飞。更多的时候是扯着我的裙子满场打转,根本就是在疯闹嘛。我也不想一本正经地好好跳舞,就随他乱蹦乱扭着。音乐迫在耳旁,身体不得不动起来。再加上周围这么多的舞蹈的身体呀,那么多的暗示……

我也不会跳黑走马的,我只会随着音乐拿架势。大家都说我架势摆得蛮像的。但我自己也知道,其中那种微妙的,微妙的……或者说是"灵魂"一样的东西吧,是自己所陌生的,是自己永远拿捏不稳的。

……今夜永无止境,年轻的想法也永无止境。但是——库兰太厉害了,一支接一支地跳,精力无穷。快四点钟时,我已经跳得肚子疼了,他还是跟刚刚开始一样起劲。一分钟都不让我休息,拽着我的裙子,一圈一圈地打转。而麦西拉还不来……我在这儿干什么呀!尤其是当我看到我的浅色裙子上被小家伙的小脏手捏黑了一大片的时候,突然一下子难过得快哭出来似的。

舞会这会儿冷清了一些,却又更浓稠了一些。场上只剩下了年轻人,老人和夫妇们都回去休息了,新郎新娘早已退场,弹电子琴的那个小伙子开始一支接一支地弹起了流行歌曲。不知为什么,我开始尴尬起来,很不是滋味似的。觉得自己是在拿小库兰"打掩护"……觉得自己永远是一个"独自"的人,唉,有些时候没有爱情真是丢人……

幸好这时,库兰的妈妈来找他回家睡觉,于是小家伙就被连哭带闹地抱走了。他的妈妈又高又胖,轻轻松松地夹他在胳肢窝里,随他两条小短腿在空中怎么踢腾。

我更是心灰意冷,终于决定离开,并且因太过沮丧而瞌睡万分。

但刚刚走出院子,突然听到后面隐隐约约有人在喊"麦西拉!麦西拉过来……"就连忙站住。再仔细地听时,院子里却只是电子琴声和细细密密的谈话声。忍不住悄悄往回走,一直走到院子北侧的大房那边,趴在窗台上看了一会儿,窗子上蒙着塑料纸,里面红色金丝绒窗帘和白色蕾丝窗纱也拉上了,什么也看不见。人影幢幢的,手风琴和男女合唱的声音闹哄哄传了出来。

那个房间的门不时地开合,人来人往的,我悄悄晃进去,一进到房子里,浓黏潮湿的热气立刻把我团团裹住,白茫茫的水汽扑进房间,在地上腾起半米多高。过了一会才看清周围的情形:房间不大,光炕就占了二分之一,铺着色调浓艳的大块花毡,上面坐着站着躺着趴着十多个人;三面墙上从上到下都挂满了壁毯,还挂着一根精致古老的马鞭,一把冬不拉(双弦琴),还有一只雕和两只白狐狸的皮毛标本;炕下的长条茶几上堆满了糖果和干奶酪,盛着黄油的玻璃碟子闪闪发光。

进门的右手边是火墙，火墙和炕之间抵着一张有着雕花栏杆的蓝色木漆床，上面层层叠叠、整整齐齐地摞着二十多床鲜艳的缎面绸被，都快顶到天花板上了。最上面盖着一面雪白的垂着长长流苏的镂空大方巾。

我站在门边，慢慢扫了一圈，麦西拉不在这里……很失望地，准备退出去，但突然瞟到那张漆床的床栏上搭着的一件外套，看着挺眼熟的。于是顺墙根若无其事地蹭过去，捞过外套袖子一看，袖口打着条形的补丁，哈！不是麦西拉的是谁的？

房子里人越来越多，进进出出的，谁也没注意到我。我偷偷从茶几上抓了一把葡萄干儿，坐在炕沿最里头，守着麦西拉的衣服，一边等一边慢慢地吃。

果然，没过一会儿，麦西拉和另外一个年轻人拉开门进来了！他们说笑着，向我走来……然后越过我，俯身去取自己的外套。我连忙起身帮他把外套拿下递给他。我以为他取外套是因为要走了，可他没有，他只是翻了翻外套口袋，摸出一个很旧很破的小本子，取出里面夹着的一张纸条给了那个人。然后又顺手把外套递给我，我连忙接过来搭回床栏上。

然后——居然当我隐形似的！他只顾着和那个人说着什么，等那个人捏着纸条推门出去了，麦西拉这才回过头来，对我说"谢谢你"。

"没什么的，麦西拉。"

他听到我叫他的名字，这才格外注意了我一下："哦，原来是裁缝家的丫头。"

他弯下腰脱鞋，一边又说："怎么不出去跳舞呢？"

"外面没人了。"

"怎么没有？全是小伙子嘛，你一个人坐在这里干什么？"

我就笑了。然后不知怎么地说起谎来："……我在等人呢，——他在隔壁房子说话呢……呃，等一会儿我们一起回家……太黑了……一个人嘛，害怕嘛……"真是不知道，这到底是出于什么样的一种骄傲……

"哦，这样呀。"他起身上炕了。我也连忙脱了鞋子爬上床挨过去。

炕上人很多，都在乱七八糟地喝酒呀，拉手琴呀，唱歌跳舞呀什么的，还有三四个人在角落里打扑克牌。整个房子吵吵闹闹乌烟瘴气的。地上全是烟头和糖纸瓜子壳。

麦西拉窝进木漆床后面的角落里，顺手从墙上取下双弦琴，随意拨弄了几下，又挂了回去。

我想了想，伸手过去把琴再次取下，递给他："你弹吧。"

他笑着接过来："你会不会呢？"

"不会。"

"这个不难的，我教你吧？"

"我笨得很呢，学不会的……"

"没事的，你不笨。你不是裁缝吗？做衣服都学得会呢，呵呵……"

我笑了:"还是你弹吧……"

他又拨了几下弦,把琴扶正了,熟滑平稳地拨响了第一串旋律……

——那是一支经常听到的曲子,调子很平,起伏不大,旋律简单而循环不止。但一经麦西拉拨响,里面就有一种说不出的"浓重"的东西,听起来醇厚踏实……不知是因为双弦琴节奏的鲜明,还是因为弹者对曲子的太过熟悉,在这一房间的嘈杂之中——坑的另一头在起哄、合唱、鼓掌,手风琴的琴声明丽响亮,还有人一边喝酒,一边激烈地争论……麦西拉的琴声,完整而清晰,不受一丝一毫的干扰,不浸一点一滴的烦躁。他温和平淡地坐在房间嘈杂的旋涡正中央,安静得如同在旷野一般。那琴声一经拨响,就像是从不曾有过起源也不会再有结束似的,一味深深地、深深地进行着,音量不大,却那么坚定,又如同是忠贞……

我做梦似的看着四周,除了我们两个,所有人都喝得差不多了,似乎他们离我们很遥远——无论是嘴里说的话,还是眼睛里看到的东西,和我们都接不上茬。房间里的氛围整个都醉醺醺的。我悄悄爬过去,从他们的腿缝里找到一只翻倒了的空酒杯,用裙子擦了擦,又顺手拎过来半瓶白酒,满满地斟了一杯,递给麦西拉。

他停下来,笑着道谢,接过去抿了一小口,然后还给我,低头接着又弹。我捧着酒杯,晕晕乎乎地听了一会儿,似乎刚喝过酒的人是自己一样。忍不住捧着酒杯低着头也小口小口啜了起来。一边听，一边吸，一边晕。大半杯酒让我喝见底了时，这才意识到再这么坐下去实在很失态，于是又晕乎乎起身，滑下炕，从炕下那一大堆鞋子中找到自己的两只趿上，穿过一室的嘈杂悄悄走了……

推开门要踏出去时，忍不住回头又看了一眼，麦西拉仍坐在那个角落里，用心地——又仿佛是无心地——弹拨着，根本不在意我的来去……

（原载2009年2月19日《文汇报·笔会》）

辑四 乡愁何处

一个人的村庄（节选）

刘亮程

一个秋天的下午，我终于在一户人家的窗台上找到了我的镰刀，它被磨得只剩下一弯废铁。

这户人家看样子是喂牲口的，房前屋后垛了从远远近近的野地里割来的荒草，我的那捆草肯定压在这些高高的草垛中间，要是能翻出来，我会一眼认出它的。我捆草的方式跟谁都不一样。每一捆草上我都作了只有我能看出的记号。我暗暗在我经手的每件事情上都留下我的痕迹，甚至在鞋底上刻上代表我名字的一个字，我走到哪，就把这个字印到哪，在某些关键地段，我有意把脚印踩得很深，我这样做只是为了多年后当我重返这片荒野时，能清晰地看到自己生活过的痕迹。很早我就预感到我还会来到这片荒野上，还会住进黄沙梁，不是我一个人，而是一大群，那时的我作为曾经人世的向导，走在浩浩荡荡的人群前面，扛一把铁锨指指点点。我引他们走我走过的长短路途，经历我经历过的所有事物,他们不会比我做得更出色。

我房前屋后转了一圈,没见一头牲口,人也不知干啥去了,门窗敞开着。我想喝口水,可是水缸是干的,院子中间的一棵榆树,也像枯死多年了,树杈上高高地吊着只破马灯,足有两个人那么高。我想是树很小的时候,这家人把马灯挂在树枝上,坐在树下的灯影里一夜一夜地干着一件事。后来树长高了,马灯跟着升到高处,在这个谁也够不着的高度上马灯熬干灯油,自己熄灭了。这家人的活干完了没有呢。

枯树下面是一架只剩一只轱辘的破马车,一匹马的骨架完整地堆在车辕中间。显然,马是套在车上死掉的,一副精致的皮套具还搭在马骨头上。这堆骨架由一根皮缰绳通过歪倒的马头拴在树干上,缰绳勒进树身好几寸,看来赶车人把车马拴在树上去干另一件事,结果再没回来——或者来得像我一样晚。这期间榆树长了一圈又一圈……

我坐在一架吱吱乱响的木椅上,爱怜地抚摸着我的镰刀,我真心疼啊!是怎样的一个人把我的镰刀使唤成这样了。他用我的镰刀干完了本该由我去干的这些活,要不是找这把镰刀,我的草也会垛得跟这户人家的一样高。一把好镰刀,在别人手中经历了一切,变成一弯废铁,它干出的活成了别人的。我想了想,要干掉多少活才能磨废一把镰刀呢?干完这些活要花多少个年月?想着想着我惊愕了:这户人已不在人世。

我不知道时间过去了多少年,也许我的一辈子早就完了,而我还浑然不觉地在世间游荡，没完没了。做着早不该我做的事情，走着早就不属于我的路。

亲人们一个个走掉了，村里人也都搬到别处，我的四周寂静下来，远远近近，没有人说话的声音，也听不到走路声。我在一个人的村庄进进出出，没有谁为我敲响收工的晚钟，告诉我：天黑了，你该歇息了；没有谁通知我：那些地再不用种了，播种和收获都已结束。那个院子再不用去扫了，尘土不会再飘起，树叶不会再落下；更没有谁暗示我：那个叫芥的女人，你不必去想念了。她的音容笑貌，她的青春，一切的一切，都在一场风中飘散。结束吧，世间还有另一些事情，等着发生呢。

1995年

（录自《一个人的村庄》，新疆人民出版社，2001年版）

每个故乡都在消逝

王开岭

> 我要还家,我要转回故乡,头上插满鲜花。
> 我要在故乡的天空下,沉默寡言或大声谈吐。
>
> ——海子

一

先讲个笑话。

一人号啕大哭,问究竟,答:把钱借给一个朋友,谁知他拿去整容了。

在《城市的世界》中,作者安东尼·奥罗姆说了一件事:帕特丽夏和儿时的邻居惊闻老房子即将拆除,立即动身,千里迢迢去看一眼曾生活的地方。他感叹道,"对我们这些局外人而言,那房子不过一种有形的物体罢了,但对于他们,却是人生的一部分。"

这样的心急,这样的驰往和刻不容缓,我深有体会。

现代拆迁的效率太可怕了,灰飞烟灭就在一夜之间。来不及探亲,来不及告别,来不及救出一件遗物。对一位孝子来说,不能送终的遗憾,会让他失声痛哭。

2006年,在做唐山大地震三十年纪念节目时,我看到一位母亲动情地向儿子描述:"地震前,唐山非常美,老矿务局辖区有花园,有洋房,最漂亮的是铁菩萨山下的交际处……工人文化宫里可真美啊,有座露天舞台,还有古典欧式的花墙,爬满了青藤……开滦矿务局有带跳台的游泳池,有个带落地窗的漂亮大舞厅……"

大地震的可怕在于,它将生活连根拔起,摧毁着物象和视觉记忆的全部基础。做那组电视节目时,竟连一幅旧城容颜的图片都难觅。

1976年后,新一代唐山人对故乡几乎完全失忆。几年前,一位美国摄影家把1972年偶经此地时拍摄的照片送来展出。全唐山沸腾了,睹物思情,许多老人泣不成声。因为丧失了家的原址,三十年来,百万唐山人虽同有一个祭日,却无私人意义的祭奠地点。对亡灵的召唤,一直是十字路口一堆堆凌乱的纸灰。

一代人的祭日，一代人的乡愁。

比地震更可怕的，是一场叫"现代化改造"的人工手术。一次城市研讨会上，有建设部官员忿忿地说：中国，正变成由一千个雷同城市组成的国家。

如果说在这个世界上，每个人都只能指认和珍藏一个故乡，且故乡信息又是各自独立、不可混淆的，那么，面对千篇一律、形同神似的一千个城市，我们还有使用"故乡"一词的勇气和依据吗？我们还有抒情的可能和心灵基础吗？

是的，一千座镜像被打碎了，碾成粉，又从同一副模具脱胎出来，此即"日新月异""翻天覆地"下的中国城市新族。它们不再是一个个、一座座，而是身穿统一制服的克隆军团，是个时代的集体分泌物。

每个故乡都在沦陷，每个故乡都因整容而毁容。

读过昆明诗人于坚一篇访谈，印象颇深。于坚是个热爱故乡的人，曾用很多美文描绘身边的风物。但十年后，他叹息："一个焕然一新的故乡，令我的写作就像一种谎言。"

是的，"90后"一代肯定认为于坚在撒谎、在梦呓。因为他说的内容，现实视野中根本没有对应物。该文还引起他朋友的议论："周雷说，'如果一个人突然在解放后失忆，再在今年醒来，他不可能找到家，无论他出生在昆明哪个角落。'杜览争辩道,'不可能,十五年前失忆,现在肯定都找不到。'"

这不仅是诗人的尴尬,而且是时代所有人的遭遇。相对而言,昆明的被篡改程度还算轻的。

• 二

"故乡",不仅仅是地址和空间,它是有容颜和记忆能量、有年轮和光阴故事的。它需要视觉凭证,需要岁月依据,需要细节支撑,哪怕蛛丝马迹,哪怕一井一石一树……否则,一个游子何以与眼前的景象相认?何以肯定此即梦牵魂绕的旧影?此即替自己收藏童年、见证青春的地方?

当眼前事物与记忆完全不符,当往事的青苔被抹干净,当没有一样东西提醒你曾与之耳鬓厮磨、朝夕相处……它还能让你激动吗?还有人生地点的意义吗?

那不过是个供地图使用、供言谈消费的地址而已。就像北京的公交车站名,你若以为它们都代表"地点"并试图消费其实体,即大错特错了:"公主坟"其实无坟,"九棵树"其实无树,"苹果园"其实无园,"隆福寺"其实无寺……

"地址"或许和"地点"重合,比如"前门大街",但它本身不等于地点,只象征方位、坐标和地理路线。而地点是个生活空间,是个有根、有物象、有丰富内涵的信息体,它繁殖记忆与情感,承载着人生活动和岁月内容。比如你说"什刹海""南锣鼓巷""鲁迅故居",即活生生的地点,去了便会收获你想要的东西。再比如传说中的"香格里拉",即是个被精神命名的地点,而非地址——即使你永远无法抵达,只能诗意消费,也不影响其存在和意义。

地址是死的,地点是活的。地址仅仅被用以指示与寻找,地点则用来生活和体验。

安东尼·奥罗姆是美国社会学家,他有个重大发现:现代城市太偏爱"空间",却漠视"地点"。在他看来,地点是个正在消失的概念,但它担负着"定义我们生存状态"的使命。"地点是人类活动最重要、最基本的发生地。没有地点,人类就不存在"。

其实,"故乡"的全部含义,都将落实在"地点"和它养育的内容上。简言之,"故乡"的文化任务,即演示"一方水土一方人"之逻辑,即探究一个人的身世和成长,即追溯他那些重要的生命特征和精神基因之来源、之出处。若抛开此任务,"故乡"将虚脱成一记空词、一朵谎花。

当一位长辈说自个儿是北京人时,脑海里浮动的一定是由老胡同、四合院、五月槐花、前门吆喝、六必居酱菜、月盛斋羊肉、小肠陈卤煮、王致和臭豆腐……组合成的整套记忆。或者说,是京城喂养出的那套热气腾腾的生活体系和价值观。而今天,当一个青年自称北京人时,他指的一定是户籍和身份证,联想的也不外乎"房屋""产权""住址"等信息。

前者在深情地表白故乡和土壤,把身世和生涯融化在了"北京"这一地点里。后者声称的乃制度身份、法定资格和证书持有权,不含感情元素和精神成分。

• 三

让奥罗姆生气的是他的祖国,其实,"注重空间、漠视地点"的生存路线,在当下中国演绎得更赤裸露骨、如火如荼。

"空间"的本能是膨胀和扩张,它有喜新厌旧的倾向;"地点"的秉性是沉静和忠诚,无形中它支持保守与稳定。二者的遭遇折现在城市变迁中,即城区以大为能、建筑以新为尚,而熟悉的地点和传统街区,正承受垃圾的命运。其实,任何更新太快和丧失边界的事物,都是可怕的,都有失去本位的危险,都是对"地点"的伤害。像今天的北京、上海、广州,一个人再把它唤为"故乡",恐怕已有启齿之羞——

一方面,大城欲望制造的无边无际,使得任何人都只能消费其极小一部分,没人能再从整体上把握和介入它,没人再能如数家珍地描述和盘点它,没人再能成为名副其实的"老人"。

另一方面,由于它极不稳定,容颜时时变换,布局任意涂改,无相对牢固和永久的元素供人体味,一切皆暂时、偶然,沉淀不下故事——于是你记不住它,产生不了依赖和深厚情怀。

总之，它不再承载光阴的纪念性，不再对你的成长记忆负责，不再有记录你身世的功能。

面对无限放大和变奏、一刻也不消停的城市，谁还敢自称其主？

所有人皆为过客，皆为陌生人，你的印象跟不上它的整容。而它的"旧主"们，更成了易迷路的"新人"，在北京，许多生于斯、长于斯的长者，如今很少远离自己的那条街，为什么？怕回不了家！如此无常的城市里，人和地点间已失去了最基本的约定。同一位置，每年、每月、每周看到的事物都闪烁不定，偶尔，你甚至不如一个刚进入它的人了解其某一部位的现状。有一回，我说广内大街有家馆子不错，那个在京开会的朋友摇摇头，甭去了，拆了。我说怎么会呢？上月我还去过啊。朋友笑道，昨天刚好从那儿过，整条街都拆了。我叹息，那可是条古意十足的老街啊。

吹灯拔蜡的扫荡芟除，无边无际的大城宏图，千篇一律的整容模板……

无数"地点"在失守，被更弦易帜。

无数"故乡"在沦陷，被连根拔起。

何止城池，中国的乡村也在沦陷，且以更惊人的速度坠落。因为它更弱，更没有重心和屏障，更乏自持力和防护性，乃至成了城市生活的下游和垃圾桶。我甚至怀疑：中国还有真正的乡村和乡村精神吗?

央视所谓"魅力小镇"的评选,不过是一台走秀,是在给"遗墟"颁奖。那些古村名镇,只是没来得及脱掉旗袍、马褂,里头早已是现代内衣或空空荡荡。在它们身上,我丝毫没觉出"小镇"该有的灵魂、脚步和炊烟——那种与城市截然不同的生活美学和心灵秩序。

天下小镇,都在演出,都在伪装。

真正的乡村精神——那种骨子里的安详和宁静,是装不出来的。

四

"我回到故乡即胜利。"自然之子叶赛宁如是说。

沈从文也说:"一个士兵要么战死沙场,要么回到故乡。"

他们算是幸运,那个时代,故乡是不死的。至少尚无征兆和迹象,让游子担心故乡会死。

是的,丧钟响了。是告别的时候了。

每个人都应赶紧回故乡看看,赶在它整容、毁容或下葬之前。

当然还有个选择:永远不回故乡,不去目睹它的死。

我后悔了。我去晚了。我不该去。

由于没在祖籍生活过,多年来,我一直把上世纪七十年代随父母流落的小村子视为故乡。那天梳理旧物，竟翻出一本自己的初中作文，开篇叫《回忆我的童年》——

> 我的童年是在乡下度过的。那是一个群山环抱、山清水秀的村庄，有哗哗的小溪，神秘的山洞，漫山遍野的金银花……傍晚时分，往芦苇荡里扔一块石头，扑棱棱，会惊起几百只大雁和野鸭……盛夏降临，那是我最快乐的季节。踩着火辣辣的沙地，顶着荷叶跑向水的乐园。村北有一道宽宽的水坡，像一张床，长满了碧绿的青苔，坡下是一汪深潭，水中趴着圆圆巨石，滑滑的，像一只只大乌龟露出的背，是天然的游泳池……

坦率说，这些描写一点儿没掺假。多年后，我遇到一位美术系教授，他告诉我，三十年前，他多次带学生去胶东半岛和沂蒙山区写生，还路过这个村子。真的美啊，他一口咬定。其实不仅它，按美学标准，那个年代的村子皆可入画，皆配得上陶渊明的那首"暧暧远人村，依依墟里烟。狗吠深巷中，鸡鸣桑树颠"。

几年前，金银花开的仲夏，我带夫人去看它，亦是我三十年来首次踏上它。

一路上，我不停地描绘她将要看到的一切，讲得她目眩神迷，我也沉浸在"儿童相见不相识，笑问客从何处来"的想象与感动中。可随着刹车声,我大惊失色,全不见了,全不见了,找不到那条河、那片苇塘,找不到虾戏鱼溅的水陂,找不到那一群群"龟背"……代之的是采石场,是冒烟的砖窑,还有路边歪斜的广告:欢迎来到大理石之乡。

和于坚一样,我成了说谎者,吹嘘者,幻觉症病人。

·五

没有故乡,没有身世,人何以确认自己是谁,属于谁?

没有地点,没有路标,人如何称自己从哪里来,到哪里去?

这个时代,不变的东西太少了,慢的东西太少了,我们头也不回地疾行,而身后的脚印、村庄、影子,早已无踪。

我们唱了一路的歌,却发现无词无曲。

我们走了很远很远,却忘了为何出发。

(原载2010年第11期《中国青年》)

"迷失"在故乡

梁　鸿

　　出城的公路依河而建，其中有一长段高出河平面十多米。坐在车里，可以看到河里的情景：挖沙机在轰鸣，一堆堆沙高耸着，大型的运输卡车在来回奔忙，一派繁荣的建设图景。只是，十几年前奔流而下的河水、宽阔的河道不见了，那原本在河上空盘旋的水鸟更是早已不见踪迹。

　　改革开放这三十年，整个乡村最显在的变化就是路的改变。道路不断地拓宽，不断地增多，四通八达的公路缩短了村庄之间、城镇之间的距离。在我的童年和少年时代，坐公共汽车进城至少要两个小时，还不包括等车的时间，一路颠簸，几乎能把人颠到车顶上去，头撞得生疼。那时候人们很少坐车，一趟两块钱的车费几乎相当于一家六口人一个月的生活费。我在县里师范上学的时候，大多都是借自行车回家，两个同学互相带着，骑上六个小时才能够到家。每次屁股都被磨得生疼，但是，青春焕发的少年是不会在意这些的。沿河而行，河鸟在天空中盘旋，有时路边还有长长的沟渠，青翠的小草和各色的小野花在沟渠边蔓延，随着沟渠的形状高高低低一直延伸到蓝天深处，有着难以形容的清新与柔美。村庄掩映在路边的树木里，安静朴素，仿佛永恒。

但是，我知道，这只是我的回忆而已。永恒的村庄一旦被还原到现实中，就变得千疮百孔。就像这宽阔的高速公路，它横贯于原野之中，仿佛在向世人昭示着现代化已经到达乡村的门口。但是，对于村庄来说，它却依然遥远，甚至更加遥远。前两年，也许是高速公路刚刚开通，乡亲们还没有足够的安全意识，公路上有骑自行车的、有走路的、有开小三轮的、逆行的、横穿马路的，原野上空不时响起刺耳的喇叭声和刹车声。我故乡的人们却置若罔闻，依然泰然自若地走在高速公路上。

今天路上已经不见行人了，想必他们是接受了足够的教训：他们必须回到他们的轨道和指定的位置。那一辆辆飞速驶过的汽车，与村庄的人们没有任何关系，反而更加强化了他们在这现代化社会中"他者"的身份。被占去的土地且不必说，两个曾经近在咫尺、吃饭时就可以串门儿的村庄，如今却需要绕上几里路才能到达。乡村的生态被破坏、内在机体的被损伤并没有纳入建设前决策者考虑的范围。高速公路，犹如一道巨大的伤疤，在原野的阳光下，散发出强烈的柏油味和金属味。

吴镇渐行渐近。

我们的落脚点是在吴镇做生意的哥哥家。吴镇位于县城西北四十公里处，曾经为穰县"四大名镇"之一。集市非常繁荣，以主街道为中心，呈十字形朝四面辐射。少年时代，每到逢集时候，尤其是三月十八的庙会，镇上可谓是人山人海。我们从镇子北头往南头的学校走，几乎可以脚不沾地地被推到那边。过往的汽车更是寸步难行，喇叭按得震天响，可是，似乎没有人听见，更没有人朝它们看上一眼，所有人都沉浸在熙熙攘攘的热闹与繁华中。镇子北头是一片回民聚集地，上学的时候，我每天都从他们的房屋中穿过，看到过杀羊、出殡、念经。对他们的生活方式，我始终怀着一种陌生和敬畏的感觉。镇里没有工厂，没有企业，除了必要的政府公务员和一些极少的商人之外，镇上的居民大多以种地为生，间或充当小商小贩，将自家的粮食、鸡蛋、水果带上街以物换物。

现在，吴镇已经成为了新的集市中心和贸易中心，一排排崭新的房屋矗立在道路两旁，全是尖顶的欧式建筑，很现代，却显得有些不伦不类。镇子原来的主街道被周边新兴的街道和新建的房屋所包围，更加显得破败不堪，荒凉异常。原来的一些房屋、商店都还在，甚至连店主都没变，但是，由于整体方位的变化和房屋的破旧，他们的存在却给人一种奇异的陌生感和错位感。我始终无法适应这一错位，每次走在路上，都有强烈的异乡异地之感。

哥哥、嫂子在镇上开了一间小诊所。哥哥还顺应潮流地做过一些别的生意，承包过土地，开过游戏厅，但似乎都以失败而告终，最近他又和同学做起"房地产"的买卖。哥哥家的门口堆满了沙子、石子、钢筋，混凝土机轰隆作响。他准备把原来买的一整幢房子分割开，一分为二，卖掉其中的一幢，还掉买房时借下的大量债务。但是，重新修房的投资也需十万元左右。我一听，有点紧张，对哥哥说："盖好了赶紧卖，房子正处于高价，估计马上市场就要不好。"哥哥自信地说："没事，现在镇上盖房人很多，想买房的人也多。再说，小镇毕竟还是偏僻，即使房地产业有什么大的波动，也不会很快影响到这儿。"我仍然有些忧心忡忡。

在哥哥家稍作停留，买了鞭炮、火纸，我们到村里边给爷爷、三爷和母亲上坟，这是我们每次回家做的第一件事。经过二十几年的扩建，村庄和镇子几乎已经连接上，哥哥家的房子离村庄只有五百米左右。少年时代，晚上夜自习从镇上放学回家是我最恐怖的经历。空寂的道路，两旁是黑黝黝的、高大的白杨树，一阵风吹来，树叶飒飒地响，那种害怕，连后脑勺都是冰凉的。那时候觉得从镇上学校到村子里的这段路，是世界上最漫长的路。当然，也有美好的事情，那时候正流行琼瑶、金庸的小说，我曾经疯狂地阅读所有能找到的他们的书。于是，在那段我最害怕的路上，我常常想象有那么一个白衣少年，从远方飘然而来，俊美羞涩，深情地拉着我的手，把我送回家。

而如今，如果不是有家人、有老屋、有亲人的坟在这里，我几乎不敢相信这是自己生活了二十年的村庄。走在路上，我总是有"迷失"的感觉，没有归属感。

死去的爷爷和三爷埋在老屋的后院。说是后院，其实院墙已经坍塌，里面长满了荒草，差不多有半人高。清脆的鞭炮声响起，在村庄的上空炸响，打破了沉默，似乎也惊醒了那边的魂灵。我们磕头，烧纸。父亲揉了一把眼睛，说："你爷，1960年让集中去养老院养老，去的时候好好的，能说能唱，还提着个小夜壶，去了四天，躺在席上回来了。人死了，硬生生饿死了。"这是每次上坟父亲都要说的话。虽然没有见过爷爷，但经过父亲这么多年的叙述，在我脑海中，那是一个戴着瓜皮帽、因常年担豆腐挑子卖豆腐而腰已经半弯的老头，他一手抱着铺盖，一手提着小夜壶，正蹒跚着朝离村子五里地的养老院走去。

听到鞭炮声，村子一些人走出来，客气地看着我，问父亲："光正，这是几闺女？不是四闺女吧？咋胖成这样？"看着这些依稀熟悉却突感陌生的面孔，我清晰地感受到岁月的痕迹，才发现自己原来也有了触目惊心的变化。

后院的右边是一座刚建起的二层小楼，父亲说那是张家道宽的房子。道宽的几个兄妹全都考上大学走出了村庄，只有他还留在这里。道宽不善言辞，干活也不是能手，当年娶了一个漂亮的四川蛮子做媳妇。媳妇脾气火爆，几次离家出走，又被道宽追了回来,最终还是走了。道宽因此而受尽了苦头,也成了全村人嘲笑的对象。

道宽家的新房和我家的房子形成了触目惊心的对比,扒开及膝的杂草和灌木,来到我们家的老屋。我在这里整整生活了二十年。院子里同样长满了荒草,那倒塌了半边的厨房被村人当成了临时的厕所,还有家畜拱过的痕迹。正屋的屋顶上到处都是大洞,地基已经有些倾斜。哥哥前几年把这里收拾了一番,但是,因为没有人居住,很快又开始破败。外面的墙面上依稀可见妹妹当年学字时在墙上写下的诗,错字连篇。每年回来,我们都要再读一遍那些诗,姊妹几个笑成一团。

母亲的墓地在村庄后河坡上的公墓里。远远望去,一片苍茫雾气,开阔,安静,有一种永恒之生命与永恒之自然的感觉。每次来到这里,心头涌上的不是悲伤,却是平静与温馨,有一种回家的感觉。母亲是我生命的源头,而那坟地也将是我自己最后的归宿,烧纸,磕头,放鞭炮。我让儿子跪在坟前,让他模仿我的样子也磕了三个头。我告诉儿子,这是外婆,儿子问我外婆是谁,我说,是妈妈的妈妈,就是妈妈最亲的人。我们又如往常一样,坐在坟边,闲聊一会儿家里的事。

每次一到这里,大姐总是唠叨:"要是妈还在,那该多好啊。"是啊,"要是妈还在",这个设想过无数次的场景,成为全家人永远的梦想和永远的痛。看着坟头的草和鞭炮的碎屑,回想母亲的一生和我们曾经的艰难岁月,家庭的概念、亲情的意义总是在瞬间闪现出来。如果没有这些，没有故乡，没有故乡维系、展示我们逝去的岁月和曾经的生命痕迹，我们的生命、我们的奋斗、所有的成功与失败又有什么意义呢？

（录自《中国在梁庄》，江苏人民出版社，2010年版）

一个古老村庄消失的前夜

李汉荣

- 一

这个古老村庄就要消失了。

城市像驾着坦克、装甲车的冲锋军团——一路炮声隆隆，烟尘滚滚；一路占山霸水，毁田掠地；一路捣毁村庄，沦陷乡土；一路铲除绿色，铺张水泥。城市，眼看着扑过来了。

古老的村庄没有任何防御体系。要说有什么防御，也就是家家门前菜园周围用竹子、柴薪、葛藤、牵牛花、丝瓜藤、葫芦蔓搭起的篱笆。这些篱笆，这些防御体系，就是个柔软的装饰，鸟儿们常常在上面歇息、跳跃，梳理羽毛，叽叽喳喳说着原野见闻。从古到今，村庄都有这样的篱笆。"肯与邻翁相对饮，隔篱呼取尽余杯"，唐朝的杜甫也是在这样的篱笆前招待客人，招待诗。

二

王婶、二叔、张爷、春娃他妈……连夜到村头的老井挑水,这是最后一次打水了——孩子最后一次吃母亲的奶,就是这种难分难舍的心情吧?以后,再不会有这样温暖的怀抱,再不会有这样甘甜的乳汁了。

井台上人们都不说话。是的,诀别是伤感的,怎么会有兴高采烈的诀别呢?是的,这是另一种离乡背井。岂止如此,以后,就再没了乡,永失了井啊!

往日的井台,是村庄里最温情、最有意思的地方。挑水的人们在井台上相遇,总要停下来,说家长里短,说庄稼天气,顺便说说家里三餐口味和天下局势。年轻后生遇到老人,就帮忙把井水提上来。后生走远了,走了几十年,仍能感到背上落满老人感激的目光。

村庄里,人们的眼神是这井水给的,清亮里漾着善良;人们的口音是这井水给的,柔软里带着清脆;连脾气和心性也是这井水给的,格局不大,但并不局促,底蕴却是细腻、深沉的——水波不兴,清澈如镜,胸襟能容纳天光地气。从村庄里进出的人,血脉里都循环着一股清水,氤氲着深深浅浅的日子。滴水之恩,当以涌泉相报,是村里人做人的伦理;厚道和本分,是村里人对人品的最高评价。其实,你若要分析住在这里和从这里走出去的人们的性情和品德,分析到最后,你会发现,他们的内心深处，都藏着一口清流不断的深井。

每过些年，总要淘一次井。淘井，就是给井洗澡，对井底、井壁、井口、井台来一次全面彻底的清理维修。淘井这一天是村庄的盛大节日，大人喜悦，孩子欢笑，连村里的狗也受了感染似的跟着人们四处撒欢，淤泥、瓦片捞上来了，云娃妈的发卡、喜娃婆的手镯、李三叔的旱烟锅捞上来了……井台上不时传来一阵笑声或惊呼。有人就说，这井可是个好管家啊，贵重的物件、小孩偷偷扔下去的瓦片，它都好好保管着。接着，又捞出几枚清朝的铜钱、几个民国的银圆，那是先人挑水时不小心从衣兜里掉下去的，以往淘井没淘到底，于是遗留了下来。人们就想象那弯腰提水的古人的样子，想象他当时怅然的心情，就感叹，这井还是个收藏家呢，收藏着时间的遗物！井壁上砌着唐朝的砖、宋朝的石头，明朝又加进一些片石，井沿上抹着当代的水泥——啊，这井，浑身上下都是历史！它是一个历史学家，不，它就是历史！人们从中感到了一种久远、幽深的东西，对井水、对生活，又增加了一份敬意。

今夜，此时，人们挑水，但没人说话。井台上，月光安静均匀地铺着碎银；井里，那轮祖先留下的月亮，笑眯眯地望着天上的另一个自己，但她对自己水里的身世并不感到惊讶，井一直把她抱在怀里，养啊养啊，使她几千年都保持着白净的容颜和雍容的神韵，她等待着那熟悉的身影，等待着出水的时刻，等待着那荡漾着又静止的感觉。

天真的月亮不知道：今夜，这是她最后一次在清水里亮相，这是她最后一次和村庄约会；明天，村庄将被机械捣毁，水井将被水泥封死，照了千年的镜子，从此永失，村庄连同她收养了千年的月亮，从此永别。

三

绕村而过的小溪，此时还哼着一首古老的民谣，转弯的时候就换个曲儿，换些词儿。这样唱了多少年月，村庄的各种心情都有了对应的调儿。而此时此刻，单纯的溪水并不知道，溪边的人家忆起多少往事，并陷入好景不再、好梦不长的惆怅伤感之中。

往年往月往日，溪水都一路唱着，从竹林里穿过去，从桃花树下漾过去，从大柳树旁绕过去，亮晶晶的手里，就捧着几片竹叶，带着几朵桃花，牵着几缕柳絮。

溪上的小木桥，原本只是一根柳木横放在流水之上，但水波唤醒了它的灵性，水花撩拨着它的春梦——一觉醒来，柳木发了绿芽，一根柳木竟抽出数十根柳条。村庄的孩子，一睁开眼睛打量，就认识了一种被迫躺下也不忘生长的树，这个意象隐隐约约影响了他们对"站立"和"成长"的理解；老去的人们，从一根木头的来生，看到了死与生的意味，对迟早要来的"那一天"有了别样的感受，并因此不再恐惧，而有了些许慰藉。

柳木桥因此成为村庄的一个有趣地名，也成为出门在外的人们心里一缕总在发芽、总在返青的记忆。

二叔，张妈，小翠……许多人并不相约，各自默默来到溪边，默默地再过一回柳木桥。过去了又过来，在柳木桥上一寸寸走着，生怕几步走完；久久站在桥上，久久地，站在一段柔韧的记忆上。是啊，怎么舍得离开呢，桥下面温情的流水，流走了多少日子，收藏着他们多少倒影啊！

以后，不，就在明天，这一直围绕村庄歌唱的溪流，她的歌喉将被猛地扼断，歌声将戛然而止。一首古歌顿时成为绝响，永远失传；人们生命中的一泄清水，从此断流……

四

大哥悄悄走进屋后的竹林，一个人站了许久。月光从竹叶缝隙洒下来，在他的身上写着一个个"竹"字。平时，中学毕业的大哥是喜欢在劳作之余写几笔毛笔字的，这给他辛苦的生活带来了几许乐趣。写字时桌子就放在后门外的竹林边。此时，月光全神贯注地临摹满眼的"竹"字，微风拂叶，竹林内外一片竹影、竹声、竹韵。大哥小时候喜欢吹笛子，最初的几支笛子就是他用竹林里的竹子做的，自吹自赏，他在笛声里度过了"短笛无腔信口吹"的童年。他的情感世界和美感世界，笼罩着竹影、竹韵，竹林构成了他内心最葱茏的部分。明天，就再没有这片竹林了,今夜,他要在竹林里待一会儿,最后一次感受竹的意境……

五

小菊记得很清楚,门前的三棵桃树中,大些的那棵是她结婚前就有的。与他谈恋爱的那些日子,他们就经常到树下说些热乎乎的话。那年春天,桃花开得正盛,风一吹,满地堆红。他竟感叹起时光匆忙、青春苦短,学生腔里竟盛满了激情和伤感……当他们一脸羞红地抬起头来,树上的桃花已被一阵大风全部吹落了,桃树的上空,天还像公元前那么蓝,而人世的春天正在疾步走远。他们竟一时无语,恍然有了天上一瞬人间千年的幻觉。

那两棵小些的桃树,是她嫁过来后他们俩一起栽的,作为结婚的纪念。后来有孩子了,树看着孩子长大,孩子看着树长高。孩子上学了,一次次与桃树比个子,还把自己的小名和爸妈的小名用裁纸刀刻在三棵树上。有时,他还把一些神秘的符号画在上面,那符号的含义只有他自己懂得,有的庄重,有的迷乱,那不像是随手画上去玩的,可能有着青春时光的特殊内涵和象征。树带着一家人的名字,带着青春的手迹和秘密往高处长。

三棵桃树,成了她家门前的风景,也是他们心灵的寄托。

她靠在树上，每一棵树她都靠一会儿，这是她最后一次和心爱的桃树交换体温和心事……

六

白天已把耕牛卖了。当谈好价钱，牛贩子接过缰绳时，牛知道这双陌生的手要把它牵出院坝，牵出土地，牵出青草地，牛哭了，用浑浊的泪眼望着主人，望着老院子。有什么法子呢？牛啊，我也要被城市的铁手牵走啊！再见了！老王伯看着远去的牛，悄悄哭了。

鸡栏还在，但空空的，黄昏时就已经把它们处理了。分别前，几只母鸡陆续从麦草窝里跑出来，下了几个蛋，它们不知道这是最后的纪念，是它们送给我们最后的礼物。几只公鸡准时鸣叫报时，还扇着翅膀伸长脖子想用力叼起下沉的落日。它们不知道，这次报告的，不只是日落的时刻，更是永别的时刻——最后一声田园的鸡叫，最后一次村庄的日落。

夜深了，谁还在村庄老屋前久久徘徊……

（原载2011年6月9日《汉中日报》）

遗失的故乡

吴佳骏

- 一

多年的漂泊生涯,使我成了一个独居的男人。独居让我变得寂寞,也变得清醒,更变得脆弱。有时躲在城市蜗居的陋室里,内心的荒凉像冬日的寒冰。窗外偶尔刮过的一阵风,都会使我的身子瑟瑟发抖。

人或许真的要远离故土,才能深刻理解"故土"的含义。

- 二

每到黄昏时分,当万家灯火照亮城市的夜空下,我都习惯站在出租房狭窄的阳台上,朝着老家的方向眺望——那个两百多公里之外的故园。在那片贫瘠的土地上,我仿佛又看到了童年时的自己，赶着一群鸭，或牵着一只羊，忍饥挨饿，在田埂上摇摇晃晃地走着；看到父亲和母亲挑着箩筐，背着背篓，在落日的笼罩下，阴沉着脸，默默地走向山坡；看到几个光着屁股的野孩子，骑在牛背上，伴随沉闷的时光，等待成长和梦想。记忆使这一切变得虚幻而又真实，亲切却又无奈。

故乡给我的感受总是这么庞杂，充满了苦难和泪水。无数次，我都试图将故乡遗忘。可我越是这么做，越是忘不掉。我原以为，告别乡村，就能告别过去，获得一种城市化的生活。但当真正来到城市后，我才发觉，自己作为农村人的特质是无法改变的。我的生活习惯，我的思维方式，我的人生观和价值观，都是农民式的，与我置身的城市格格不入。我仿佛一只蛙，离开了野地、草丛、池塘，闯入了别人的领地，只能沉默地活着。

唯有故土，才能唤起我的自尊。

三

稍有闲暇，我就朝乡下跑。走在熟悉的石板路上，内心的凄惶暂时得以平复。苍翠的山峰首尾相连，白云在山顶漂移和游动，载着我的想象；藤蔓爬满崖上的石壁，仿佛岁月的经纬；路边的树又沧桑了许多，经历过时间的风霜雨雪，它们的年轮又刻下了诸多辉煌抑或暗淡的秘密。树杈上的几个鸟巢被风吹破了边沿，几根羽毛露在外面，那是生命留下的印记。曾经在里面安营扎寨的鸟儿,如今早已不知去向,说不定已经消亡。但它们在这个巢里孕育的儿孙却依旧在世界的某个角落,替它们传宗接代。

我常想,如果鸟也有乡愁,有一天,它们会不会带领自己的后代,飞过千山万水,越过丛林沟壑,来瞻仰这个破旧的老巢,追宗问祖。且绕树三匝,为遗失的故乡唱一首挽歌。

我不能替鸟儿做出任何回答。或许,故乡原本就不只是为游子而存在的。就像我,每次返乡都感觉故乡离我越来越遥远。它缥缈得如同一个梦境,虚幻得好似一阵烟霞。当故乡在游子的心里逐渐变成一种伤怀和凭吊时,它跟那个枯树枝上寂寞地空着的鸟巢,又有什么两样呢?

· 四

回乡更多的是疼痛。我每次回去,耳朵听到的总是某某又不在了。这些相继离世的人,大多是我的长辈。他们看着我出生,看着我长大。我穿过黄四爷在寒冬腊月里偷偷地送我的一件旧棉袄,吃过春婶背着她男人给我们的一碗白面粉;我至今还记得王大叔教我唱的人生第一首歌谣,更忘不了李奶奶在我最无助的时候帮我垫付的几块钱学费……这些平凡而普通,慈祥而憨厚的庄稼人,不仅养育了我,还教会我如何做人,以及活着的尊严。从精神意义上讲,他们每个人都是我的父亲和母亲。可如今，他们都已谢世。像春季过后的花朵，一朵接着一朵地凋零。走在故乡的山坡或野地，无论是看到被荒草掩埋的旧家，还是泥土尚未干透的新坟，内心的凄凉便如隆冬时节的寒气，从脚底蹿至脊背。我知道，在那些泥土下面，有我无法捡拾的乡村记忆，更有我未敢忘却的血脉亲情。少了一些人的存在，故乡也就少了一种温暖。这逐渐递减的过程，使我每每提及"故乡"这个词汇，都要鼓起绝对的勇气。

· 五

我最近一次回乡，是我叔公的死。我们家族史上又一棵老树，在风摧雨折中摇摇晃晃地坚守了六十九个春秋之后，终于断了。它断得是那样的决绝和彻底，连根拔起，毫无留恋。这个性格倔强的老人，生前承载了太多生理上的痛苦和心灵上的折磨，孤独和恐惧时刻侵蚀着他，使他对人世已经不再抱任何幻想。死对他来说，无疑是最好的结局。

我叔公一生乐善好施，本分老实，春种秋收，靠天吃饭。贫穷和饥饿把他炼成了一个硬汉。他从不向人低头，凡事都往自己肩上扛。为把自己的四个子女拉扯成人，他甘愿做牛做马，受尽人间屈辱。可当"荷子已成莲叶老"时，他却落得个孤苦伶仃的下场。四个子女都不在他身边。两个女儿远嫁他方。两个儿子，一个在重庆靠打工为生，另一个在近四十岁时才靠入赘讨到一个寡妇为妻。一家人分别生活在不同的屋檐之下。

即使在我叔公病重的时候,他的四个子女都没有一个回去看过他,给他些情感上的安慰或生活上的支撑。他们都以冠冕堂皇的理由,斩断了血缘这根藤。

在农村,时常发生老人无人送终的事情。我们村头的赵婆婆,老伴比她先走,子女又不在身边,单家独户住着。她常年有病,饮食起居全靠自己拖着病体解决。因行动不便,平时门都关着。一天,有人路过赵婆婆家门,喊话没人应。推门进去一看,才发现赵婆婆死在灶房背后,手上还拿着把水瓢。尸体都臭了。苦难使亲情变得冷漠,冷漠又助长了悲剧的上演。

因无钱去药店拿药,我叔婆只能隔三岔五地上坡挖草药熬水给叔公喝。我叔公睡的床底下,塞满了大小的瓶瓶罐罐。那些瓶子里装满了水药。只要一踏进叔公的院子,一股怪味便扑鼻而来,带着死亡的气息。经过无数次的努力之后,叔婆最终对叔公的病失去耐心,她早已厌烦了这个曾与他同床共枕了几十年的男人。现在,她恨不得他快快死去,她已经心力交瘁。当爱变成一种恨的时候,亲人之间就只剩下折磨。

我的叔公最终是带着痛苦走的。他躺在床上,神志恍惚,大小便失禁。整个人瘦得皮包骨头。他临死前最大的愿望,是希望再看自己的子女一眼。他的子女们没有给他这个机会。上帝垂怜他,在一个凄风苦雨的夜晚,把他召回了天堂。

叔公的葬礼很是草率,连副像样的棺材都没有。叔公的四个子女匆匆赶回来时，没有人们预想的那么悲伤。他们只在叔公的灵堂前磕了几个头，烧了几沓纸，表情十分平静，仿佛灵堂里躺着的那个人，跟他们没有丝毫的关系。叔公下葬的第三天，他们就各自启程，继续他们的生活去了。生和死，悲和欢，转瞬即成云烟。

我站在叔公的坟前，不禁泪如雨下。这个让我百感交集的老人，再一次把我这个故乡的叛逃者，重新拉回了故乡。

·六

或许正是因为疼痛，才使我对故乡保持着敬畏。如今，坚守在故乡的人一年比一年少。已经逃离故乡的人，如果没有一个充足的理由，是很难再把他们召唤回去的。像我叔公的四个子女，他们根本不需要故乡。

我的父母现在还生活在乡下，老两口相依为命。我没有多余的兄弟姊妹，他们是我唯一的牵挂。我每次打电话回去，问及家里的情况，以及父母的身体，他们都是报喜不报忧，尽量不给我增添麻烦。我理解他们的心态。但他们越是这样，我就越是放心不下。老想挤出时间回去看看，哪怕陪他们吃顿饭，或者说说话。只要见到他们，我的心才算踏实和安慰。他们是我生命的根须，故乡的源头，血脉的上游。有了他们，我的故乡才是具体的，可以触摸的。有了他们，我的家园不至于荒芜，我的内心才有了支撑,情感才有了维系。

我终于明白,故乡的意义正是因为有亲人的存在。

没有亲人的故乡,至多只是一个地理名词或文学符号而已。即使你的身体回去了,灵魂也是回不去的。

(原载2012年第5期《啄木鸟》)

泥土哪去了

南 帆

一

屋前的墙根下整理出一片巴掌大的空地，想到要种几株花，突然发现无处取土。邻居踅了过来笑了笑：可以打电话订购，但是价钱很贵。泥土也得花钱了吗？我不禁愕然。

花草的根系可怜地裸露着，四处找不到泥土。泥土和大地渐渐地撤出了我们的生活。现在，我们栖居在水泥、钢筋和塑料构筑的人工环境里。狭窄的居室和楼道，窗户用铁栅栏封住。街道上匆忙往来的汽车如同一个安装了轮子的移动密封舱。行政大楼的大厅有一个弧形的问询柜台，墙上各种金属牌子标出各个楼层众多机构的名称，一开一阖的电梯是穿行于大楼内部的流水线。步履匆匆的员工如同各种型号的产品被及时地卸到某一个称之为办公室的固定方格。他们的大部分时间与电脑的液晶屏幕久久相对，偶尔抄起电话听一听机器里传来的说话声音。地平线上的城市就是各种人工制造物的集合体。水泥马路、桥梁，鳞次栉比的建筑，一些建筑的金属或者玻璃外壳时常在正午的阳光下发出灼亮的反光。据说这个城市四十层以上的建筑已经多达数千幢，巨大的重量压得城市的地皮持续下沉。那些黑黝黝的泥土在水泥和钢筋的重压之下吱吱乱叫，四散而逃，坚硬光滑的城市表皮再也留不住它们。

这个城市到处都会遇到工地，众多规划之中的大楼正在破土动工。挖掘机和铲车挥动铁臂在地面挖出一个大坑，十余台轰鸣的大卡车列队等待，轮流将这些泥土运走。我突然对泥土敏感了起来：这些泥土要运到哪儿去？它们被迫背井离乡，如同一些俘虏被押上了囚车，遣送到遥远的集中营。古往今来，这些泥土始终踞守在这里，它们的天命就是等待某些抛下的种子，接受它们，养育它们，使之扎根、开花、结果。现在，泥土突然被赶走，坚硬的钢筋、水泥蛮横地挤了进来，鸠占鹊巢。

一些人居然还能在这个没有泥土的城市里面栽种蔬菜。他们的蔬菜基地是公寓的阳台或者楼顶上。找来几个花盆，塞入一堆白色的泡沫，蔬菜栽种在泡沫之上。泡沫代替泥土贮存水分和肥料。可是，我常常觉得阳台或者楼顶上的蔬菜是塑料做的，泡沫生长出塑料才对。

泡沫代替泥土是科技时代的奇思妙想。物理学、化学、生物技术或者制造工业正在将生活安排得精确、精致、富有效率，可以果断地抛弃农耕文明残留的陋习。闹钟或者手机每一个早晨准时响起,还有什么必要等待黎明时分的雄鸡报晓?机械制造的药片严格地计算出剂量和服用时间,许多人不再信任砂锅里草药煎熬出的褐色汤汁。旷野上的一阵大风如同厚厚的布匹劈头呼地蒙下来,几乎令人窒息,然而,现在我们栖居于密闭的大楼内部,心安理得。大楼的每一个房间安装了完善的空调系统,没有人再为窗外的数九寒冬或者炎炎夏日发愁。只有当窗户的玻璃出现了斜斜的水纹,才会有人漫不经心地问一句:下雨了吗?

  生活正在彻底改装。然而,这种生活是不是有些不自然?客厅的跑步机上一个小时的奔跑与林荫道上一个小时的奔跑肯定有些不同。人工设计的世界并没有什么错,只是我们再也嗅不到万物蓬勃的蒸腾气息。我想起了一条小河流。少年时代时常下河捕鱼摸虾,嬉戏游泳。沿着倾斜的河岸慢慢地踩到水里,脚掌试探着触到水底滑腻的河泥,偶尔会有一块瓦片或者一个鹅卵石硌得脚底一痛;河边漂浮的水草,浸泡已久的一截枯树上歇着一只鼓着眼睛的青蛙,一条水蛇划出长长的水纹疾速远去,几只蜻蜓在亮晃晃的阳光里俯冲下来,一群水黾摆动细细的长腿贴着水面滑行。脚掌下的河泥即将消失的时候,双腿用力一蹬哗地扑到了河流的中央,温暖的水流缓缓地淌过身躯……时至如今,这条河流只能汩汩地穿过我的记忆——现在我只能到游泳池去。游泳池里一泓蓝色的清水,如同一块清澈而乏味的大玻璃。池底的马赛克历历在目，消毒剂的氯气味道扑鼻而来。这种清水里面什么也没有，耗掉了足够的卡路里之后就立即上岸离开。

生活的确有些不自然。科技正在将我们从大地上连根拔起，重新安装在机器的逻辑轨道上。当然，这是一项旷世的秘密工程，我们所能察觉的症候仅仅是——泥土不见了。

• 二

出入于泥土的许多小动物也不见了。

我想了想，已经很久没有见到慵懒的蚯蚓，神经质的蚂蚱，鬼鬼祟祟的四脚蛇，纹丝不乱的蜗牛，浩浩荡荡的蚂蚁队列，还有拳头大的蛤蟆笨拙地跳过田埂。现今常常照面的只有蚊子和蟑螂。据说蚊子可以藏身于空调机里面，蟑螂的乐园是厨房里油腻腻的污水管道。总之，它们已经摆脱了农耕社会的泥土而适应了工业文明的钢铁和塑料。

烙印在记忆屏幕的第一个小动物大约是一只螳螂。那时我似乎四岁左右，居住在一个大杂院里。邻居撬开了天井里的几块大石条，堆上泥土种一架丝瓜。父亲从乡下回来，逮回一只绿色的螳螂。螳螂夸张地掀动两个大刀一般的前臂，雄视左右。父亲用一根细线拴住螳螂的肚子，细线的另一端捆在插入泥土的小竹竿。阳光透过丝瓜的藤蔓照射下来，碧绿的螳螂通体透明。玩耍了一阵再度过来的时候，我惊异地发现螳螂已经成为一具僵死的躯壳。泥土之中一队蚂蚁潜行而至，螳螂的肚子被咬开了一个大洞。螳螂大刀一般的前臂无法抵御蚂蚁的团队战术。

十来岁的时候，父亲在天井里摆上一个大水缸，水缸内喂养了几条红白相间的金鱼。金鱼的理想饲料是生长在池塘或者湖水里的一种肉红色的小虫子。一块纱布缝的袋囊捆在竹竿的末端，这是自制的打捞器具。每隔一两天，我就要扛上这个玩意儿奔赴附近的几口池塘，夏天常常被晒得脱一层皮。养蚕似乎是那个年代所有少年的课余活动。黑色的蚕宝宝开始蠕动、蜕皮、吐丝、结茧、蚕蛾、产卵，这个循环的全程必须有充足的桑叶保证。附近所有的桑树都只剩下光秃秃的枝材，我和一些小伙伴不得不冒险进入一个桑树园。匆匆地摘了一挎包的桑叶之后，看管人员大呼小叫地追来，小伙伴一哄而散，分头奔窜在茂密的桑树林中。少年时代我还喂养过几只猫，猫在发情期的尖利嚎叫至今声犹在耳。猫的沙场点兵多半在瓦顶上。一群猫疾速地从瓦顶上奔驰而过，稀薄的瓦片惊心动魄地响过一阵之后，几缕阳光从蹬开的瓦片缝隙照射下来，一绺一绺灰尘悠然地飘浮在光柱里。养鸡似乎是年龄稍大一些的事情，包含着显而易见的经济企图。母鸡每日能生出一枚蛋，这个远景对于一个饥肠辘辘的少年产生了巨大的诱惑。但是，鸡的恶习是随地拉屎。一个人来人往的大杂院里，斑斑点点的鸡屎肯定是惹是生非的由头，这一场伙食自助运动很快就寿终正寝。

我想起来了，少年时代我和一批小伙伴还迷恋过寻找蜗牛。我们要的是指甲片大小的圆形蜗牛，有暗红色的、铁青色的或者花的，蜗牛壳上一圈一圈的螺纹最终归结到一个圆点上。我们利用这些蜗牛展开竞赛：两个人分别将两只蜗牛壳上圆点对在一起用力顶撞，直至其中一只蜗牛的外壳破碎凹陷，完好无损的蜗牛为胜者。那一只外壳最为坚硬的蜗牛将如同皇帝一般被供奉起来，没有人想知道那些外壳破碎的蜗牛是否还活得下去。不知道这种游戏从哪儿传来，但是，周围同龄的男孩子几乎都动员起来了。我们翻检所有的草丛、墙根、瓦砾堆、石缝，所有的蜗牛被搜索一空。传说遭受重压的蜗牛外壳尤为坚硬，石块底下铁青色的蜗牛成为众人抢夺的对象。我忘了这种游戏什么时候不再流行。总之，有那么一天，我们突然觉得这些游戏既幼稚又不卫生，于是起身拍了拍身上的尘土，开始忙碌一些另外的事情。

起身拍了拍身上，数十年的时光仿佛一下子消散在尘埃里。那些小动物只能活在弥漫着泥土气息的回忆里，如同一部黑白的老电影。现在我们的身边只剩下各种人工合成材料，无论是墙壁、地板、各种管道和导线还是手机、电脑、汽车和飞机。我的寓所里现在只养一只狗。它大部分时间都关在阳台的玻璃门背后，每天眼巴巴地望着栅栏外面的陌生世界；它的四个爪子几乎没有机会触碰到真正的泥土。

三

"大地"是一个沉稳的词,"大地"隐喻的是宽厚、阔大、质朴和不尽的生机。山脉起伏,河流蜿蜒,树木葱茏,湖泊的水面映照出闪亮的落日余晖。我突然想到,已经很久没有接触到所谓的"大地"了——这一幅景象多半是从飞机的舷窗上看到的。

相当长的时间里,人类奔波在大地上,春种秋收,打猎捕鱼,皮肤被太阳晒得黝黑发亮。然而,历史肯定存在一个神秘的拐点—— 某一天开始,人们之间的社会关系超过了人们与大地的自然关系。社会制度、社会组织、货币与经济、行政机构与意识形态、艺术与美学……这些概念愈来愈密集地分布在周围,大地一步一步地退却,逐渐面目模糊。

"天苍苍,野茫茫,风吹草低见牛羊",大地似乎曾经生动地保存于古人的视野之中,即使闭门辞谢也绕不开——王安石有诗句曰"两山排闼送青来"。书法史上有一则著名的轶事,怀素曾经与颜真卿切磋书法,颜真卿询问怀素有什么心得?怀素说:"吾观夏云多奇峰,辄常师之,其痛快处如飞鸟出林、惊蛇入草。又遇坼壁之路,一一自然。"颜真卿说:你觉得屋漏痕怎么样?怀素起身握住颜真卿的手说:得到真谛了。谈论纸上的笔墨线条,念念不忘师法自然,各种大地的意象是他们挥毫泼墨的灵感来源。栖身于天地之间,古人不时以植物的自况,伸出根系扎入泥土，牢牢地抓住大地是立身之本。汉语之中，"根本"是一个重要的词语。众多带"根"的成语表明了古人对于大地的敬畏，例如"根深蒂固""落地生根""寻根究底""游谈无根"，如此等等。可是，现在还有多少人匀出心情想到泥土和大地？我们要么上电影院，逛服装店，寻觅佳肴美味；要么坐在玻璃幕墙背后的办公室里，精心算计某一个官职或者某一笔款项，只有iPhone6、股票涨停、房价波动或者微博上疯传的明星绯闻才能带来稍许的骚动。大地的退却从未让我们惊惶失措。退却的大地不是仍然待在某个地方，支撑着万事万物吗？谁还会担心，哪一天我们的城市会失去大地悬挂在半空中？闲常的日子里，我们对于大地仅仅剩下象征性的牵挂：庭院的角落摆两个盆景，阳台的栅栏上种几簇花——遥远的大地仅仅是花盆里的一小撮泥土。

那一天我路过一个修建之中的公园，突然嗅到了浓郁的青草气息。一些工人蹲在一块坡地旁边铺草皮。浓郁的青草气息有些呛鼻，我想起了夏日曝晒之下潮湿的田园或者树林间腐殖层蒸发出的气味。我们的嗅觉已经适应了城市的气味系统：工厂标准化生产出的气味单纯强烈，性质稳定，例如香水、烟草和烈酒；厨房里烹调菜肴的气味隐含了热烘烘的暖意，街道上飘拂的煤烟味或者汽车尾气显示出工业社会矫揉造作的化学风格。这时，青草气息是粗鄙的乡野，混杂了泥土和粪便的味道。久违的气息令人想到了各种遥远的故事。辽阔的大地此刻又在哪里？

四

太太先前从未种植过什么。这几天她兴味十足地搬来许多盆花花草草，浇水施肥，不亦乐乎。我认不出其中一盆是什么树，询问之际居然遭到了嘲笑。我有些不屑：这算什么，我先前在一座大山里种过一棵大树呢！

我种过一棵龙眼树，长在一面向阳的山坡上，有六七米高。大约四十年前，我在乡下插队当农民。生产队里有一批龙眼树和橄榄树，分配给每一个劳力管理，每年大约要松土、浇粪若干次。收获的果实一部分交还生产队，剩余的归管理者个人。大多数农民的名下分配到六七棵不等，我仅一棵龙眼树——估计生产队长不怎么相信我的管理能力。我曾经挑过一担尿水长驱十来里山路，一勺一勺地淋在树根上，此后似乎再也没有做过什么。收获的季节到了，这棵树上挂下来的龙眼特别稀少，而且干瘪瘦小。因为担心被嘲笑，我不想和农民一起采摘，一直拖延到最后，整个山坡只剩下一棵树垂着黄灿灿的龙眼，无人问津如同一个孤独的弃儿。

一个寂静的中午，我借了一架二丈长的竹梯独自进山。这一带乡村的规矩是，长竹梯不得横扛在肩上。山路狭窄弯曲，长长的竹梯容易磕磕碰碰，摆弄不开。农民的习惯是双臂平伸，竖擎一架竹梯如同擎起一面旗帜。年轻人炫耀臂力，他们可以谈笑自若地擎着竹梯健步如飞。我企图如法炮制，完全没有料到竹梯如此之重，以至于行走数十米就双臂颤抖，气喘如牛。幸而那一天山间空无一人，我最终还是将竹梯扛上肩头。挣脱藤蔓、茅草对于竹梯的纠缠毕竟容易一些。忙碌了一个下午，我摘下了一麻袋的龙眼。扣除了交给生产队的份额，剩下的估计还值三十来元钱。当年这是一笔不小的款项。意外的财富让我有些后悔：如果多费一些心思和气力，是不是还可以发一笔小财？

四十年过去了。大地苍茫，可是，我认识一座深山里的一棵树。这个念头让我有些激动。山坡上的一棵树不像海里的一条鱼，转眼间就潜入水下无影无踪。这棵树始终矗立在那一面向阳的山坡上。四十年的时间，这棵树肯定已经进入盛年，历经风雨，枝丫遒劲，盘根错节，果实累累。虽然我们只有一年多的契约关系，但是，只要我愿意，多少年之后都可以进山在原地找到它。相信第一眼我们就可以彼此相认。

然而，造访东北的一片森林之后，我开始产生怀疑：一棵树真的不会转身溜走吗？站在一大片大腿粗细的树林中央，认准两三米开外的一棵树，然后闭上眼睛转两圈。再度睁开眼睛的时候，我已经无法肯定刚才认定的是哪一棵树了。当然，巴西亚马逊河两岸的热带雨林更加捉摸不定。湿润的地面铺满层层落叶，无数的参天大树拔地而起，茂密的树枝在空中挤成一片，炽烈的阳光只能在树叶之间找到几道缝隙曲折地射下。树林间湿气弥漫，树皮爬满斑斑驳驳的青苔，各种藤蔓盘旋缠绕，纷披飘拂。当地人警告我，只要深入森林十来米，可能再也无法返回依稀的林间小路。密密匝匝的大树纵横交错,如同众多巨人奔走遮挡在四周。人们很快就会丧失辨识能力,找不到任何方向。谁说树不会走动?

当然,宽阔的东北黑土地和肥沃的亚马逊河两岸现在仅仅印制在地图上。我所接触到的只能是,窗台下的墙根依次摆开几盆花,细细的枝叶和花瓣在微风中抖动。这些可怜的家伙一辈子只能栖身于小小的花盆,让人看着有些心疼。

这个城市的花鸟市场出售各种植物。许多待售的树木枝繁叶茂,身姿优雅。但是,沿着树干往下看,树木的纷杂根须居然委屈地塞入一个小小的简易塑料盆。这么小的盆子也能长出一棵树?花鸟市场的主人自信地挥了挥手,够了。的确,树木的叶子碧绿发亮,不像营养不良的样子。辽阔的大地收缩为一个小小的塑料盆,但是,这些树木早已学会了委曲求全地苟活,甚至强作欢颜。人在屋檐下,怎能不低头?树木也是如此。只有方寸之地,谁还会固执地揣着不合时宜的雄心壮志?

我只能叹一口气。

· 五

一个民工抄着一台电锤钻开路边的土层,噪音喧嚣。他的身后拖着一根长长的电线,电线旁边搁着一柄十字镐,木柄光滑坚硬。我的一个冲动是,上前抡起十字镐,帮他将剩余的土层刨开。

当年在乡下当农民的时候,使用过各种农具:镰刀锋利,扁担宜宽;偷懒的时候要挑选某一种形状特别的畚箕,装土的空间小一些可以减轻担子的重量。十字镐是霸气十足的农具,没有一把好气力是抡不起来的。年纪大的农民多半将一柄锄头使得出神入化,挖、刨、勾、耙轻巧娴熟,至于沉甸甸的十字镐往往扔给了身强力壮的年轻人。高高地抡起十字镐,腰背弯得如同一张弓,嘿的一声镐头深深地没入土地,一大块泥土应声而起。抡一个下午的十字镐,全身的肌肉要酸疼好几天。

酸疼是必须的代价,这是叩问大地的谦恭形式。然而,现在的世道变了,年轻人用起了电锤,十字镐被轻蔑地晾在一边。他们用机器对付大地。这没有什么不对,我只是觉得有些不敬。一镐一镐地刨土,我们深知大地辽阔深厚;嗒嗒的机器噪声似乎仅仅是草草地打发泥土。

我当然不是谴责这个民工。一直在泥土中讨生活的人,从来没有多少闲情逸致想到"大地"这种文绉绉的词语。当年我下乡插队的时候就是如此。我们与一丘一丘的田地打交道,有些田地肥沃,有些田地贫瘠,有些水田里的蚂蟥特别多,有些水田里的水冰凉刺骨。我曾经下到山坡上一丘桌面大小的水田里插秧。双脚刚刚踏入,几秒钟就陷到了腰部。幸而农民有言在先,我的左手牢牢地按住一个小木盆支撑身体,否则立即有灭顶之灾。一身泥一身水地回到屋里,狼吞虎咽一番,常常来不及洗漱倒头就睡。怎么就是一个与泥土纠缠不清的命？这多半是临睡之前脑子里闪过的最后一个抱怨。那种日子鼠目寸光，我想到的仅仅是尽快地完成每一丘田地里的活计。什么时候我曾经抬起头来，手搭凉篷，遥望无边的大地？

屋子的墙根下种点什么，不少邻居都会踱过来看一看，议论几声。那些曾经在乡村生活了半辈子的邻居，眼光里多半有些不以为然。泥土的记忆与不堪的日子混杂在一起，面朝泥土背朝天。无数的农民拎上一个编织袋不顾一切地逃离田地，挣扎了多少年来到城市定居，怎么肯重操旧业？太太珍惜地收拢搜罗来的一些泥土，他们会不由地笑了起来：要是到了我们老家，想种多少地就给你多少地……一两个老人家有时忍不住动手帮帮忙，一操起锄头就知道曾经是一个好把式。太太没有正式侍弄过庄稼。长年累月的公寓生活让她觉得，如果有一个庭院种些什么，真是莫大的奢侈。她在墙根的一个小土坑里种下一棵柠檬树苗，自豪得如同拥有一座果园。太太乐观地推算这棵柠檬树苗何时发育成熟，何时可以结出多少果实，絮絮叨叨如同农妇，于是，丰收的气氛突如其来地弥漫开来。当然，没有人真心想吃树上的几个柠檬。重要的是，恢复生活与泥土的联系。

这个联系已经中断了很长的时间。泥土无声无息地消失，古老的农耕文明如同一个遭受遗弃的废墟深深地埋葬在水泥路面之下。我们的生活早就交给无数的机器安排：钟表、手机、电视机、电脑、汽车、飞机、轮船，如此等等。机器仿佛将所有的日子装上了马达和齿轮。一个大齿轮带动数十个小齿轮，我们的效率越来越高，手边积压的事情却越来越多。什么时候还能返回大地的正常节奏——返回腰圆膀阔、心思简朴的日子？天地玄黄，宇宙洪荒。日月盈昃，辰宿列张。寒来暑往，秋收冬藏。闰余成岁，律吕调阳。云腾致雨，露结为霜……我突然想到了一句老话：晴耕雨读。古人心目中，书本与泥土共同守候在我们的日子里。文章的气韵交织于阳光、风雨、泥土和各种植物之中，读起来才会有悠然心会之感。现在我们的阅读大部分都发生在电脑或者手机屏幕上，囫囵吞枣，一目十行。

我想起了一幅图景：一堵土黄色的围墙，墙上挂下几丛茂盛的藤蔓和绿叶，上面点缀一些紫色的花朵。天气微寒、细雨，围墙之内的屋子没有关门，透过栅栏可以看到屋子中央的一张长桌和靠墙的一架书，咖啡的香味隐约拂过。我当时就觉得，如果日子如此惬意，此生足矣。当然，我清晰地记得，这一幅图景出现在一个庞大而且老资格的工业社会边缘。我们乘坐的车子在城区的狭窄街道上兜了半天，终于逃到了可以喘一口气的地方。钢铁、机器、厂房和高耸的大楼渐渐耗尽了气力，到了这里已经不再急匆匆地扩张。于是，另一种生活设计开始赢得了空间——我记得这是在伦敦的远郊，大约是牛津大学附近的一个小镇。

（原载2015年第1期《天涯》）

村庄里的亲人

黄 灯

我1974年正月十五出生于湖南汨罗三江乡凤形村垛里坡，家乡有"三十夜的火，元宵夜的灯"的说法，父母想都没想，第三个女儿出生后，顺便取名"黄灯"。一个人只有外出了，才会站在高空，俯览出生的村庄在地图上的位置，才会在乎家乡河流的来路和去向。凤形村地处汨罗最北端，三江乡是汨罗、平江、岳阳三县交界的革命老区，多山，有三条小河流过，与汨罗境内的汨罗江连接，最后流入湘江，汇入洞庭湖。

· 一

对于故乡，我的印象非常模糊，因我两岁不到就被送往汨罗的另一个古镇——长乐，交给外婆抚养到快十二岁，才回到父母身边念初中。初中毕业，就彻底离开了只是短暂居留过的家，前往县城汨罗一中念高中，从此再也没有回到故乡的土地长久停留过。尽管这样，我和故乡的亲人却从未生疏，他们生存的点点滴滴我都非常熟悉。2006年，目睹老家的变化，我曾写下《故乡：现代化进程中的村落命运》一文，刊于《天涯》2006年第4期，这是我第一次有意识地将故土作为观照对象，甚至作为问题的载体进行审视，在时代的转型中，结合自己的城乡经验，正视这片土地转型期的阵痛和迷茫，理性地呈现了故乡的变化，并由此彻底告别青春时代对乡村的浪漫叙述，套用今天"回乡笔记"的说法，这是一篇彻头彻尾的回乡观察。

十年过去了，我文中提到的环境污染、人员流动、风气变坏、教育危机等现实问题并没有根本性改善，有些问题，更加暴露了多年累积的严重后果，并看不到改善的可能。在环境污染方面，随着时光的流逝，这一多年前就埋下的巨大隐患，已彻底显露出它潜藏的恶果和对亲人的报应，近十年来，从前听都没有听说过的尿毒症，已经成为一种常态，隔不了多久，就会从亲人口中听说谁谁谁又遭受此恶疾的消息，他们自然无力追溯环境污染和疾病之间的关联，在无望中，求生的愿望驱使患病的群体结成联盟，在汨罗不少地方，尿毒症患者已成为贩毒群体的主力，他们一方面通过贩毒的可观收入维持透析，延缓病情，一方面也通过吸食毒品，减轻痛苦，更重要的是，面对公安机关的打击，他们的特殊病体，成为天然防护，就算被抓进局子，一周必须数次透析才得以维持生命的实情，也使得公安机关毫无办法,只得任由这一特殊群体继续作恶,加害他人。法制的空子,就这样被重病的躯体钻进,乡村治理的无序和无力,在这一点上最为明显。而他们作恶的始因,谁又能否认,祖祖辈辈生存的土地,被无法逆转的污染糟蹋后这两者之间的深刻关联?伴随人员流动的一个残酷现实是,老去的叔叔们,在城里被耗尽成为咀嚼过的甘蔗渣后,远方的城市并没有预留他们老去的空间,回到故乡成为最后的无奈选择,但房屋的坍塌、土地的荒芜、健康的恶化、子女的窘状,都加剧了养老的压力,成为摆在他们面前的现实图景,以后的日子怎样度过,依然是无法想象,也没有答案的事情。至于因为风气变坏所导致的吸毒、买码和赌博,随着经济的疲软,也呈现出新的变化。买码得到了遏制,不再如十年前疯狂,但已内化为很多人的日常习惯,因为深信此道的人不少,甚至意想不到地给村人提供了稳固的"就业机会"。吸毒连带贩毒的猖獗,已然成为故土大地上越来越令人生畏的毒瘤,变异出一些以往时代、别的地方没有的病毒,从而使得这一毒瘤所依附的土壤越来越污浊,社会风气越来越败坏;至于教育,我到现在都记得,故乡那片贫瘠的土地,在八十年代时,读书承载了类似于宗教信仰般的神圣情感,无论家里多穷,送孩子念书是父老乡亲的最大共识,但今天,那批心怀教育理想的老师,不是年老退休,就是远走他乡,生源的萎缩,伴随校园的破败,这一象征乡土希望的场域,已愈来愈显示出末路穷途。乡村就如一个无法破解的迷局，一旦进入恶性循环，只要开启了第一个程序，后面的死结就越缠越紧。

当然，对我的亲人而言，随着老的老去、小的长大、经济状况的变化、人口结构的更替，也并非全然没有一点变化。爷爷兄弟五人，他是老大，由于生活艰难，五兄弟中有四个兄弟都是讨亲，爷爷自己生育三个子女，加上奶奶前面所生的两个，爸爸一共有五个兄妹。回望十年，三奶奶在最小的儿子、儿媳外出打工，承担起照顾最后一个孙子的人生重任后，在2013年八十四岁的时候，终于再也无力为儿女们奉献余生，恋恋不舍地离开了人世；满奶奶自嫁到黄家，病体缠身，在亲人的印象中，随时都可能随风而去，最后还是挨到2014年凋零；满爹性格琐碎，喜欢管闲事，不讨亲人喜欢，老了以后依靠到村工厂捡废铁，解决零花钱问题，一年三百多元的收入，让他忍不住告诉爸爸，现在的社会真的很好，但最后，他还是深陷买码漩涡，将自己三千多元的血汗钱，投入了这场深不见底的深渊，最后连泡影都没有一个，他临近八十，多年流泪红肿的眼睛最后彻底失明，去年在孙女即将出嫁的前一天，趁子女不注意，爬到村里池塘溺水身亡。随着满爹的离去，爷爷奶奶辈的老人终于像初冬的残叶彻底告别了人间，风风雨雨一个世纪的挣扎，只给后人留下了一片模糊的影子。从年龄而言，我湖北的婆婆和我的爷爷、奶奶属于同一个时代的见证者，婆婆的苦难和家乡的老人遥相呼应，跨越地域，却承受着相同岁月给他们带来的同样磨难。

二

更多的年轻人离开村庄,就算无法融入并不陌生的城市,也不甘于在故土终老一生。我印象中鼻涕未干的女孩子,一眨眼,在时间的魔力下,已幻化为翩翩少女,并在流动的人生变迁中纷纷嫁人,散落于祖国不同的地方。男孩子也早已脱离终日与泥巴为伍的童年,青涩不再,很快结婚生子,带回天南海北的姑娘,和父辈地域性极强的婚姻相比,他们的对象横跨云南、广东、湖北等阔大国土,这种流动性在以前根本无法想象。

我的堂弟培培、妹妹,在母亲早逝的情况下,十几岁就跟随我唯一的亲叔叔,也就是他们的父亲,在广州隐匿、流浪了十几年,依然身无分文。随着两兄弟长大成人,别的比他们更小的孩子都已结婚成家,爸爸和待在华容的满叔实在看不过去,害怕他们重复叔叔的命运,强行将两兄弟带回湖南,出资帮助他们在钱粮湖经营大理石灶台生意,助其谋得一份生活,让一直操心的长辈松了一口气,两兄弟如今也都结婚生子,在婶婶逝去三十年后,重新过上正常的家庭生活。其他叔伯爷爷的子孙,更多的从事餐饮业,在全国各地开起了蒸菜馆,经营状况时好时坏,但不管怎样,和父辈老实巴交、逆来顺受的人生比起来,长大的孩子,毕竟已经知道决定自己的人生和命运,无论失败还是成功,他们终于也在尝试怎样适应时代的转型,这种内在的活力暗中赋予村庄新的可能。也有的孩子深陷传销、赌博、买码和吸毒的泥坑，在村庄早已被金钱洗礼的语境下，无力掌握疯狂的青春，从而让父辈原本艰难的生活重新陷入新的困境。更让我迷惑和遗憾的是，自我弟弟1998年大学毕业后，十八年来，留在村子里的亲人，依然没有一个新的大学生，将近三十年来，除了我家四姊妹通过读书走出村庄，依然看不到新的成员能够获得更好教育。父亲在他的同龄人中，算是读书人，这种命运除了延续到我们姐弟身上，完全无法附带影响到别的亲人，他们无论如何努力，还是无法摆脱缺少"书份"的命运，以致最后不得不屈服命运的安排，对读书不再抱有奢望。我不知道，这种弥散于亲人之间的心照不宣，到底是一种无奈，还是一种漠视？

2002年，我南下广州念博士，得以和亲人在异乡的城市重建密切的生命关联。在传统节假日，我经常被他们热情地邀请，去白云区一个叫塘厦的城中村，和家乡的亲人团聚。在那里，我跟随每次去车站接我的堂弟妹妹，在拥挤、混乱而又肮脏的"握手楼"里面穿来穿去，在垃圾、老鼠、不明气味的巷子里，第一次见识了"一线天"、出租屋、蜗居和讨生活，也第一次在他们天性乐观的笑容下面，意识到了这个群体的沉重和泪水，意识到了亲人和我在同一城市完全不同的生活。这种经历总是让我想起广州火车站的气味，仿佛只要靠近春运期间广州火车站黑压压的人群，我就会将任何一张陌生的脸孔，幻化为亲人在塘厦的生存剪影。当妹妹漫不经心地指着一个发廊，告诉我三个姑娘曾经被杀，拐弯到一个水果档口，一名家乡的吸毒仔因为抢东西命丧此处，我听得触目惊心，而比我小十岁的堂弟，面孔却一直平静。

我始终记得，2000至2008年期间，我的家族几乎每家每户都有南下的身影，以妹妹的话说，就是"只要将胖爸爸搞出来杀猪，基本上一家人都出来了"。我的叔叔从1996年就南下广州，隐匿于城市的角落，见证了南方的喧嚣和广州九十年代的黄金时期。每年过年的短暂相聚中，弥散的话题都是春运的消息，去广州去东莞去南方，成为亲人心头最热切的愿望，连从来都没有出过远门的富国叔，都禁不住亲人的劝说和诱惑，带着被子铺盖，潜伏于他妹妹和国叔狭窄的楼板上，度过了一天又一天。在广州白云区塘厦的城中村中，他们像是将故乡垯里坡的人际模式换了一个地理背景，神奇地在南方进行了另一种程度的复制，他们讲着家乡的方言，吃着过年带回来的咸鱼腊肉，打着故乡流行的麻将和扑克，开着大家都熟悉的玩笑，故乡的气息，通过春运的火车，好像能原封不动地传递到异乡的土地。这种熟人的人际模式，给了亲人很大的情感慰藉，但他们的生活，尤其是打工期间的艰难、无奈极大地震撼了我那与现实隔离的世界，也引发了我诸多思考，在和他们交往的过程中，我甚至试图偷偷地了解他们的生活，并萌生要写一本《我的亲人在广州》的书，只是后来因为结婚生子，杂事繁多，加上亲人的流动和散失，这一心愿未能实现，一直成为我心头最大的憾事。

在亲人纷乱南下的脚步声中，我的父亲却如一株树一样，始终固守故乡的村口。他将近四十年的教龄、读书人的身份，见证了家乡教育的变迁，也参与了亲人的诸多日常生存。他是我观照故乡命运的一个参照系。

• 三

以下的文字，大都依赖我2006年左右的观察和记录。当年雄心勃勃的写作计划，和原本要出现于文字中的人物长廊，竟因我的懒散，命运的轨迹已经完全不同于我原来的设想。今天，在种种机缘巧合下，当我竟然拥有机会得以继续这一写作时，我遗憾时光的流转，让我再也无法继续原来的想法，那本没有完成的、永远属于我个人的亲人档案，只得留待记忆的长河，等待以后的出场机缘，我只得将原本备好的特写镜头，切换为群体的整体素描，将丰富、隐匿、潮湿而热闹的故事，简化为时空变幻中的人生简历。多年来，很多亲人再也没有碰见，有些亲人甚至永远不得相见，但我依然牵挂他们的命运。

和国叔，我满爹的小女儿，嫁到三江的冯源村，我到现在还记得在塘厦一间房子的楼梯下，和国叔一边和我聊天，一边手里忙个不停地给别人改衣衫，她当时的年龄和我今天相仿，她丢下七岁就留守在家的孩子，只为了给孩子挣够上大学的钱。

今天，她的孩子已经长大，但她却不幸罹患癌症，回到故乡的村子，过着她多年前就梦想的喂喂猪、种种菜的日子，谁都不知道病魔会在哪一天将她带走。

三哥，我二爹的孙子，年少时代以英俊闻名乡里，吹拉弹唱无师自通，出生于1968年，在村里的造纸厂上班后，因为极度疲劳和工厂安全设施的不完善，在2004年正月，被机器卷掉了一只大腿，尽管捡下了一条性命，却在三十六岁那年，成了高位截瘫者，现在只能依赖"写码"度日，过着内心并不情愿的生活，他的妻子也曾经南下，帮助开饭馆的检叔洗刷碗碟，唯一的儿子，因为父亲的变故，在青春期时，因为思想压力太大，原本背负着整个家族通过读书改变命运的希望，最后却不得不从高中早早退学，很长一段时间之内，这个长相胜过他父亲的小伙子，甚至都必须依赖药物才能维持正常精神。原本单纯的嫂子，心事重重，形容枯槁，唯一庆幸的是，在爱情滋养下，这个小侄子终于恢复了健康，也心甘情愿接受简单的体力活，得以通过劳动养活自己。

丁良哥，我大姑的小儿子，曾经是带领培培、妹妹、艳艳进入装修行业的师傅，因为尿毒症，早已离开人世五年。在艳艳的回忆中，他有时候干活干到实在支持不住，就直接躺在地板上，直到两腿再也无法拖动，才到医院去化验，一查就确诊是尿毒症，没有办法，直接回家，第一次透析花了五百多元，每个星期透析一次需要三百八十元，他舍不得在透析上花更多的钱，病情急剧变差。多年来，为了对付高强度的体力劳动，丁良哥多年的荤菜就是三块钱一斤的死猪头肉，以致艳艳因为难以忍受令人反胃的伙食，决心重回校园，从一所职校开始，终于考上了一所二本，开始了另外的人生。丁良哥一心想将多年的血汗钱留给妻儿，而妻子却在他尸骨未寒之际，就匆匆嫁入别的村庄。妈妈一边回忆丁良哥年少时代偷我爸爸皮带的往事，一边却在感叹命运的无常，四十多岁的年纪，就残酷地将他带走。

大姑，也就是丁良哥的妈妈，堪称世界上命最苦的女人，在丈夫上吊、儿子病逝、公公自杀后，终于再也无力为自己张罗一口简单的米饭，在苦心照顾家中老小几十年后，最后因为迷信的流言，沦落到住破旧、肮脏的牛栏房，在一个寒冷的冬天，也悄然离开了人世。大姑过一段时间就会去我家住几天，爸爸成为她苦难人生的娘家慰藉，每天晚上大姑都在噩梦中呼喊不停，发出混沌、压抑而痛苦的声音，睡眠不好的妈妈几乎无法合眼。爸爸最后一次去看她时，大姑心头念想的是如何抓住那只乱飞的母鸡，像往常一样让亲弟弟带回家，杀给她难得一见的娘家侄子侄女吃。

小甑叔，这个曾经村里公认最勤快最能干的媳妇，随着打工大潮的来临，终于彻底改变了人生观，消失于茫茫南方整整二十年，谁都不清楚她在外面具体怎样过。2006年，我在塘厦曾经看到过她一次，她对时代的乐观判断，到现在依然让我震惊,"灯伢子,我告诉你,现在待在外面的都是地主,你的丙庚叔也是地主,过去的地主哪能过得这么好?没有!我一个地主堂爷爷,将家里的肉给别人吃,自己吃别人丢掉的皮,最后还是被一刀子割了。你满奶奶在家里,吃油就是一坨猪油,放在锅边过一下,马上就捞起来,待在家里哪有这么厚的油!"今天,她结束了二十年的散漫生活,安心地照顾孙子,像任何一个农村的祖母一样,履行"爹爹不带孙,犹如发了瘟"俗语中的责任。

这些普普通通的亲人,在故乡那片土地上,如尘埃一样生活,也如尘埃一样挣扎、离去。我原本想记下他们更多的细节,今天只能大纲般粗线条记下他们的人生航线,如果有可能,我依旧想还原更多亲人的过往岁月。对照我嫁入湖北后的兄弟姐妹,还有已经长大成人的第三代,我时时感到,尽管两地相距遥远,但因为有一个共同的农民身份,他们所遭受的挑战和危机,都如出一辙,回望故乡,实际上也是完成另一种印证,实现一种遥远的精神呼应。

社会学家会从专业的角度,将他们的座次安排到符合各自身份的阶层,但在我的眼中,他们只有一个称谓,就是"我的亲人",他们和我有着分割不掉的血脉亲缘,无论从事怎样的职业,无论散落在南方的哪个角落,他们的声音和忧乐,都会让我牵挂不已,在他们命运的流转中,我看到了自己的另一种命运。如果不是各类偶然的因素,让我能更多沉湎知识构筑的生活，街头流窜的表弟，工厂挥汗如雨的外甥，甚至那个不得不首先出卖肉体和灵魂，然后才得以改变命运的远房表姐（直到现在，她在亲人的口中依然暧昧），可能就是我人生的预演，在时代快速行驶的列车中，大多数亲人已经被远远抛在了最后，却毫无感知。

十年的时空，改变了太多，但亲人的呼吸和气息，却一如十年前，让我真切感知过去。

（原载2016年第6期《青年作家》）

日暮乡关何处是

徐 可

一

寒风凛冽，寒意刺骨。站在一大片沉睡的农田前，我思绪万千。

这里，曾经是我的老家，现在已夷为平地；这里，曾经是我的村庄，现在已不见踪影。

这是2016年2月14日，农历正月初七。我回到我出生的地方，去寻找我的村庄。

我的老家，在江苏中部通海平原的乡村。四年前，在一场规模浩大的拆迁运动中，我老家房屋跟六千五百多户农屋一起变成残砖废瓦。一座建了两年多的两层小楼变成几十万元人民币；而我的父母和他们的邻居们一起，都搬到县城附近的一个大型小区，变成了准"城里人"。拆迁腾出的八千五百三十八亩多农用地，八千多亩建设用地，被政府用来建设"万顷良田"工程，采取承包的方式，发展规模化、集约化、高效化农业。

客观地说，拆迁之后，老家的居住条件、交通条件、生活条件都大为改善。政府给的拆迁补偿款还算充裕，买了一套两层二百多平方米的单元楼后，还有一些盈余。小区紧邻一条国道、一条高速公路和多条公路，交通极为便利。但是我还是想念我生于斯长于斯的那个村庄。虽然我知道，那里除了大片大片的农田已无一户农家，但是我还是想去看看，它现在究竟变成什么样了。

那天早上，吃过早饭，侄子就开车带我出发了。我的村庄位于本市（县级市）的大西北，西北两个方向都与邻县接壤。从位于县城北郊的小区出来，沿着公路西行，一路房屋渐渐稀少，公路两侧是大片大片的农田。再向北是一条东西向的小河，过了河顺着河边的乡间简易公路继续西行，就离我家越来越近了。小河很窄，但由东向西绵延很长，直到我家门前截止。至今我们都不知道它叫什么名字，从何而来。小河在我家南面，姑且叫它南河吧。河面结着薄薄的冰，看得出水还是比较干净的。回想起拆迁之前回老家，看到的河水是污浊的。小河两岸，目力所及的范围内，已经见不到房屋，只有一望无际的农田，种着庄稼，估计应该是小麦。

汽车终于开到小河的尽头，一个丁字路口。这条路是本市通往邻县的一条乡间公路，从丁字路口向北继续前行就可以去往邻县。过去此处属于"交通要道"，白天黑夜有各种车辆不停地驶过。起初是自行车、拖拉机，然后是摩托车、卡车，后来有了面包车、小轿车，大多很旧，偶尔也有光鲜一点的。丁字路口的东北角，就是过去我家所在地了。我家的房屋，以及屋后的竹园，曾经是一个"路标"。现在。这一切已经荡然无存。

我们下车，冒着严寒，四处张望，一边感慨，一边拿出手机咔咔地照相。这里，全部变成了农田，一点都看不出当年的痕迹了。如果我是一个外来者，我完全想象不出这里曾经是密集的居住地。在我家东边，有一条南北向的小河（姑且称之为"东河"），与南河形成"T"字形。由东河到公路之间，顺着南河北岸，一字排开有四户人家。现在，我看着这短短的距离，无论如何也想象不出当年何以能够装下四户人家。

寒风呼啸着直往领子里钻，厚厚的羽绒服也挡不住袭人的寒意，拿着手机的手冻得发僵。我们匆匆拍了几张照片，便赶紧上车，顺着河南岸的马路返回。河中停着一艘船，相对于这样的小河，算是一条大船，船上有集装箱房。侄子告诉我，这条河已经被人承包用来养鱼了，承包人家就住在这艘"船房"上。想到这条河里的水曾经被污染得不能饮用、水里的鱼当地百姓都不敢吃，真的很有感慨！然后又看到当年村委会所在地的两座小石桥，仍然完好无损地立在河面上，下来照了几张相。又开了一段，河南农田里出现了一群劳作的农民，大概有二十多个。这是我们这一路以来唯一一次看到的农人,估计是承包商雇佣的农民。我们摇下车窗照相。农民们一点也不怯生。他们大声地问我们是不是记者?是从哪儿来的?我如实地回答了他们,然后挥手再见。很惭愧,北风呼啸,我实在鼓不起勇气走进严寒里,只是在车里跟他们聊了几句就匆匆离开。与家乡的父老乡亲相比,我实在是太娇贵了。

一路上,我的脑海里不断回想起鲁迅的《故乡》,回想起《故乡》里描述的情景。同样是深冬,同样是阴晦的天气,同样是呜呜的冷风,同样是苍黄的天,同样是萧索的荒村——不,连萧索的荒村都没有,干脆就没有村庄;可是很奇怪,我并没有产生想象中应该出现的那种悲凉的情绪,我也没有人们千呼万唤的最时髦的"乡愁"。我记得,若干年前,当我的村庄还在的时候,每年冬天回来,我的心情都很悲凉的。可是今天我没有。当然我也没有特别的欣喜。我的心情很平静,一点波澜也没有。

可是,在我的内心深处,总是隐隐约约觉得有哪里不对劲,或者说,有一点隐痛。可是当我使劲寻找,它却不知藏身何处。

我的故乡,田园犹在,只是,村庄消失了。我是该庆幸还是该惋惜?

二

其实，说村庄消失了，未免有点矫情。因为，在我的故乡，我从来就没有过村庄的感觉。

我的故乡，地少人多。记得幼时，河汊密布，出门就是水，人们多逐水而居。后来大概是大办农业的结果，很多小河小沟被填了，主要的河流只剩下了南河和东河，另外还有一些不长的小河。可能是统一规划的缘故，所有的人家都住在河边。南河、东河两岸，一幢房子接着一幢房子，一字排开，每家之间几乎紧挨着。最早多是三间或四间草房，后来是瓦房、楼房。几乎没有人家有院子，当然也就没有围墙。

当人民公社还在的时候，每个大队分成若干个生产队，各个生产队相对集中居住在一个区域。比如我家所在的四队，就在南河东河西北这一块；河东是九队；河南是一队、三队。至于有没有别的生产队，如果有的话它们在哪里，我是一点也想不起来了。每个生产队有一个仓库，仓库旁边有牛圈，有值班室，仓库前面则是一个大的麦场，这是队里唯一的公共活动场所，队里的开会、文艺演出都在这里举行。等到公社解散了，连这个场地也没有了。也许是多年的习惯使然，大家还是叫着"大队"，很少有人叫"村"，我的脑子里也没有村的概念。

等我后来从小说里，从电影里，看到北方的农村时，我非常惊讶，原来所谓的村子是这样的！那边的村庄，就像城堡一样，是相对封闭的，各家各户都聚居在一起。村庄有"村口"，外人要进村，就得从村口进来。如果适当防卫，外人是很难进来的。所以，在电影《地道战》中，有那句流传至今的台词："鬼子进村喽——！"村庄里，有巷子，还有街道。前街后街，东街西街，就像城里一样。每家每户都有院子，家境好一点的有院墙和院门，差一点的也有篱笆墙。那里的孩子们，还可以利用这样的建筑和地形结构捉迷藏，多了一份乐趣。反过来看我们，哪有什么村庄啊，完全是开放式的，四通八达，外人可以从任何一个方向进来——不，不是"进来"，而是"过来"，因为根本就无村可进。我们也无法"躲猫猫"，因为根本就无处可藏，除非躲到人家屋里。这不免让我对自己的家乡产生了一丝失望、对北方乡村充满羡慕。

到得后来，当我有机会看到全国各地风格各异、时间或长或短的古村落时，我对家乡的所谓"村庄"更加绝望了。与那些古色古香、历史悠久、文化积淀深厚的古村落相比，我们那儿连村庄都算不上！那些千篇一律的房屋，毫无特色，没有过任何美感。

当然，幼时的我们并没有想得这么多，我们自有我们的乐趣。家乡是一马平川的平原，小学旁边的一个小土丘就成了我们眼里的小山。我们在小土丘上钻树林，玩打仗，不亦乐乎。生产队里的小河也是我们的"战场"。我们几个小伙伴分属敌我两个阵营，分别趴在小河两岸，向对方"开火"：当一方指挥员发出"冲啊——!"的号令后,双方就发起冲锋,展开肉搏战,直至一方认输为止。

门前的小河更是小伙伴们的乐园。每到夏天,我们就脱得光光的,跳到河里游水玩耍。河水清清,可以看到河底的沙土,看到水中漂浮的水草,游来游去的小鱼小虾,有一次还与一条小蛇不期而遇。小河不宽,我们可以从南岸到北岸连游好几个来回。有时憋一口长气,潜入水下,从河底"爬"到对岸。玩累了,用自制的鱼钩钓几条小鱼小虾,拿回家就是一顿美味的佐餐小菜。

小孩子的心总是很容易满足的。虽然没有北方那样城堡似的村庄,但是我们在田野里、在小河里也能找到自己的乐趣。

这么多年来,最让我留恋的,还是乡亲们的单纯、淳朴、真诚、善良,是他们的吃苦耐劳、幽默知足,是那种亲如一家的邻里关系。我对其他地方的人民没有深入的了解,我始终认为,我的乡亲们是天下最好的人。除了极个别公认的恶人外,我真想不出还有第二个坏人。我的家乡曾经遍布刺槐。我的乡亲们就像刺槐一样淳朴,像刺槐一样笨拙,像刺槐一样憨厚,像刺槐一样本分。他们没有文化,不善言辞,胆小怕事,但是他们的心地是多么善良!小的时候,家家都穷,但凡谁家做点好吃的,一定会先送给左邻右舍尝尝。我还记得有一次,一位大婶家炸了麻团(一种用糯米粉做的油炸品),恰巧我从她家门前经过,大婶非拉我去家里吃;我不肯,她便用筷子串了一串送给我。我在前面跑,她在后面追,一直追到我家里,躲无可躲,我才在母亲的劝说下接过来。他们对别人的好,是那种掏心窝子的好。谁家有事,邻居会自发上门帮忙;要是哪家有人"老了",那些多年的老伙计会上门来默默地坐着,陪着逝者,一句话也不说,只是那么沉默地坐着,偶尔叹一口气;妇女们则会陪着家里的女人们流泪,安慰,帮着折纸钱,干活。他们是那么勤劳,从来也不把劳作视为苦事。那些特别勤快的,简直一秒也闲不住。我的二姑父就是这样一个"勤快人"。他有一手扎笤帚、编簸箕的手艺。每次来我家,除了吃饭的工夫,他都在不停地干活,给我家一年的笤帚、簸箕都做好了。我的父亲也是出名的勤快,他生前曾到北京来住过几年,劳作了一辈子,我想让他享几年清福,可是一旦闲下来,他浑身难受,家里的那点家务活简直不够他"塞牙缝"。回到那片土地上后,他才找到了"感觉"。

多年以后,当我在远离家乡的异地回想起我在家乡的童年生活时,想起那些质朴而善良的乡亲,我的心里还是无限温暖,以至于一次次双眸湿润。

• 三

如果我按照前面的思路写下去的话,很容易写出一篇充满温馨回忆的美文来,把我的家乡描绘得如同人间乐园一般。这正是很多人乐此不疲的事情。然而事实上，我的童年远非这么美好，这些童年回忆只是苦难岁月中的一点点微弱亮色而已。我的童年是在饥饿和贫穷中度过的，即使经过岁月的沉淀，即使我努力过滤掉童年的苦日子，我还是无法忘记当年挨饿的感觉，无法忘记贫穷的耻辱。我努力不去回忆痛苦，并不代表我已经忘记了痛苦。现在很多人在呼唤乡愁的时候，动辄把过去的乡村描绘得像世外桃源一般美好和幸福，我不知道是他们所处的乡村确实如此，还是他们的记忆短路。

在相当长时期中，贫穷和饥饿是中国人民特别是中国农民共同的记忆。回顾历史，似乎没有哪个朝代的农村是富庶的。即使是在被称为"鱼米之乡"的我的家乡，也是如此；即使是在"文革"结束之后好多年内，也是如此。我从考上县城的重点中学，此后上大学、参加工作，最盼的是回家，最怕的也是回家。每次回家，看到家乡的破败，家乡的贫穷落后，看到一家一家破旧的草屋，听着父母哀叹生活的艰难，我的心就一下一下地往下沉。尤其是冬天回家，那种感觉就跟鲁迅《故乡》里写的一模一样，无限悲凉。

如果这就是一些人呼唤的乡村的话，我宁可不要这种乡村；如果这就是一些人念念不忘的"乡愁"的话，我宁可不要这么愁！我坚信绝大多数中国农民更不需要这种愁！

当然，这样的状况在慢慢改变，我的心境也在慢慢改变。农民的生活慢慢变好了，一家一家的草房慢慢变成瓦房了。到后来，一家一家的瓦房又变成了楼房。

大概在十几年前，故乡的面貌终于有了很大的变化，农民的生活有了很大的改善。当地政府在发展经济、改善民生方面确实功不可没。此后每次回家、看到家乡的变化，心中就异常欣喜。我衷心地感谢当地政府，终于带领家乡父老改变了贫穷落后的面貌。

然而，家乡人民为这来之不易的温饱，也付出了巨大的代价。这也是全国农村出现的共同问题，并非我家乡所独有。

最严重的是污染。并不是工业污染，而是农民们自己污染。我的村子地处偏僻，没有受到企业的污染；但是富裕起来的农民普遍没有环保意识，他们把自己家的垃圾、脏水随意往河边倒，污染了土地，污染了河水。没有人去教育他们，也没有人去管理他们。我小时候那么喜欢的清清的小河变成了臭河，没有人敢下河游泳了，河水、井水不能喝了，河里的鱼没人敢吃了。因为滥用农药和化肥，土地也被污染了，农民们不敢吃自己种的粮食。他们有自己专用的地，用来给自己家人种粮食。他们专门养两头猪，供自己家人吃肉。

还有乡村伦理的沦丧。在漫长的农耕时代，家乡形成了一整套不成文的乡村伦理，成为村民们共同遵守的道德准则。比如孝顺、诚实、友善、勤劳、节俭，等等。忤逆长辈，好吃懒做，欺骗他人，挥霍浪费，以强凌弱，这些行为会遭到普遍的唾弃。然而近十几年来，这些道德规范已经基本土崩瓦解。不孝顺长辈的多了，游手好闲的多了，赌博的多了，骗子也比过去多了。有虐待老母者，待之不如猪狗，不给她饭吃，动辄打骂，污言秽语不堪入耳。村人皆怜之，却爱莫能助，村干部则完全放任不管。我的母亲心善，有时会偷偷地叫她到我们家吃饭，还不敢让那个孽子知道。

刚刚解决温饱的乡村，又陷入了另一种贫困，我不知道我心目中的村庄在哪里。

· 四

现在，原本就模模糊糊的村庄，干脆彻底消失了。

我们现在居住的这个小区，是当地的拆迁安置示范区。小区规模很大，据说有一万多居民，配套设施齐全，绿化面积大，环境还算不错，是当地政府对外宣传的窗口，曾有国家领导人来此视察。

长期与土地打交道的农民，很快就习惯了"城里人"的生活、虽然他们身上免不了还有农民的习气。年轻人出去打工，有的去了远方的大城市，扔下老婆孩子和老人在家里，一年回来一两次。不愿出远门的，在附近的企业、公司总能找到一份工作。他们朝出晚归，开着小汽车，穿着时髦，拿着最新款的手机，几乎与城里人毫无二致。小区里还是老人们居多，他们在楼下晒着太阳，打打牌，聊聊天，一天天消磨着时光。那些过去勤快得闲不下来的老人，在自家屋前草地上种点花，种点树，种点蔬菜，莳弄着它们，给无所事事的双手一点点安慰。这样的生活，对于穷了几十年的乡人们来说，是再幸福不过了。

那些腾出来的大片大片土地，被有钱的老板承包下来了。他们享受着政府给予的优惠政策，雇佣一些农民为他们种地，把过去一家一户的个体生产变成了规模化、集约化的大生产。这也正是我们过去梦寐以求的生产方式。不过听说，有的老板承包了土地，用完了两年优惠政策后就跑了，扔下的农田没人种。这只是听说，我并没有亲见抛荒的土地。

无论如何，不管出现什么情况，我相信消失的村庄不会再回来了，进了城的农民们大多不会再回到土地上去了。诗人们怀念的"阡陌交通""鸡犬之声相闻"的农家景象不会再回来了。这毕竟是时代进步的标志，是多少代人企盼的生活啊！

现在，"乡愁"成了一个时髦的词语。确实，在推进城镇化的进程中，一座一座村庄消失了。这的确是一件令人遗憾的事情。在提高农民生活水平和保护村庄之间，怎么找到一个平衡点，确实考验领导者的智慧。如何才能做到"望得见山，看得见水，记得住乡愁"？

记得住乡愁，首先要保住我们美丽的乡村，要留得住青山，存得住绿水。这些年来，在"新农村建设"的名义下，那些承载着历史和文化记忆的古村落急剧消失，让人痛心！如果在建设的同时再来一次新的破坏和污染，那将与其目标背道而驰。

从我的观察看，家乡在农村环境保护方面做得是好的。家乡没有古村落，政府把农民大规模拆迁后，并没有用换来的土地建设工业企业，而是用来发展大农业，使原本面临抛荒的土地有人耕种。这无疑是一条正确的道路。农民集中居住了，农村并没有消失。这不但保护了耕地，也保证了粮食安全。

在开发过程中，不但没有出现新的污染，而且农村环境还有所好转，河水的变清就是一个明证。现在我担心的是在种植中是否还在滥用化肥和农药？如果这一点能杜绝的话，真是善莫大焉！

与有形的村庄相比，我更怀念的是无形的"村庄"——那种流传数千载、蕴含在乡民们身上的乡村文化和乡村精神。恐怕这才是乡愁的核心。

什么是"乡村文化""乡村精神"？我没有看到过现成答案，我也给不出标准答案。对于我来说，乡愁，就是对于过往乡村生活的依恋，对于乡民们特有品质的怀想。在新农村建设中，怎样让乡村文化、乡村精神重新回到人们心中，让乡愁"诗意地栖居"，这是比保护物质的村庄艰难百倍的难题。

数千年的农耕文明时代，在以儒家文化为代表的传统文化影响下，中国乡村形成了独特的乡村文化和乡村精神。这种文化和精神不是写在纸上的，而是融入乡民们骨髓中，体现在他们的行动上。比如，对于儒家所提倡的"仁义礼智信，温良恭俭让，忠孝勇耻廉"，乡民们也许讲不出什么大道理，但是他们绝对是忠实的、自觉或不自觉的实践者。就以"孝"来说。"百善孝为先。"古人把"孝"视为百善之首。孝道文化是中国优秀传统文化的核心。孝顺为荣，不孝为耻，这是乡民根深蒂固的观念。他们也许没有听说过"老吾老以及人之老"的祖训，但是孝敬自家的长辈、尊重所有的长辈，是一种天经地义、理所当然、不用任何道理的行为，不孝之子、忤逆之子受到普遍的唾弃。这些包含许多积极健康内容的乡村文化和乡村精神，是几千年来维护乡村秩序和乡村伦理的无形规则。当然，其中也有糟粕，这是我们应该剔除的。然而，随着市场经济的发展，这些为乡民们所自觉遵循的规则早已失去效力，乡村秩序早已不复存在。如何涵养乡村文化，培育乡村精神，重构乡村秩序，确实是一件艰巨任务，也是一个不容回避的话题。

乡愁是我们精神世界中，永远都不能够抹去的一块暖色。我们呼唤乡愁，绝对不是要再回到过去那种贫穷的生活中去。与保护古村落同等重要或者比前者更重要的，是涵养乡村文化、培育乡村精神，让乡愁"诗意地栖居"。我们不能死守着历史抱残守缺，而是要从现实中寻找答案，让乡愁常驻在我们的心灵深处。

我仍然怀念我的村庄。

我的村庄，你还能回来吗？

（原载2016年第8期《四川文学》）

何处是乡愁

梁 衡

乡愁,这个词有几分凄美。原先我不懂,故乡或儿时的事很多,可喜可乐的也不少,为什么不说乡喜乡乐,而说乡愁呢?最近回了一趟阔别六十年的故乡,才解开这个人生之谜。

故乡在霍山脚下。一个古老美丽的小山村,水多,树多。村中两庙、一阁、一塔,有很深的文化积淀。我家院子里长着两棵大树。一棵是核桃,一棵是香椿,直翻到窑顶上遮住了半个院子。核桃,不用说了,收获时,挂满一树翠绿滚圆的小球。大人站到窑顶上用木杆子打,孩子们就在树下冒着"枪林弹雨"去拾,虽然头上砸出几个包也喜滋滋的,此中乐趣无法为外人道。香椿炒鸡蛋是一道最普通的家常菜,但我吃的那道不普通。老香椿树的根,不知何时从地下钻到我家的窑洞里,又从炕边的砖缝里伸出几枝嫩芽。我们就这样无心去栽花,终日伴香眠。每当我有小病,或有什么不快要发一下小脾气时,母亲安慰的办法是，到外面鸡窝里收一颗还发热的鸡蛋，回来在炕沿边掐几根香椿芽，咫尺之近，就在锅台上翻手做一个香椿炒鸡蛋。那种清香，那种童话式、魔术般的乐趣，永生难忘。当然炕头上的记忆还有很多，如在油灯下，枕着母亲的膝盖，看纺车的转动，听远处深巷里的犬吠和小河流水的叮咚。这次回村，我站在老炕前叙说往事，直惊得随行的人张大嘴合不拢。而村里的侄孙辈也如听古。因为那两棵大树早已被砍掉，河已不再。只有旧窑在，寂寞忆香椿。

出了院子，大门外还有两棵树，一棵是槐树，另一棵也是槐树。大的那棵特别大，五六个人也搂不住，在孩子们眼中就是一座绿山，一座树塔。常记小树下总是拴着一头牛或一匹马。主干以上枝叶重重叠叠，浓得化不开。上面有鸟窝、蛇洞，还寄生有其他的小树、枯藤，像一座古旧的王宫。而爬小槐树，则是我们每天必修的功课。隐身于树顶的浓荫中，做着空中迷藏。槐树枝极有韧性，遇热可以变形。秋天大人们会在树下生一堆火，砍下适用的枝条，在火堆里煨烤，制作扁担、镰把、担钩、木杈等农具，而孩子们则兴奋地挤在火堆旁，求做一副精巧的弹弓架或一个小镰把。有树必有动物。现在，野生动物事业，就归国家林业局来管。村里的野物当然也不离古树。各种鸟就不用说了，松鼠、黄鼠狼、獾子、狐狸的造访是家常便饭。夏天的一个中午，正日长人欲眠，突然老槐树上掉下一条蛇，足有五尺多长，直挺挺地躺在树荫中。一群鸡，虽以食虫为天职,但还从未见过这么大的虫子,一时惊得没有了主意,就分列于蛇的两旁,圆瞪鸡眼,死死地盯着它。双方相持了足有半个时辰。这时有人吃完饭在河边洗碗,就随手将半碗水泼向蛇身。那蛇一惊,嗖地一下窜入草丛,蛇鸡对阵才算收场。现在,就是到动物园里,也看不到这样的好戏。

还有一天的晚上,我一个叔叔串门回来,见树下卧着一个黑影,便上去踢了一脚,说:"这狗,怎么卧在当道上!"不想那"狗"嗖地翻身逃去。星光下分明是一条狼。大约是来河边喝水,顺便在树下小憩片刻。第二天听了这故事,很令人神往,我们决心去找这只狼。长期在农村,早得了关于狼知识的秘传:铜头、铁身、麻秆腿。腿是它的最弱项。傍晚时分,四五个孩子结伴向村外走去。随身带上镰刀、斧头、绳子,这都是平时帮大人打柴的家什。大家七嘴八舌,说见了狼,我先用镰刀搂腿,你用斧砍,他用绳捆。正说得热闹,碰见一个大人,问去干什么?答,去找狼。大人厉声训斥道:"天快黑了,你们还不都喂了狼?给我回去!"我们永远怀念那次未遂的捕狼壮举。

出大门外几十步即一条小河。流水潺潺,不舍昼夜。河边最热闹的场景是洗衣。在没有自来水和洗衣机之前,这是北方农村一道最美丽的风景。是家务劳动,也是社交活动,还是一种行为艺术。女人和孩子们是主角,欢声笑语,热闹非凡。许多著名的文艺作品都喜欢借用洗衣这个题材。如藏族舞蹈《洗衣歌》,歌剧《小二黑结婚》等。我们山西还有一首原汁原味的民歌就叫《亲圪蛋下河洗衣裳》。印象最深的是河边的洗衣石，有黑、红、青各色，大如案板，溜光圆润。这是多少女子柔嫩白净的双手，蘸着清清的河水，经多少代的打磨而成的呀。河边总是笑声、歌声、捶衣声，声声入耳。偶尔有一两个来担水的男子，便成了女人们围攻的目标。现在想来，那洗衣阵中肯定有小二黑、小青、亲圪蛋等。洗好的衣服就晒在岸边的草地上，五颜六色，天然图画。

我们常在河边的青草窝里放羊，高兴时就推开羊羔，钻到羊肚子下吸几口鲜奶，很是享受。那时也不懂什么过滤、消毒。清明前后，暖风吹软了柳枝，可褪下一截完整树皮管，做成柳笛，呜哇，呜哇地乱吹。大人不洗衣时我们就在这洗衣石上玩泥，或坐上去感受它的光润。那时洗衣用皂角，村里一棵硕大的皂角树，一季收获，够全村人用上一年。皂角在洗衣石上捶碎后，它的种子会随河水漂落到岸边的泥土里，春天就长出新的皂角苗。小村庄，大自然，草木之命生生不息，孩子们的心里阳光满地。大家比赛，看谁发现了一株最大的皂角苗，然后连泥捧起种到自家的院子里。可惜，这情景永不会再有了，前几年开煤矿破坏了地下水，村里的三条河全部干涸，连河床都已荡平，树也没了踪影。洗衣歌、柳笛声都已成了历史的回声。

忆童年，最忆是黄土。我的老乡，前辈诗人牛汉，就曾以敬畏的心情写过一篇散文《绵绵土》。村里人土炕上生，土窑里长，土堆里爬。家家院里有一个神龛供着土地爷。我能认字就记住了这副对联"土能生万物,地可载山川"。黄土是我的襁褓,我的摇篮。农村孩子穿开裆裤时,就会撒尿和泥。这几年城里因为环保,不许放鞭炮,遇有喜事就踩气球,都市式的浪费。且看当年我们怎样制造声响。一群孩子,将胶泥揉匀,捏成窝头状,窝要深,皮要薄。口朝下,猛地往石上一摔,泥点飞溅,声震四野,名"摔响窝"。以声响大小定输赢,以炸洞的大小要补偿。输者就补对方一块泥,就像战败国割让土地,直到把手中的泥土输光,俯首称臣。这大概源于古老的战争,是对土地的争夺。孩子们虽个个溅成了泥花脸,仍乐此不疲。这场景现在也没有了,村子成了空壳村,新盖的小学都没有了学生。空空新教室,来回燕穿梭。村庄没有了孩子,就没有了笑声,也没有人再会去让泥巴炸出声了。

农家的孩子没有城里人吃的点心,但他们有自己的土饼干。不是"洋"与"土"的土,是黄土地的"土"。在半山处取净土一筐,砸碎,细筛,炒热。将发好的面拌入茴香、芝麻,切成条节状,与土混在一起,上火慢炒至熟,名"炒节子"。然后再筛去细土,挂于篮中,随时食用。这在城里人看来,未免有点脏,怎么能吃土呢?但我们就是吃这种零食长大的。一种淡淡的土味裹着清纯的麦香,香脆可口。天人合一,五行对五脏,土配脾,可健脾养胃,村里世代相传的育儿秘方。

从春到夏,蝉儿叫了,山坡上的杏子熟了,嫩绿的麦苗已长成金色的麦穗,该打场了。场,就是一块被碾得瓷实平整、圆形的土地。打场是粮食从地里收到家里的最后一道程序,再往下就该磨成面,吃到嘴里了。割倒的麦子被车拉人挑,铺到场上,像一层厚厚的棉被,用牲口拉着碌碡,一圈一圈地碾压。孩子们终于盼到一年最高兴的游戏季,跟在碌碡后面,一圈一圈地翻跟斗。我们贪婪地亲吻着土地,享受着燥热空气中新麦的甜香。一次我不小心,一个跟斗翻在场边的铁耙子上,耙齿刺破小腿,鲜血直流。大人说:"不碍,不碍。"顺手抓起一把黄土按在伤口上,就算是止血了。至今还有一块疤痕,留作了永久的纪念。也许就是这次与土地最亲密的接触,土分子进入了我的血液,一生不管走到哪里,总忘不了北方的黄土。现在机器收割,场是彻底没有了,牲口也几乎不见了,碌碡被可怜地遗弃在路旁或沟渠里。有点"九里山前古战场,牧童拾得旧刀枪"的凄凉。

没有了,没有了。凡值得凭吊的美好记忆都没有了。只能到梦中去吃一次香椿炒鸡蛋,去摔一回泥巴、翻一回跟斗了。我问自己,既知消失何必来寻呢?这就是矛盾,矛盾于心成乡愁。去了旧事,添了新愁。历史总在前进,失去的不一定是坏事。但上天偏教这物的逝去与情的割舍,同时作用在一个人身上,搅动你心底深处自以为已经忘掉了的秘密。于是岁月的双手,就当着你的面将最美丽的东西撕裂,这就有了几分悲剧的凄美。但它还不是大悲、大恸,还不至于呼天抢地,只是一种温馨的淡淡的哀伤。是在古老悠长的雨巷里"逢着一个丁香一样的结着愁怨的姑娘。"乡愁是留不住的回声,捕捉不到的美丽。

那天回到县里,主人问此行的感想。我随手写了四句小诗:

何处是乡愁,云在霍山头。
儿时常入梦,杏黄麦子熟。

(原载2017年3月29日《人民日报》)

故乡即异邦（节选）

刘大先

人们同自己家乡的关系，往往混杂着普遍的矛盾：甜蜜温馨的记忆似乎并不能阻止冷酷无情的离别。只有眼界狭隘、抱残守缺的人才会觉得家乡完美无疵，而那些出走他乡之人的赞美与缅怀尽管可能是真诚的，也难免打上了时间与空间的滤镜。坚强的人四海为家，而最高级的灵魂则认识到个体情感与认知的局限，从而太上忘情。圣维克多的雨果会保有此种清晰的观念，一般人顶多做到随遇机变、惟适之安，而将家乡作为安放怀旧情绪的处所。在这么做的时候，他们或多或少带有逃离者的歉疚和窃喜。当家乡成为故乡，意味着家乡已经同他隔离开来，曾经的联系变得愈加稀薄，它慢慢隐退为一个审美的对象。

背井离乡、触景怀乡的故事并不新鲜，桑梓之地或者成为一世的守望，或者成为衣锦荣归的故里，但前现代时期因为羁旅、游宦、战争、行商的漂泊，并没有形成家乡与故乡的割裂。

故乡大规模地被抛掷在身后,成为一个只供怀想而不再期盼回归的地方,无疑是现代以来的景观。村社地理、熟人社会、血缘与宗族所形成的诸种共同体,在工商业与城市化进程中纷纷土崩瓦解,人们为了谋求想象中更美好的生活不惜远走他乡。

我想我属于那种将家携带在身上的人。从识字之始,家乡的长川丘陵就开始渐行渐远,新鲜的外部世界洞然敞开,无数新的经验纷至沓来,让人根本无暇回顾那并不愉快的乡村生活,更遑论有闲情逸致去沉思过往。这倒不是一种个人主义的逃离,而是生活的巨大压力。这样的乡村青年一定不是少数,牵连着我们和故乡的可能只有亲情那唯一的线索,但我并不想从社会结构和流动的层面进行浅薄的分析,毕竟个人经验参差不齐,有的人对任何地方都无意流连,他们不一定是有世界的胸怀,纯粹就是情感迟钝而已。

2013年正月初六,我在北京短暂处理一些事情之后,又回到六安,回到我曾经以为很熟悉实际上已然陌生的故乡。不是欢度春节,而是陪伴父亲度过他一生最后的时间——事实上,我也知道,这也将是自己在故乡度过的最后光阴。

节后春运刚刚开始,但是从大城市到小地方的车票还算容易买。我先到合肥,然后搭乘上海至武汉的动车,准备半路在六安下车。合肥离六安很近,高铁只要半个小时,人情风物已是家乡的氛围和感觉。火车站的人并不很多,很多农民工要过完十五才出门。我背着包在候车厅里找落脚的地方。旅客虽然谈不上拥挤，但有人把包搁在身体两边的椅子上作为垫靠，斜倚着，所以竟然没有空闲的位置。踱到大厅一侧时，我看到一个双眉紧蹙的中年人在阅读一本商务印书馆版的那种世界名著翻译本，仔细一看是柏拉图的《巴门尼德篇》。那个人看上去有些落拓，像个平庸而不得志的大学老师，眉宇之间有种让人讨厌的瞧不上任何人的神情，在这种吵闹的环境中读这样一本书，未免有些牵强，就像他的眉头。我想我在此间别人眼中也就是这种角色吧。

从六安南站出来直接坐公交车去西站，打算搭乘下午三点钟往郭店方向经过火星和黄台的私人巴士——这种私家公交车是县乡一带的地方特色，并不由市里的公交公司统一管理，而是私人拥有的中巴运输车加盟到公交公司中去的，缴纳一定的管理费，但自主性比较强，所走的路线不固定，是根据乘坐人员的多寡决定走哪条乡间小路——那些路是在"村村通公路"工程中修建的，就是在原有自然形成的泥巴路的基础上铺上砂石修筑的非常狭窄的双车道水泥路。

六安的公交车我几乎没有坐过，上车才知道是自动投币一元。我翻了翻钱包找不到一元钱。找个身边的人询问想换一下，也没有。我就先到后面坐下，打算定定神再找人兑换。这时候坐在我前排的瘦瘦的青年给了我一块钱，并且不要我给他的十元钱。他晃了晃手中的一瓶凉茶说："我也没有零钱，这是刚才在底下买了瓶水换开的。"他随身带了只青黑色的大旅行箱，可能是大学生,更像在外面打工回乡过节的青年,还没有在都市竞争的生涯中变得油滑和冷漠。

西站的车是往霍邱、叶集、固镇方向的,非常混乱,往我家的方向最合适坐的是到小镇郭店的一路车。往这个方向在这个季节有三班车,只有下午三点的一班经过我家所在的黄台村,否则就会从广庙村那里岔路开往另外一个顺河镇。我清晨五点起床,从北京赶到此时,水米未进,已经疲惫得很,懒得张口问人,就背着包在乱七八糟、破烂肮脏的中巴车中间寻觅。正巧听到司机拉客,有乘客问路线,就坐了上去。陆续有人上来,我看到一张认识的脸,是一个远房堂哥。两家离得并不远,但是我们这一辈来往不多,我们至少有十几年没有见过了。他长了乡村中年人的乱蓬蓬的头发,面上已经带有农民常见的沧桑表情,不过我很快就认出了他。他显然没有认出我,咕哝着向司机老婆——也就是售票员——确认这个车子的确切路线。这辆车原先是走丁集那条线的,如果走那条线,我回家就麻烦了,需要再步行十里地。幸运的是,那条线的乘客被上一辆车抢走了,这辆车为了揽客只好临时改走火星镇这条路。这个对我的幸运,对于司机夫妇无疑是不幸,他们等候了半天的乘客一下子被卷走了,所以泼辣的售票员一路骂骂咧咧,跟乘客数落前一辆车车主的不地道。司机偶然故作宽容地让她别计较了,但是可以看出他自己心中也大为不满,只不过一个男人的面子阻止了他的破口大骂。

乡土的伦理礼仪也就是在他这样年近五十岁的中年男人身上还残存着，二十年来的外出务工潮流和近十年内的城镇化进程，已经极大地改变了地方的道德生态。这个季节，年轻人大部分已经奔往江苏上海一带，他们在冬季时回来，带回的不仅是金钱，更多的是新学会的半生不熟的普通话和城市生活方式，与观念。我在父母那里听闻这个远房堂哥也曾经在外面打工多年，这几年不知道因为什么原因待在家里。他的父亲和母亲都在苏州做清洁工扫大街，每个月收入约三千，那样的收入比在农村种田强。下车的岔口路西引水支渠上搭建的是一家杂货铺店，兼卖自产的豆腐，我打了十五斤豆腐提着，想着家里可能需要。店主认识我，就问我是不是从北京回来，我说是的。他叹道，那路费要不少钱啊！

父亲已经是癌症晚期，医院放弃了治疗，现在家里等死，这里面的无望和恐惧，让家里笼罩着挥之不去的抑郁情绪。我怕父亲的心智已经糊涂，就坐到床头问他还记不记得自己当年当兵时的部队番号，他说是南京军区直属独立炮九师十四团二营六连，番号6413师6457团56分队六连。这让我又莫名其妙地宽慰了一下，同时陷入一种难以说清楚的惆怅中：那是父亲一生最风华正茂的年代，他当然记得清楚。2009年夏天，我路过江阴出差的时候专门找到了父亲年轻时代生活过的那块驻地，部队已经撤走，番号早就不存在了，但是留下了几门对着长江的大炮，藏在杂花生树中间，成为偶然到来的游客们的猎奇之物。我在一个防空洞的坑壁上用石块刻下了父亲的名字。

夜里忽然天阴下雨,然后就变成大雪。我乡的农谚说:"正月雷打雪,二月雨不歇。三月抄干田,四月秧上节。"此时下雪意味着三月会干晴,对春耕不好。第二天雪还在下,雪里听到门前河汊中发动机的声音,那个用电动船在河中打鱼的人想趁着雪捞一笔。父亲被疼痛折腾了一夜,白天开始睡觉,我松了口气,骑着摩托到乡医院去拿些药,回来的路上踏着荒村中平滑的雪地到河边去看那人打鱼。白雪无声落在水中,倏忽地消失不见,仿佛河流是个无穷无尽的黑洞。那个电动船则是游弋在太空中的飞艇,给寂静空旷的天地带来一丝活气。

师弟刘汀写过一本书叫《老家》,他说:"当我谈论故乡的时候,我说的只是老家。"然而,我并没有老家的观念,和那些拥有可以在故乡静谧生活的人们相比,我们这样的乡土少年注定要在这个迅速变革的社会中离家出走。很多时候,故乡在心中只是幻化成某个具体的意象:童年的明媚夏天,村庄东面的断河,青翠而酸涩的杏子,老屋后的竹林和大橡树……故乡是属于童年无风的岁月的。它和热情的七月有关,和七月傍晚烟霞中的蜻蜓有关。那时的天空无比晴朗,空气清新透亮,万物充满生机,大地一片绿意。我踩着翠绿柔嫩的鸭舌兰,拨开蒲草,脚下的沼泽噗噗作响,一个个欢快的气泡喷涌而出。天地间充满氤氲的气息,一如太古的初蘖。那时候我的眼睛明亮,血气充盈于胸间,现在却身心俱疲。我的脸庞因为长期的失眠而枯黄，我的胡楂如同茅草般涌起，我的面孔变得越来越模糊，失去光泽，没有力度。我想象在一根铁轨上描刻下七月蜻蜓的形象：灵动、鲜红的、充满生机。那段铁轨因为年久失修，锈迹斑斑。我的手指在上面滑动，咯咯作响，铁屑散坠于草丛中。雾霭渐起，我的双眼蒙眬。许久以后当我跌跌撞撞地走回到那段童年的铁轨时，发现那段铁轨已被洪水冲走。一点痕迹也没有留下。那一年的洪水特别多，空中老是飞舞着淡紫色的尘。我不知那是什么，大概是蝴蝶大批迁移时遗落的花粉。

那些鲜明而生动的意象是无可捕捉的精灵。我一直想把它们固定在文字中，但是每当面对电脑键盘的瞬间，心灵干枯得挤不出一丝水分。那时候，只听到思绪的碎片纷纷剥落，摔在地上泠泠作响。是什么使我汗流浃背、疲惫不堪，文思阻隔、不着一字，让我陷入长久的失语和无端的惘然？

我想，之所以无法在文字中铭写下那些意象，那是因为它们本来就是一厢情愿的悬想，被净化了的幻象。如同决绝而去不再回头的少年，故乡也同时拒绝了我们的回返。浪漫主义之后，知识分子的"返乡"几乎形成了一种原型母题，自我反思型的现代个体在重回故土时往往会经历桃源不再的感伤式怀旧。记忆中渚净沙明、清新修洁的地方已经被现实涂抹得脏乱不堪，外在的风景如同破旧的衣服一样凋敝，人情风俗也变得面目全非。他亟待救赎的情感找不到落脚之处，只能仓皇逃离。但这个故乡其实是心造的故乡，正表明了这个人与他的乡土的割裂，他从中生长出来，并且日益壮大，最终离去，故乡成了一个忆念中的存在，它与现实不再发生联系。所有的故乡在这个时候都成了异邦。

(原载2020年第4期《十月》)

编辑凡例

一、以忠实于选文原作、整旧如旧为编辑原则,对选文写作时使用的专有名词、外文译名,以及作者写作时的语言和特色予以保留。

二、原文注释如旧,编者所作注释,均以"编者注"标明,以示与原文注释的区别。

三、原文偶有文字错讹脱衍之处,一律按现行出版规范予以改正,不再以其他符号标示。

四、文章中数字、标点符号用法,在不损害原文语义的情况下,做必要的规范。

本作品中文简体版权由湖南人民出版社所有。
未经许可,不得翻印。

图书在版编目(CIP)数据

城乡变奏 / 陈平原,季剑青编. —长沙:湖南人民出版社,2023.6
ISBN 978-7-5561-3183-9

Ⅰ.①城⋯ Ⅱ.①陈⋯ ②季⋯ Ⅲ.①散文集—中国 Ⅳ.①I26

中国国家版本馆CIP数据核字(2023)第040754号

城乡变奏
CHENGXIANG BIANZOU

领读文化传媒
LINGDU Culture & Media

编　 者：陈平原　季剑青
出版统筹：陈　实
监　　制：傅钦伟
选题策划：北京领读文化
产品经理：领　读-李　晓
责任编辑：陈　实　刘　婷
责任校对：张轻霓
装帧设计：广　岛 · UNLOOK

出版发行：湖南人民出版社有限责任公司 [http://www.hnppp.com]
地　　址：长沙市营盘东路3号　邮编：410005　电话：0731-82683313
印　　刷：湖南天闻新华印务有限公司
版　　次：2023年6月第1版　　　　　印　　次：2023年6月第1次印刷
开　　本：880 mm × 1230 mm　1/32　印　　张：10.375
字　　数：199千字
书　　号：ISBN 978-7-5561-3183-9
定　　价：52.00元

营销电话：0731-82683348（如发现印装质量问题请与出版社调换）